Souvenirs

Lisa Marie RICE

LIAISONS SULFUREUSES - 1

Souvenirs

ROMAN

Traduit de l'américain
par Agathe Nabet

J'ai lu

Titre original
DANGEROUS LOVER

Red Avon, an imprint of HarperCollins Publishers

Ce livre est dédié à tous ceux qui ont
des rêves irréalisables.
Puissent-ils tous se réaliser !

Prologue

Summerville, foyer pour sans-abri St. Jude, veille de Noël

Il avait besoin de voir Caroline comme il avait besoin d'air et de lumière. Plus que cela, même.

Le grand garçon émacié vêtu de haillons se redressa au-dessus du corps sans vie de son père qui gisait, inerte, sur le sol de ciment glacé du foyer.

Son père était mourant depuis longtemps. Il avait été mourant presque toute sa vie, en fait. Quelque chose en lui avait toujours refusé de vivre. Le garçon ne se souvenait plus de la dernière fois qu'il l'avait vu propre et sobre. Il n'avait pas de mère. Il n'y avait jamais eu qu'eux deux, père et fils, dérivant d'un foyer à un autre, s'y incrustant jusqu'à ce qu'on les jette à la rue.

Le garçon resta un moment debout, les yeux baissés vers le seul parent qu'il ait jamais eu, mort dans une mare de sang et d'excréments. Personne n'avait encore réalisé qu'il était mort. Personne ne faisait jamais attention à eux ni ne les regardait, à moins d'y être obligé. Les autres vagabonds eux-mêmes les identifiaient comme des inférieurs et les évitaient.

Le garçon embrassa d'un regard tous ces visages fuyants, ces yeux rivés sur le sol.

Tout le monde se fichait que son poivrot de père se relève ou non. Tout le monde se fichait de ce que faisait son fils.

Il n'y avait rien pour lui ici. Rien.

Il fallait qu'il voie Caroline.

Il fallait qu'il déguerpisse en vitesse avant qu'on découvre que son père était mort. Parce que, ensuite, la police et les services sociaux viendraient le chercher. Il avait dix-huit ans, mais il ne pouvait pas le prouver. Et il ne savait que trop bien comment marchait le système. On le déclarerait pupille de l'État et on le bouclerait dans un orphelinat.

Non. Ça, jamais. Plutôt mourir.

Le garçon se dirigea vers l'escalier pour sortir du foyer, dans l'air glacial et humide de ce début de soirée.

Une vieille femme leva les yeux quand il passa devant elle et ses paupières lourdes palpitèrent lorsqu'elle le reconnut. Susie. Susie l'édentée. Contrairement à son père, la vieille Susie n'était pas perdue dans les vapeurs de l'alcool. C'étaient les profondeurs brumeuses de son propre esprit qui l'absorbaient.

— Chocolat-chocolat, Ben ? caqueta-t-elle avant de plisser ses lèvres craquelées sur un sourire ectoplasmique.

Il avait un jour partagé avec elle une barre de chocolat offerte par Caroline. Depuis, Susie lui en réclamait chaque fois qu'elle le voyait.

Ici, on le connaissait sous le nom de Ben. Dans le foyer précédent – Portland, peut-être ? – son père l'avait appelé Dick. L'affubler du prénom du responsable du foyer leur permettait de gratter un peu de temps. Jamais assez, cependant. Les violentes crises de rage de son père quand il avait bu finissaient toujours par user la patience des bénévoles, et on les jetait dehors.

Les doigts de Susie, des serres décharnées couronnées d'ongles rongés, s'agrippèrent à lui. Ben s'arrêta et prit sa main dans la sienne.

— Pas de chocolat, Susie, dit-il gentiment.

Les yeux de la vieille femme s'embuèrent de larmes comme ceux d'un enfant. Ben se pencha pour embrasser sa joue fripée et grise, puis gravit les marches de l'escalier et sortit à l'air libre.

Sans hésiter un instant, il tourna dans Morrison Street. Il savait exactement où il allait. À Greenbriars. Chez Caroline.

La seule personne à la surface du globe qui s'intéresse à lui. La seule à le traiter comme un être humain, et pas comme un animal à moitié sauvage qui sentait mauvais.

Ben n'avait rien mangé depuis deux jours, et sa veste en coton trop courte ne le protégeait pas du froid. Ses poignets osseux dépassaient largement des manches et il cala ses mains sous ses aisselles pour les réchauffer.

Ce n'était pas la première fois qu'il avait faim et froid. Le sourire de Caroline était la seule chose dont il avait besoin pour se réchauffer.

Telle l'aiguille d'une boussole attirée par l'étoile Polaire, il fendait le vent, pressé d'engouffrer sous ses semelles usées les deux kilomètres qui le séparaient de Greenbriars.

Personne ne le regardait tandis qu'il dropait. Grande silhouette solitaire emmaillotée de haillons, il était invisible. Ce n'était pas un problème. Il avait toujours été invisible. Être invisible lui avait permis de survivre.

Le temps se dégradait. Le vent projetait des aiguilles de neige dans ses yeux et il plissa les paupières. Peu importait. Son excellent sens de l'orientation lui aurait permis de trouver Greenbriars les yeux bandés.

Baissant la tête, les bras serrés autour de son corps pour conserver le peu de chaleur qu'il avait emmagasinée au foyer, Ben s'éloigna des immeubles sombres et aborda bientôt d'élégantes avenues bordées d'arbres. Les vieux bâtiments de brique cédèrent la place à de gracieuses constructions modernes faites de verre et d'acier.

Aucune voiture ne circulait. Il faisait trop mauvais pour rouler. Les rues étaient désertes. Sous ses pieds, une fine couche de givre s'effritait.

Il était presque arrivé. Les maisons étaient grandes dans ce quartier cossu. Robustes, solidement bâties, avec de belles pelouses sur le devant, pour l'instant entièrement recouvertes de neige.

D'habitude, il empruntait un réseau de ruelles sombres quand il s'aventurait dans cette partie de la ville. Quelqu'un comme lui n'avait rien à faire dans un quartier aussi opulent, et il se serait fait arrêter par la police. Mais aujourd'hui, les rues étaient vides et il pouvait arpenter les larges trottoirs sans se cacher.

En temps ordinaire, il lui fallait à peu près une demi-heure pour atteindre Greenbriars, mais ce jour-là, les trottoirs verglacés et les rafales de vent l'avaient ralenti. Cela faisait près d'une heure qu'il avait quitté le foyer et il marchait toujours. Il était endurant, mais la faim et le froid commençaient à avoir raison de lui. Dans ses chaussures trouées, ses pieds étaient engourdis.

Une musique parvint à ses oreilles, si douce d'abord qu'il se demanda si ce n'était pas une hallucination. Les notes flottaient dans l'air, aussi légères que les flocons de neige qui voletaient autour de lui.

Il franchit le coin d'une rue et l'aperçut enfin. La maison de Caroline. Son cœur se mit à cogner. Il cognait toujours quand il arrivait là, et il cognait de la même façon quand Caroline était près de lui.

Normalement, il passait par l'entrée de service lorsque les parents de Caroline étaient au travail et qu'elle et son frère étaient à l'école. Les domestiques partaient à midi et, entre midi et une heure, il pouvait explorer la maison à sa guise. Aller et venir dans les couloirs, tel un fantôme. Le verrou de l'entrée de service n'était pas très solide et il savait crocheter les serrures depuis qu'il avait cinq ans.

Il allait de pièce en pièce, humant l'air riche et parfumé de la maison de Caroline. Greenbriars était tellement au-delà de ce qu'il pouvait espérer posséder un jour qu'il n'y avait en lui ni envie ni jalousie devant les milliers de livres de la bibliothèque, devant les dressings remplis de vêtements neufs, devant l'immense réfrigérateur rempli à ras bord. La famille de Caroline était riche d'une façon qui le dépassait, comme s'ils appartenaient à une autre espèce et vivaient sur une autre planète.

À ses yeux, c'était le monde de Caroline. Vivre dans ce monde une heure par jour lui donnait l'impression de toucher le ciel.

Ce jour-là, personne ne le verrait approcher dans la tempête de neige. Il remonta directement l'allée principale et sentit les gravillons piquer la plante de ses pieds à travers les fines semelles de ses chaussures. La neige tombait de plus en plus dru et le vent la projetait douloureusement sur son visage. Ben savait se déplacer silencieusement, subrepticement si nécessaire. Ce qui n'était pas le cas pour l'instant. Personne ne pouvait le voir ni l'entendre tandis qu'il approchait de la maison.

La musique était plus forte à présent. Elle provenait d'une sorte de halo jaunâtre. Ce ne fut qu'une fois parvenu au bout de l'allée que Ben comprit que ce halo était en fait l'immense fenêtre à douze panneaux du grand salon, et que la musique émanait du piano qui s'y trouvait.

Il connaissait le salon aussi bien que les autres pièces de la vaste demeure. Il s'y était prélassé des heures durant. Il savait qu'une légère odeur de feu de bois en provenance de la cheminée y flottait en permanence, que les divans y étaient profonds et confortables, et les tapis épais et doux.

Il s'approcha. La neige avait déjà effacé ses empreintes dans l'allée. Il était grand et, en se mettant sur la pointe des pieds, il pouvait voir par-dessus le rebord de la fenêtre. Le ciel s'était obscurci et il savait que personne ne pouvait l'apercevoir de l'intérieur.

Le salon semblait tout droit sorti d'un tableau. Des centaines de bougies scintillaient un peu partout, sur la cheminée et sur les tables. La table basse supportait les reliefs d'un véritable festin – un demi-jambon sur une planche à découper, une énorme miche de pain, un grand plateau de fromages, plusieurs gâteaux et deux tartes. Une théière, des tasses, une bouteille de vin débouchée, une bouteille de whisky.

Il en eut l'eau à la bouche. Deux jours sans manger. Son estomac gronda. Il pouvait presque sentir l'odeur de la nourriture à travers la vitre.

Mais soudain, il oublia sa faim.

Un chant s'était élevé, cristallin et pur. Un chant de Noël, qu'il se souvint d'avoir entendu dans un supermarché un jour qu'il aidait son père à faire la manche. Un chant qui parlait d'un jeune berger.

C'était la voix de Caroline. Il aurait pu la reconnaître entre mille.

Une rafale de vent glacé balaya le jardin et la neige gifla ses joues, mais il était tellement occupé à tendre le cou pour tenter de l'apercevoir qu'il ne le sentit même pas.

Elle était là ! Son souffle se bloqua dans sa gorge, comme chaque fois qu'il posait les yeux sur elle.

Elle était si belle que la regarder était presque douloureux. Lorsqu'elle venait le voir au foyer, il refusait de la regarder les toutes premières minutes. La regarder était aussi aveuglant que de regarder le soleil en face. Il la contemplait ensuite avidement, s'appliquant à mémoriser chaque détail. Il se rappelait chaque mot qu'elle lui avait adressé, il avait lu et relu chaque livre qu'elle lui avait offert, il se souvenait de chaque vêtement qu'elle avait porté.

Elle était au piano. Il n'avait jamais vu personne jouer du piano, et cela lui parut magique. Ses doigts effleuraient gracieusement les touches blanches et noires, et la musique s'écoulait comme l'eau d'une cascade. Il sentit sa tête enfler d'émerveillement.

Caroline se tenait de profil. Elle avait les yeux fermés et un sourire flottait sur ses lèvres comme si elle partageait un accord secret avec la musique. Elle se mit à chanter une chanson qu'il fut certain de reconnaître cette fois. *Douce nuit.* Sa voix s'éleva, pure et légère.

Le piano était grand et noir, avec des chandeliers de cuivre garnis de bougies allumées. La pièce avait beau en être remplie, Caroline brillait plus que chacune d'elles. Les flammes vacillantes se reflétaient sur sa peau d'une blancheur laiteuse tandis qu'elle jouait et chantait.

La chanson s'acheva, ses mains retombèrent sur ses genoux. Elle releva la tête et sourit sous les applaudissements, avant d'entamer un nouveau chant de sa voix claire et pure.

Toute la famille était là. M. Lake, puissant homme d'affaires grand et blond, qui donnait l'impression d'être le roi du monde. Mme Lake, plus élégante que jamais. Toby, le petit frère de Caroline, âgé de sept ans. Il y avait aussi quelqu'un d'autre dans la pièce, un beau jeune homme. Bien mis, ses cheveux blond foncé peignés en arrière. Ses doigts battaient la mesure du chant de Noël sur le couvercle du piano. Quand Caroline cessa de jouer, il se pencha vers elle et déposa un baiser sur ses lèvres.

Les parents de Caroline rirent, et Toby fit une galipette sur le tapis.

Caroline sourit au beau jeune homme et dit quelque chose qui l'amusa. Il se pencha à nouveau et déposa un baiser sur ses cheveux.

Ben eut l'impression que son cœur cessait de battre.

C'était l'amoureux de Caroline. Évidemment. Ils se ressemblaient – la blondeur, le maintien, la beauté, l'allure, la richesse, l'éducation... Ils appartenaient au même monde et étaient visiblement faits l'un pour l'autre.

Il frissonna et réalisa subitement le danger qu'il y avait à rester dans le froid. De longs doigts glacés se tendaient vers lui pour l'entraîner là où son père était parti.

L'envie de se laisser entraîner par les griffes de la mort l'étreignit.

Il n'y avait rien pour lui dans cette pièce brillamment éclairée. Il ne ferait jamais partie de ce monde. Son monde à lui était obscur et froid.

Ben reposa les talons sur le sol et recula lentement, jusqu'à ce que le halo de la fenêtre disparaisse derrière un rideau de neige et de brouillard. Il tremblait en redescendant l'allée. La neige s'était frayé un chemin à travers ses semelles trouées pour lui tremper les pieds.

Une demi-heure plus tard, il atteignit l'entrée de l'autoroute où il s'arrêta, chancelant.

Une part de lui, la part humaine, eut envie de s'écrouler par terre, de se rouler en boule et d'attendre que le froid et le désespoir l'emportent comme ils avaient emporté son père. Il n'y en aurait pas pour longtemps.

Mais la part animale l'obligea à rester debout, farouchement décidée à lutter pour sa survie.

Sur sa droite, l'autoroute s'étendait vers le nord, vers le Canada. Sur sa gauche, elle allait vers le sud.

S'il allait vers le nord, il mourrait. Tout simplement.

Ben tourna à gauche et fonça droit devant lui, tête baissée dans le vent glacé.

1

Summerville, veille de Noël, douze ans plus tard

Elle était là.

Il sentait sa présence, son parfum.

En entrant dans cette petite librairie avec une clochette à l'ancienne au-dessus de la porte, l'homme qui s'appelait désormais Jack Prescott sut immédiatement qu'il l'avait retrouvée.

Au terme d'un voyage de quarante-huit heures, il était épuisé. Une pirogue l'avait amené du village d'Obuja à Freetown, Air Afrique l'avait amené de l'aéroport de Lungi à Paris, puis Air France à Atlanta, Delta Airlines à Seattle, et enfin un petit bimoteur brinquebalant qu'il aurait mieux piloté lui-même à Summerville.

En dépit de la fatigue, tous ses sens étaient aiguisés. Douze ans après, il reconnut immédiatement sa patte. Les bougies dans la vitrine, la douce musique d'une harpe dans le fond de la boutique, un parfum de cannelle, de vanille et de roses, et ce parfum qui n'appartenait qu'à *elle*. Indubitablement. Un parfum inoubliable.

Au cours du trajet depuis l'aéroport, apprendre qu'elle vivait toujours à Summerville et surtout qu'elle était, contre toute attente, toujours célibataire, l'avait bouleversé. Il ne s'était pas attendu à cela. Il s'était au contraire attendu à rencontrer bien des obstacles avant de localiser sa trace. Des obstacles qui ne lui faisaient pas peur. Il avait tout le temps devant lui, désormais.

La mort du colonel Eugene Prescott l'avait délivré de ses liens de loyauté et d'amour filial. Après la mort du colonel dans sa maison de Caroline du Nord, Jack avait vendu ENP Security et s'était envolé pour la Sierra Leone afin d'acquitter sa dernière responsabilité vis-à-vis de son père adoptif.

Il y avait eu des coups de feu et du sang, de la fureur et de la violence, mais il avait réglé cette affaire comme son père le lui avait demandé sur son lit de mort. Jack avait fait ce qu'il devait faire : il avait sauvé la réputation de son père et puni les canailles qui avaient fomenté cette tragédie. Alors, pour la première fois depuis douze ans, il s'était enfin retrouvé dégagé de toute responsabilité.

Sa vie de ranger et ses devoirs vis-à-vis du colonel l'avaient bien occupé au cours de ces douze années. Tant que le colonel avait été en vie, Jack s'était efforcé de chasser Caroline de ses pensées et y était presque parvenu – sauf la nuit. Où qu'elle fût, Caroline vivait sa vie et Jack devait servir le colonel. Mais une fois Vince Deaver livré aux soldats des Nations unies, il s'était retrouvé libre comme l'air et il était revenu à Summerville aussi rapidement que l'aviation moderne le permettait.

C'était de la folie. Il savait que c'était de la folie de vouloir la chercher douze ans après. Pourquoi Caroline serait-elle restée à Summerville ? Elle était belle, intelligente, riche et talentueuse. Elle était forcément allée là où vont toutes les belles femmes riches, intelligentes et talentueuses : dans une grande ville de la côte Est. Peut-être même à l'étranger.

Et belle comme elle était, il n'y avait aucune chance qu'elle soit restée célibataire. Elle s'était forcément mariée et avait eu des enfants. L'homme qui l'avait épousée aurait eu la sagesse de lui en faire, pour s'assurer de la garder auprès de lui.

Jack n'avait aucune illusion. Caroline n'était pas pour lui. Il l'imaginait en épouse et en mère comblée. Jack, lui, savait qu'il n'aurait jamais de famille. C'était son destin.

Il se tiendrait à distance de la famille de Caroline parce qu'il n'y avait pas sa place.

Mais il fallait qu'il la voie. Il en avait besoin. Juste une fois, avant d'entamer le chapitre suivant de sa vie, quel qu'il fût. Il avait refermé la porte d'ENP Security en enterrant son père. La société n'existait plus, la maison qu'il lui avait léguée avait été vendue. Tout ce qu'il possédait tenait dans son havresac et sa valise. Une fois qu'il l'aurait revue, il serait prêt à tourner la page.

Il était donc revenu à Summerville pour démarrer sa quête, là où il avait vu Caroline pour la dernière fois avant de devenir Jack Prescott. La famille Lake était établie ici, et il y aurait forcément un moyen de retrouver sa trace.

Peu lui importait qu'elle soit partie – que ce soit aux États-Unis, à l'étranger ou sur la Lune. Jack était un excellent pisteur, le meilleur qui soit. À la longue, il finirait par la retrouver. Il avait toute sa vie pour ça, et l'argent n'était pas un problème.

Il lui suffirait de la revoir, une seule fois, et il disparaîtrait à tout jamais.

Mais il n'avait pas eu besoin de la pister, en définitive. Le chauffeur de taxi lui avait dit où elle était.

Ici. Elle était ici. Là où il l'avait vue pour la dernière fois. À Summerville.

Et elle n'était pas mariée.

Jack avait eu l'intention de prendre une chambre d'hôtel, de se rafraîchir, de s'offrir un bon repas dans un restaurant et de dormir vingt-quatre heures d'affilée. Il avait assisté à un massacre et avait passé deux jours et deux nuits à voyager. Il était épuisé.

On était vendredi, c'était la veille de Noël. Il avait prévu de commencer ses recherches lundi.

Mais quand le chauffeur du taxi avait dit que Caroline Lake – *sa* Caroline – était à Summerville et qu'elle tenait une petite librairie qui s'appelait le Front Page, Jack avait su où il devait aller.

Directement au Front Page.

Des pas rapides et légers résonnèrent sur le plancher et, avant qu'il ait eu le temps de se préparer à la voir, Caroline Lake apparut devant ses yeux.

— Oh !

Elle s'immobilisa, et son sourire de bienvenue mourut sur ses lèvres.

— B-bonjour.

Jack savait ce qu'elle voyait.

Elle voyait un homme à la musculature impressionnante, aux longs cheveux noirs attachés à la diable, dont les vêtements froissés auraient toujours paru d'aussi mauvaise qualité s'ils avaient été propres. Il ne s'était pas douché ni rasé depuis trois jours, et il sentait des rides de fatigue creuser son visage embroussaillé.

Jack savait aussi ce qu'elle ressentait.

Elle était effrayée.

Elle était seule avec lui. Jack avait l'ouïe exceptionnellement fine, et il savait qu'il n'y avait aucun autre être humain dans la petite librairie. Une véritable tempête de neige faisait rage à l'extérieur et les rues étaient désertes. S'il se montrait violent, personne ne l'entendrait appeler au secours.

Jack ne pouvait rien changer à son apparence. S'il avait l'air dangereux, c'était tout simplement parce qu'il l'était effectivement.

Caroline ne pouvait pas voir le Glock qui se trouvait dans son holster d'épaule ni le calibre 22 qu'il avait glissé dans son holster de cheville, mais un homme armé n'a pas la même attitude qu'un homme qui ne l'est pas. Deux jours auparavant, Jack avait tué quatre hommes à deux continents de là. À un niveau subliminal, Caroline le sentait.

Elle se tenait toute droite, les narines légèrement frémissantes, et aspirait instinctivement de l'oxygène au cas où elle aurait besoin de s'enfuir en courant. Elle n'avait pas conscience de le faire, mais Jack le savait. Il savait comment une proie réagit au danger.

Pour commencer, il devait apaiser ses craintes.

Il la regarda attentivement en conservant la plus parfaite immobilité. Il aurait préféré mourir plutôt que lui faire le moindre mal, mais Caroline ne pouvait pas le savoir. Tout ce qu'elle savait, c'était qu'elle était seule face à un homme potentiellement dangereux.

— Bonsoir.

Il s'était exprimé d'une voix grave et dénuée d'inflexion. Calme. Son corps n'exprimait rien de menaçant ; seuls ses poumons se soulevaient au rythme de sa respiration. Il ne souriait pas, ne fronçait pas les sourcils.

C'était la seule façon de la rassurer. Les mots n'y seraient pas parvenus. L'immobilité était le seul moyen. S'il avait été fou, il n'aurait pas manifesté un tel calme. Les esprits égarés s'agitent inconsidérément.

Il obtint le résultat escompté. Elle se détendit légèrement, hocha la tête et sourit.

Jack fut incapable de lui rendre son sourire. Le sourire de Caroline lui avait coupé le souffle.

Mon Dieu, comme elle était belle... Plus belle encore que dans son souvenir. Comment était-ce possible ?

Élancée et pourtant toute en courbes. Pas très grande et pourtant aux membres gracieux. Jamais encore il n'avait vu des cheveux d'une teinte aussi riche : un chatoyant mélange de roux et d'or parsemé ici et là de mèches couleur champagne. Son teint était si pur qu'elle attirait automatiquement le regard. En sa présence, Jack n'aurait pas pu regarder une autre femme.

Elle recula légèrement.

Il la dévisageait. Pire, il lui faisait peur.

— Quel temps épouvantable, gronda-t-il.

Sa voix était plus grave que d'habitude, mais il s'était exprimé d'un ton égal et bas.

Au prix d'un effort colossal, il réussit à détacher le regard de son visage. S'il persistait à la dévorer des yeux, il allait l'effrayer.

Il regarda donc autour de lui et contempla l'univers qu'elle avait créé.

C'était une jolie petite librairie, toute en hauteur, avec des poutres au plafond, un plancher de bois disparaissant sous des tapis chamarrés, des rayonnages de bois clair et des tables sur lesquelles s'empilaient des best-sellers. Au fond de la boutique, la harpe fit place à une chorale de voix féminines qui entonna un madrigal *a capella*. Par-dessus son odeur – savon, shampooing et ce parfum de roses qui hantait ses nuits depuis des années – il décela une senteur de pot-pourri, de cire de bougie et de résine de pin. Dans un coin de la boutique, il aperçut alors un petit sapin de Noël décoré de livres miniatures, planté dans un grand pot de céramique rouge. Une atmosphère chaleureuse et accueillante se dégageait de l'ensemble.

— Très jolie librairie, dit-il en se tournant vers elle. Mes compliments.

Ses lèvres se relevèrent sur un léger sourire.

— Merci. Ce n'est pas aussi désert, d'habitude. Je m'attendais à un afflux de clientèle en cette veille de Noël, mais la tempête aura incité les gens à rester au chaud.

Jack retint un froncement de sourcils. Avait-elle perdu la raison ? La dernière chose à faire quand on est seule en présence d'un inconnu, c'est justement de faire remarquer qu'on est seule.

Caroline avait toujours été beaucoup trop confiante.

Un jour au foyer, le vieux McMurty, défoncé jusqu'à la moelle, s'était approché d'elle lorsqu'elle avait eu l'inconscience de lui sourire. Jack savait de quoi McMurty était capable. Ce répugnant crapaud aurait posé les mains sur elle s'il ne s'était pas interposé. Après le départ de Caroline, Jack avait hissé McMurty contre le mur, lui avait montré son couteau et lui avait promis que s'il s'avisait ne serait-ce que de respirer en direction de Caroline, il pourrait dire adieu à ses bijoux de famille.

Caroline écarta ses longues mains, fines et souples.

— En quoi puis-je vous être utile ? Nous proposons une excellente sélection, et je peux commander tout ce que vous désirez si nous ne l'avons pas en stock. Il faut compter à peu près une semaine de délai, ajouta-t-elle en lui souriant.

C'était une femme, à présent. Une femme d'une beauté saisissante, dont le visage reflétait les épreuves qu'elle avait subies. D'humeur bavarde, le chauffeur du taxi lui avait narré en détail la chute des Lake. Jack avait ainsi appris que les parents de Caroline étaient morts dans un accident de voiture, au cours duquel son petit frère avait été grièvement blessé. Caroline et son frère avaient alors découvert que M. Lake avait fait de mauvais placements et qu'il ne restait plus assez d'argent pour payer les factures de l'hôpital, une fois les frais du double enterrement honorés. Caroline avait passé les six années suivantes à veiller sur son frère invalide. Toby était mort deux mois auparavant, ne laissant derrière lui que des dettes supplémentaires.

Cette tragédie se lisait sur son visage. De fines rides étoilaient ses yeux, qui n'avaient cependant rien perdu de leur envoûtant éclat argenté. Elle avait maigri aussi. La jeune Caroline avait présenté un visage ouvert et perpétuellement souriant. Celui de la jeune femme qu'il avait en face de lui reflétait le chagrin et le renoncement. Son aura solaire avait disparu.

Jack pouvait cependant toujours distinguer la jeune Caroline en elle. Son cœur n'avait pas changé. Le cœur de la jeune fille qui s'était liée d'amitié avec un déclassé battait toujours dans la poitrine de cette belle jeune femme, que le chagrin et la douleur n'avaient pas épargnée.

La jeune fille avait hanté ses jours et ses nuits. La femme qui se tenait devant lui le bouleversait, le subjuguait si complètement qu'il faillit s'agenouiller devant elle.

Jack s'aperçut qu'il s'était remis à la dévisager, perdu dans ses pensées. Elle venait de dire quelque chose… elle avait parlé de livres. Il ne voulait pas de livres.

— L'annonce, dit-il.

— Je vous demande pardon ? répondit-elle en faisant passer une boucle de ses cheveux dorés derrière son oreille délicate.

Jack l'avait vue faire ce geste des centaines de fois.

— L'annonce qui est dans la vitrine. *Chambres à louer.* En avez-vous une de libre ?

Ce moulin à paroles de chauffeur de taxi lui avait révélé que Caroline louait des chambres pour étoffer les maigres revenus de sa librairie.

Elle le contempla, le jaugeant ouvertement. Jack ne pouvait pas espérer rapetisser, prendre une douche, se raser et se changer par magie. Il ne pouvait rien dire pour la convaincre, si elle ne lui faisait pas assez confiance pour l'accepter chez elle. Il ne lui restait plus que l'attente.

Et l'espoir.

Finalement, Caroline laissa échapper un soupir.

— Oui, dit-elle. Mes hôtes viennent justement de me quitter et j'ai une chambre de libre. Mais asseyons-nous pour en discuter, voulez-vous ? Vous pouvez laisser cela derrière mon bureau, si vous le désirez.

« Cela », c'était son vieux havresac équipé d'un cadenas flambant neuf et sa valise. Jack ne pouvait se permettre de les quitter des yeux.

— Merci, mais je m'en voudrais de faire trébucher quelqu'un. Je les déposerai à mes pieds, répliqua-t-il d'un ton dégagé en hissant le sac sur son épaule et en ramassant sa valise.

Elle hocha la tête et s'engagea entre les rayonnages vers le fond de la boutique.

Caroline avait minci tout en développant des courbes généreuses. Sa taille fine et souple, qui donnait irrésistiblement envie d'y poser les mains, surmontait un postérieur à l'arrondi parfait. Jack lutta pour en détacher les yeux, au cas où elle se serait retournée. Il ne tenait pas à se faire éconduire.

Il reconnut le divan et les deux petits fauteuils qu'ils atteignirent pour les avoir vus dans le bureau de M. Lake. Ils avaient vécu, mais semblaient confortables. Jack déposa son sac derrière un des fauteuils, sur lequel il s'assit en espérant qu'il supporterait son poids. Il n'était pas bâti pour des meubles anciens et fragiles, mais ses craintes se révélèrent inutiles. En dépit de son allure gracile, le fauteuil était d'excellente qualité.

— Voulez-vous me donner votre veste, monsieur… ? proposa Caroline en tendant la main vers lui.

— Prescott. Jack Prescott. Non, merci. J'ai encore un peu froid.

— Je comprends, murmura-t-elle en ramenant sa main sur sa poitrine.

Par habitude, et parce qu'il avait horreur de se promener sans arme, dès qu'il avait récupéré son sac sur le tapis roulant de l'aéroport, Jack s'était engouffré dans les toilettes pour fixer son Glock sous son aisselle. Il ne pouvait pas se douter qu'il se retrouverait assis en face de Caroline moins d'une heure plus tard et qu'elle lui proposerait de retirer sa veste.

Jack était extrêmement doué pour la planification et la stratégie. Un don naturel que son passage dans l'armée et les judicieux conseils du colonel Prescott avaient affiné. Dans le cadre des opérations militaires et de protection rapprochée, ses facultés d'anticipation avaient toujours fait merveille.

Le fait qu'il n'ait pas pensé à dissimuler son arme avant d'entrer dans la librairie, alors qu'il pouvait s'attendre à devoir retirer sa veste, prouvait qu'il n'était pas en phase. Ce genre d'erreur tactique aurait pu lui coûter la vie dans son ancien métier.

Même s'il n'avait pas été armé, il aurait refusé de retirer sa veste, de toute façon. Entre ses jambes, son sexe était aussi rigide qu'une massue et son pantalon était assez serré pour que cela se remarque.

Le simple fait de marcher derrière Caroline, d'observer l'ondulation de ses hanches et le mouvement de ses cheveux sur ses épaules, de respirer l'air dans son sillage, avait mis ses hormones en état d'alerte et canalisé tout le sang de son corps vers son sexe.

Si elle s'en apercevait, il pouvait être certain qu'elle ne voudrait pas de lui comme locataire. Aucune femme au monde n'a envie de se retrouver sous le même toit qu'un homme dont l'entrejambe enfle dès qu'il pose les yeux sur elle.

Cette réaction était extrêmement surprenante.

Jack maîtrisait parfaitement son corps. Il l'avait asservi à sa volonté. S'il lui imposait de se priver de nourriture, d'eau ou de sommeil, son corps obéissait. Il supportait les températures les plus extrêmes. Sa sexualité ne lui avait jamais posé de problème. Si Jack avait envie d'avoir un rapport sexuel, son sexe se mettait au garde à vous, et s'il n'en avait pas envie, il reposait tranquillement le long de sa cuisse.

Pourtant, il lui avait suffi d'observer l'élégante démarche de Caroline et son gracieux déhanchement pour que son excitation augmente à chacun de ses pas.

Jack avait seulement désiré l'entrapercevoir. Jamais il n'aurait espéré discuter avec elle, moins d'une heure après son arrivée à Summerville. Et pourtant il était là, et il risquait de tout gâcher. Rien n'était plus susceptible de le disqualifier comme locataire qu'une érection aussi monumentale qu'irrépressible.

Caroline était la seule personne à la surface du globe capable de lui brouiller l'esprit et les sens. Rien ni personne ne faisait jamais obstacle à sa volonté. Surtout pas sa sexualité. Avoir des rapports sexuels était amusant, et c'était parfois le seul moyen efficace de faire baisser la pression, un point c'est tout.

Quand il avait un objectif, Jack se concentrait dessus et ne s'en détournait jamais avant de l'avoir atteint. Son objectif actuel consistait à emménager chez Caroline, et il n'aurait pas dû s'en laisser détourner. Surtout pas de cette façon-là.

La réaction de son corps le prenait de court. C'était la première fois que cela lui arrivait. Il avait suffi que Caroline marche devant lui pour que toute pensée cohérente déserte son esprit. Ses jolies chaussures à bout pointu et hauts talons n'étaient absolument pas adaptées au climat, mais elles faisaient merveilleusement ressortir ses mollets souples et les attaches délicates de ses chevilles. Le frottement de son collant à chacun de ses pas avait déclenché une pulsation sous sa peau. Le rythme de ses talons sur le plancher s'était harmonisé aux battements de son cœur, et le léger ondoiement de son chemisier de soie avait fait écho au clapotis du sang qui coulait dans ses veines.

— Nous y sommes, dit-elle en s'asseyant.

Oui, pensa-t-il. Ici, ce serait parfait…

Sur le divan, sur le tapis, à même le plancher. Contre le mur, sur le comptoir. N'importe où, du moment qu'il soit fiché en elle et qu'il y reste pendant des heures.

— Monsieur Prescott ? demanda-t-elle d'un ton vaguement inquiet en inclinant la tête, un léger pli se creusant entre ses sourcils auburn.

Jack se rendit subitement compte de ce qu'il était en train de faire. Il était en train de tout gâcher.

Il serra les dents et se força à penser à la Sierra Leone, à Obuja et à Vince Deaver. Au sang et à la trahison, à la torture et aux hurlements des femmes. Au sang qui coulait tellement que le sol en était imprégné. Aux femmes achevées à coups de baïonnette. Aux soldats aguerris s'amusant à tirer sur des enfants. Au halo rouge en forme de couronne qui se déployait autour de la tête des enfants quand un sniper atteignait sa cible…

Cette évocation morbide le refroidit et déclencha un début de nausée.

Caroline avait dû sentir l'atmosphère se charger d'ondes déplaisantes, car elle s'était assise du bout des fesses sur le fauteuil, les genoux, les mollets et les pieds parfaitement alignés, les bras croisés au niveau de la taille dans une attitude raidie. Inconsciemment, elle s'était préparée à se lever, voire même à bondir s'il persistait à la mettre mal à l'aise.

Jack, qui gardait toujours son sang-froid dans une fusillade, fut effrayé par le message du corps de Caroline. C'était lui qui l'avait mise dans cet état. Au lieu de faire tout ce qui était en son pouvoir pour la rassurer, il l'avait déstabilisée et avait éveillé sa méfiance.

C'était peut-être à cause de la fatigue et du décalage horaire. Neuf fuseaux horaires, trente-six heures de vol, et peut-être six heures de sommeil au total. S'il ne se ressaisissait pas immédiatement, la situation allait lui échapper. Il s'éclaircit la voix.

— Excusez-moi, dit-il en la regardant droit dans les yeux, luttant héroïquement pour ne pas fixer sa poitrine ou ses jambes. Je cherche une chambre à louer, le temps de me retourner. Vous disiez que vous en aviez une de libre ?

Caroline inspira, puis expira lentement. Jack savait ce que son esprit lui soufflait : Non, pas question. Tu es folle ou quoi ? Cet homme est effrayant. Qui te dit que ce n'est pas un malade ?

Mais Caroline pensait aussi avec son cœur.

Elle baissa les yeux et son regard s'attarda sur ses bottes. C'était ses bottes de combat. Elles étaient usées, craquelées, sales, les talons éculés. Un soldat veille toujours à garder des pieds sains. Sur un champ de bataille, une simple ampoule peut s'infecter et le pied se gangrener en vingt-quatre heures. Ses bottes de combat étaient imperméables, confortables, et elles ne l'avaient jamais trahi. Il n'avait pas pensé à changer de chaussures avant son départ.

Caroline se trouvait donc en présence d'un homme mal habillé, pas rasé, et dont les bottes présentaient des talons éculés. D'un homme qui donnait l'impression d'être au bout du rouleau. Il vit son regard s'adoucir. Elle releva les yeux vers lui et s'adossa légèrement au fauteuil.

Jack sentit son cœur s'emballer.

Oui. Mon Dieu, *oui* ! L'affaire était réglée. Elle allait accepter. Béni soit son cœur généreux ! Elle avait pris sa décision. Il ne restait plus à Jack qu'à trouver les mots justes, ceux qui convaincraient son esprit de lui donner une chance, parce que son cœur l'avait déjà fait.

Caroline s'était légèrement détendue, mais elle ne souriait pas.

— Hum, toussota-t-elle. Oui, je loue deux chambres et toutes deux sont libres. Une simple et une double. Un locataire est parti depuis deux semaines, et les deux autres il y a quatre jours.

— Je suis donc en veine, commenta-t-il en se risquant à sourire. Je la prends. La double. J'aime avoir de l'espace.

Elle baissa les yeux vers l'un de ses doigts à l'ongle vernis de rose qui tripotait un fil dépassant de son chemisier. Elle se mordit les lèvres, s'efforçant visiblement de prendre une décision, puis laissa échapper un léger soupir. Quand elle releva les yeux vers lui, elle y était parvenue.

— C'est une chambre spacieuse et confortable, monsieur Prescott, dans une grande villa à deux kilomètres du centre-ville. Je la loue en pension complète, et je peux vous garantir que je suis une excellente cuisinière, ajouta-t-elle en souriant.

Dieu du ciel ! Caroline *et* des petits plats. Jack faillit s'agenouiller devant elle en sanglotant. Il n'avait pas fait un repas digne de ce nom depuis… ouh ! depuis avant l'Afghanistan. Il opina du chef.

— Cela me semble parfait. C'est exactement ce que je cherche, vu que je ne suis pas fichu de faire bouillir de l'eau moi-même. Je pourrais…

— Attendez, coupa-t-elle en levant la main.

Elle prit une inspiration, comme si elle s'apprêtait à plonger dans une mer gelée, et planta son regard dans le sien.

— Ça, c'était le point positif. Le point négatif, c'est que la maison est équipée d'une chaudière diabolique qui n'arrête pas de tomber en panne, même après qu'un réparateur tout aussi diabolique l'a entièrement révisée.

Elle jeta un coup d'œil vers la vitrine, et le bruit des aiguilles de neige qui frappaient les carreaux s'éleva dans le silence de la boutique.

— Avec le temps qu'il fait… disons que cela nuit au confort. L'installation électrique laisse aussi à désirer. Il y a une sorte de court-circuit quelque part, mais personne n'a encore réussi à le localiser. Si vous travaillez sur un ordinateur, cela peut s'avérer extrêmement ennuyeux. Mon précédent locataire a perdu plusieurs fichiers importants à cause de cela. Et puisque je suis en veine de confessions, j'ajouterai que deux marches de l'escalier sont branlantes. Si vous l'oubliez et que vous allez chercher un verre de lait en pleine nuit, vous risquez de vous rompre le cou.

Elle émit un long soupir et jaugea sa réaction.

— Voilà, enchaîna-t-elle, je vous ai tout dit. Je ne vous en voudrais absolument pas si vous décidez finalement de ne pas prendre la chambre.

Jack réprima un ricanement. Cela faisait douze ans qu'il attendait de la revoir, sans même avoir la certitude que cela se produirait un jour. Il en avait rêvé sur un sol de pierre gelé pendant des semaines et des semaines d'entraînement militaire. L'éventualité de la revoir un jour l'avait tenu éveillé des nuits durant dans la jungle d'Indonésie, et pendant les six mois d'hiver qu'il venait de passer dans un baraquement en Afghanistan. Et elle s'imaginait qu'une chaudière en panne, une installation électrique capricieuse et quelques marches d'escalier branlantes allaient le rebuter ?

Une meute jaillie de l'enfer ne l'aurait pas fait reculer.

— Je suis habitué à l'inconfort, assura-t-il, un peu de froid ne me dérangera pas. Mon ordinateur portable est équipé d'une puissante batterie et je ferai attention dans les escaliers. Je suis assez doué de mes mains et, si vous m'y autorisez, je verrai ce que je peux réparer dans votre maison.

— Oh ! s'exclama Caroline en clignant des yeux. Ma foi, c'est fort aimable à vous, monsieur Prescott. Je ne puis qu'espérer que vous vous révélerez plus compétent que Mack le sagouin, comme j'ai surnommé celui qui se contente de salir ma maison et de prendre l'argent que je lui donne.

Elle déglutit, et sa gorge pâle se contracta.

— À ce sujet, vous pourrez déduire les réparations du montant du loyer. J'insiste.

Jack sentit quelque chose se nouer dans sa poitrine. Elle avait visiblement besoin d'argent. Le chauffeur de taxi lui-même savait qu'elle avait besoin d'argent, tout Summerville devait le savoir, et elle était disposée à réduire son loyer pour sa peine. Caroline semblait incapable de profiter de qui que ce soit.

Quoi qu'il advienne, quelle que soit la tournure que prendrait leur relation, Jack se jura de veiller à ce qu'elle n'ait plus jamais aucun souci d'argent.

— Ce ne sera pas nécessaire, répondit-il. J'aime travailler. Je ne supporte pas de rester inactif et j'adore bricoler, réparer ce qui ne marche pas. Ça me donnera de quoi m'occuper, en attendant de m'installer.

— Vous étiez dans l'armée, monsieur Prescott ? s'enquit-elle.

— Oui, j'ai été ranger pendant sept ans. Mon père était militaire de carrière, lui aussi. Colonel en retraite. Il a monté une société de sécurité et j'ai quitté l'armée pour l'aider à faire tourner son affaire. Il est mort la semaine dernière.

Un spasme de chagrin, incontrôlable, déforma un instant son visage.

— Mon Dieu, souffla-t-elle en tendant la main pour toucher son bras.

Ce bref contact, simple geste de réconfort, lui fit l'effet d'une brûlure, et il dut faire appel à toute sa volonté pour résister à l'envie d'agripper sa main.

— Je suis désolée. Perdre ses parents est extrêmement douloureux. Je vous présente toutes mes condoléances.

Jack baissa la tête, incapable de parler.

Un silence envahit la boutique, si lourd qu'il formait une présence à part entière. On n'entendait plus que le vent qui faisait trembler la vitrine dans son cadre.

Jack était parvenu à maîtriser son érection, mais une sensation étrange s'était emparée de sa gorge. Elle était nouée et brûlante. Un tourbillon d'émotions étreignait sa poitrine. Des émotions qu'il ne pouvait se permettre d'exprimer lacéraient ses poumons comme des lames de couteaux chauffées à blanc. Chagrin. Désir. Tristesse. Joie. Il avait perdu son père et il avait retrouvé Caroline.

Elle l'observait sans rien dire, comme si elle comprenait ce qui se passait en lui. Finalement, elle rompit le silence.

— Eh bien, monsieur Prescott, je crois que j'ai un nouveau locataire.

Il leva les yeux vers elle et toussota pour s'éclaircir la voix.

— Je le crois également. Mais je vous en prie, appelez-moi Jack.

— Entendu, Jack. Moi, c'est Caroline. Caroline Lake.

Jack faillit sourire. Il ne s'était saoulé qu'une seule fois dans sa vie. Le jour où le colonel avait appris que son cancer de l'estomac n'était pas opérable. Jack l'avait raccompagné à la maison, aidé à se coucher et était aussitôt ressorti. Cette nuit-là, il avait pris une cuite phénoménale dont il avait émergé deux jours plus tard dans le lit d'une bimbo, un grand C stylisé tatoué sur le biceps droit.

Jack savait peut-être mieux qu'elle-même comment s'appelait Caroline.

— Quel est le montant du loyer ? demanda-t-il.

— Cinq cents dollars par mois, répondit-elle d'un ton d'excuse en scrutant son regard. Je sais que cela peut sembler excessif, mais je vous assure…

— C'est parfait, l'interrompit-il en tendant la main devant lui. Cela me paraît très raisonnable. Surtout pour une pension complète. Cela m'évitera de dépenser une fortune au restaurant. Quel chemin dois-je prendre pour aller chez vous ?

Il savait parfaitement où était situé Greenbriars, mais Caroline aurait trouvé étrange qu'il ne le lui demande pas.

— Vous êtes en voiture ?

— Non, pas encore. Je suis venu en taxi de l'aéroport. Je compte en louer une dès lundi.

Caroline se leva et il en fit autant, en saisissant la poignée de son sac. Il se retrouva trop près d'elle et recula immédiatement. Ce fut instinctif. Il était tellement grand qu'il devait veiller à ne pas dominer les gens de sa stature.

— Ce n'est pas la peine que je reste ici. Plus personne ne viendra avec ce temps, déclara-t-elle avec un haussement d'épaules. Le temps de fermer et je vous y conduirai moi-même, monsieur Prescott.

— C'est très aimable à vous, madame Lake.

— Je vous en prie, appelez-moi Caroline.

— Caroline, dit-il, autorisant ce mot à franchir ses lèvres pour la première fois depuis douze ans.

Elle le contemplait d'un regard aveugle, comme perdue dans ses pensées. Jack attendit.

— Caroline ? finit-il par s'inquiéter.

Elle frémit et se secoua.

— Oui, euh… Attendez-moi près de la porte, voulez-vous ? Le temps d'éteindre l'ordinateur et de changer de chaussures, et je vous rejoins.

Elle baissa les yeux vers ses élégants escarpins. Jack l'imita. Leurs pieds formaient un contraste saisissant, comme s'ils appartenaient à deux espèces différentes plutôt qu'à deux sexes opposés. Ils relevèrent la tête en même temps, et leurs regards restèrent un instant rivés l'un à l'autre.

Jack s'agrippa fermement à la poignée de son sac pour résister au désir de la toucher.

Il n'avait jamais posé la main sur elle. Pas une seule fois au cours de ses visites au foyer. Il en avait eu furieusement envie, mais il n'avait jamais osé.

Caroline se dirigea vers son bureau, situé derrière un comptoir de bois.

Elle éteignit l'ordinateur, puis sa tête disparut derrière le comptoir quand elle se baissa pour changer de chaussures.

Elle revint vers lui chaussée de bottes fourrées, la chevelure couverte d'un bonnet de laine, enveloppée dans un grand manteau molletonné qui lui arrivait presque jusqu'aux chevilles. Même emmitouflée de telle sorte qu'on ne savait pas trop si son manteau dissimulait un être humain ou un Martien, elle était merveilleusement désirable. Si désirable que Jack en eut mal. Il la regarda se diriger gracieusement vers un tableau électrique, éteindre les lumières, puis ouvrir la porte.

Le cri de surprise de Caroline recouvrit le bruit du vent.

Ce fut comme si elle venait d'ouvrir le portail d'un enfer. Le vent hurlait comme une âme en peine et projetait des aiguilles de glace qui piquaient douloureusement la peau.

— Mon Dieu !

Caroline recula comme sous l'effet d'une gifle et se retrouva dans les bras de Jack. Il la fit reculer un peu plus loin dans la boutique, puis lutta contre le vent pour refermer la porte. Il dut faire appel à ses muscles pour y parvenir. Il se laissa aller contre le battant et tendit la main vers elle.

— Donnez-moi vos clés de voiture, dit-il.

Cette simple prise de contact avec les éléments déchaînés la faisait trembler, et elle s'y reprit à plusieurs fois pour ouvrir son sac. Elle déposa ses clés dans la paume de la main que tendait Jack, puis fronça les sourcils.

— Pourquoi…

— Vous allez geler sur pied si vous sortez. Comment est votre voiture, et où est-elle garée ? Je vais l'amener devant la porte pour que vous n'ayez pas à marcher dans ce froid.

— C'est une Fiat verte. Elle est garée au coin de la rue à droite. Mais vous n'êtes pas assez couvert pour affronter ce…

Elle n'acheva pas sa phrase. Elle parlait dans le vide.

2

C'est soit de la chance, soit de la folie, se dit Caroline en tremblant sous son manteau. Il avait suffi qu'elle s'expose trente secondes à cet enfer glacé pour être gelée jusqu'à la moelle des os.

Alors, chance ou folie ?

Elle avait très envie de croire à la chance, parce qu'elle avait désespérément besoin de ces cinq cents dollars qui lui tombaient du ciel. Elle avait été obligée d'hypothéquer Greenbriars pour payer les factures d'hôpital de Toby, et l'argent des loyers était indispensable au remboursement. Sans ces cinq cents dollars, elle ne pourrait jamais régler l'échéance de la mi-janvier.

Quand M. et Mme Kipping lui avaient annoncé quatre jours auparavant qu'ils partaient, Caroline en avait été ébranlée. Ils étaient censés rester jusqu'en mai, date à laquelle les travaux de rénovation de leur maison seraient terminés. Mais M. Kipping avait perdu plusieurs chapitres de sa biographie d'Alexander Hamilton à cause d'un court-circuit, et Mme Kipping avait attrapé une bronchite suite aux fréquentes interruptions de la chaudière.

Caroline n'avait pas les moyens de payer un électricien pour vérifier l'installation électrique. Elle n'aurait pas fini de rembourser ses dettes avant d'avoir quatre-vingts ans. Si elle vivait jusque-là.

L'espérance de vie moyenne de ses proches n'avait rien d'encourageant.

Mme Kipping était en larmes à l'idée de devoir la quitter, et Caroline avait dû faire appel à toute sa volonté pour éviter de fondre en larmes elle aussi. Les Kipping étaient adorables, et cela faisait presque un an qu'ils vivaient là. Ils étaient d'une compagnie charmante et lui avaient apporté un énorme réconfort au cours des derniers jours de vie de Toby. Caroline ignorait comment elle s'en serait sortie si elle avait dû rentrer de l'hôpital dans une maison vide. Et après l'enterrement de Toby… Elle frissonna.

Au début, les Kipping faisaient souvent remarquer qu'ils n'arriveraient jamais à faire de leur maison quelque chose d'aussi somptueux que Greenbriars. Mais c'était avant les fichiers perdus, les douches perpétuellement froides et l'eau gelée dans le lavabo de la salle de bains. Caroline savait qu'ils l'aimaient beaucoup et appréciaient tout autant sa cuisine. C'était surtout la bronchite de Mme Kipping qui les avait contraints à prendre cette décision. Anna Kipping était de santé délicate et Marcus, son mari, craignait terriblement de la perdre. Lui aussi avait eu les larmes aux yeux le jour de leur départ.

Trouver un nouveau locataire en cette veille de Noël, au milieu de cette tempête épouvantable, avait tout d'un miracle.

Sans parler du bonus que cela incluait : ne pas passer le jour de Noël toute seule. Le jour anniversaire du décès de ses parents dans cet épouvantable accident, dont Toby était sorti si grièvement blessé qu'il n'avait jamais pu remarcher. Il avait enduré six longues années de souffrance avant de s'éteindre.

Si elle acceptait de croire à sa chance, Caroline pouvait considérer les choses sous cet angle.

Mais il était plus probable qu'elle ait commis une folie. Accepter chez elle un homme d'allure aussi peu engageante que Jack Prescott relevait de la folie pure. Et comme si cela ne suffisait pas, elle lui remettait les clefs de sa voiture alors qu'elle ne le connaissait que depuis un quart d'heure !

Marcus et Anna Kipping étaient les locataires les plus fiables du monde. Un couple de sexagénaires dont les pires vices étaient la glace aux deux chocolats nappée de caramel et une passion inavouable pour Gilbert & Sullivan. Marcus connaissait par cœur les paroles de *H.M.S. Pinafore,* qu'il entonnait sans jamais se faire prier.

Jack Prescott, lui, était tout sauf fiable. Aussi ridicule que cela puisse paraître, Caroline avait senti son cœur s'emballer pendant qu'ils discutaient. Oui, Jack Prescott était même effrayant. Immense, grossièrement vêtu, doté de muscles qu'on ne développe pas dans un gymnase, il semblait taillé dans le roc.

Ce qui ne l'empêchait pas d'être extrêmement attirant, et c'était bien la première fois que Caroline se sentait attirée par un de ses locataires. Effrayant, mais séduisant. Sa décision ne relevait peut-être ni de la chance ni de la folie, mais d'un soudain débordement hormonal…

Quand elle avait brièvement touché son bras, un frisson avait parcouru sa colonne vertébrale. Elle avait senti ses muscles d'acier à travers l'étoffe de sa chemise et de sa veste. Jamais encore il ne lui avait été donné de toucher des muscles aussi durs. Un flot de chaleur l'avait envahie à l'idée qu'il était probablement dur comme ça… absolument partout.

Elle ne pouvait cependant pas lui reprocher d'avoir fait quoi que ce soit pour la mettre mal à l'aise. Non, c'était sa stature et son aspect dangereux qui l'avaient effrayée.

Jack Prescott était l'opposé exact de Marcus Kipping, qui avait une prédilection pour les cardigans de laine dissimulant ses épaules voûtées et ses bras maigres. La musculature de Jack Prescott était si massive qu'elle transparaissait sous ses vêtements.

C'était l'homme le plus viril et le plus séduisant qu'elle ait jamais vu.

Caroline, qui avait pour habitude de ne jamais se mentir à elle-même, réalisa qu'en fait, c'était justement pour cette raison qu'elle avait dit oui. À cause de ce frisson et de cette bouffée de chaleur. Cela faisait si longtemps qu'elle n'avait plus ressenti cela...

Si elle avait eu un tant soit peu de jugeote, elle aurait dit non. Elle ne l'aurait pas accepté comme locataire et ne lui aurait surtout pas remis les clefs de sa voiture. Que savait-elle de lui ? C'était peut-être un tueur en série, ou un de ces vétérans de guerre qui souffrent de désordres post-traumatiques. Un de ces jours, il craquerait, grimperait en haut d'une tour et se mettrait à tirer sur les passants. Ou bien on retrouverait le corps de Caroline dans une mare de sang. Ou encore il ferait main basse sur le peu d'argenterie qui restait à Greenbriars.

On n'acceptait pas un locataire sans un minimum de références. Les Kipping lui avaient été recommandés par le directeur de la banque, et ils avaient connu ses parents.

Qui connaissait Jack Prescott ?

Il s'était exprimé d'un ton si tranquille et avait conservé une attitude tellement posée au cours de leur entretien, qu'elle en avait oublié ses craintes. Il y avait eu aussi cet éclair de douleur qui était passé sur son visage quand il avait mentionné la mort de son père... une douleur aussi profonde que sincère. Caroline savait à quoi s'en tenir dans ce domaine. Elle était malheureusement experte en la matière.

Il avait l'air débraillé et fatigué que l'on a au terme d'un long voyage. La veste qu'il portait ne convenait pas à la saison, et ses vêtements étaient aussi chiffonnés que s'il avait dormi dedans. Ses bottes étaient vieilles et usées. C'étaient ces vieilles bottes qui avaient définitivement emporté le morceau.

Les bottes d'un homme arrivé au bout du rouleau.

Caroline ne savait que trop bien ce que l'on ressentait quand on en était là.

Et puis, il y avait quelque chose d'autre chez cet homme, en plus de son aspect attirant et solide. Quelque chose de… familier. Ce point plaidait plutôt en faveur de la théorie de la folie, parce qu'elle ne l'avait jamais vu de sa vie. Elle n'avait jamais eu l'occasion de poser les yeux sur un homme qui lui ressemble, même de loin.

Aucun de ceux qu'elle avait connus n'avait des mains aussi puissantes ou des épaules aussi larges. Aucun ne se déplaçait avec cette grâce athlétique, presque animale, cette énergie ramassée dont on sentait qu'elle pouvait jaillir avec la fulgurance d'un éclair.

Il avait dit qu'il avait quitté l'armée, mais il avait conservé le maintien d'un militaire – ces épaules carrées, ce dos parfaitement droit, cette remarquable économie de mouvements. Le fait de vivre avec un père colonel avait sans doute déteint sur lui.

L'homme que Caroline connaissait le mieux était Sanders McCullin, et il était aussi éloigné que possible de Jack Prescott. Sanders était grand, sans l'être autant que Jack, blond, d'une beauté classique et incroyablement élégant.

Si Caroline avait disposé annuellement de ce que Sanders dépensait chaque mois en vêtements, ses problèmes financiers se seraient envolés. Ils pourraient d'ailleurs s'envoler du jour au lendemain : Sanders le lui avait plusieurs fois laissé entendre. En acceptant de l'épouser, Caroline retrouverait la vie qui avait été la sienne jusqu'au décès de ses parents. Sûre, tranquille, confortable.

Les mauvais jours comme celui-ci, l'éventualité de regagner une maison glaciale – qui le resterait jusqu'au lundi suivant, car Mack le sagouin était la seule personne capable de ranimer temporairement sa chaudière et ne se déplaçait pas les jours fériés – en cette veille de Noël qui se soldait par une journée sans aucune vente à la librairie, doublée de la perspective de passer le long week-end de Noël toute seule... eh bien, oui, les mauvais jours comme celui-ci, Caroline en venait à penser qu'épouser Sanders relevait du bon sens.

Le problème, c'était que la seule idée d'embrasser Sanders lui soulevait le cœur, sans parler de dormir dans le même lit que lui... Ce qui, en soi, suffisait à prouver qu'elle était folle. La moitié des femmes de la ville rêvaient de coucher avec Sanders et l'autre moitié l'avaient déjà fait, ce qui faisait de Caroline l'exception qui confirme la règle.

Oui, Caroline devait être folle, il n'y avait pas d'autre explication possible. Tout ce qu'elle savait de Jack Prescott, c'était que personne ne le connaissait et qu'il était pauvre. Sachant cela, que faisait-elle ?

Elle lui remettait gentiment ses clefs de voiture parce qu'il les lui demandait !

Comment ferait-elle pour rentrer chez elle s'il lui volait sa voiture ? Elle serait coincée jusqu'à ce que le temps s'améliore avec les quelques yaourts, le Coca sans sucre et la pomme ratatinée que contenait son petit réfrigérateur. Aucun taxi n'accepterait de venir sous cette tempête, et de toute...

Un grattement contre la vitrine la fit sursauter et, une seconde plus tard, Jack Prescott était de retour dans la boutique, couvert de neige. Ses longs cheveux noirs étaient tout blancs, et même ses cils. Pourtant, il ne semblait pas souffrir du froid. Il n'avait absolument pas l'air incommodé.

— J'ai garé la voiture juste en face. C'est l'enfer dehors. Il faudra faire vite. Vous aurez assez chaud avec ce manteau ?

De la part d'un homme qui ne portait qu'une veste en jean, c'était bien la meilleure.

— Oui, ce sera parfait, répondit-elle en se penchant pour ramasser sa grosse sacoche.

Elle n'eut pas le temps de refermer la main sur la poignée qu'il l'avait déjà prise, alors qu'il portait déjà son sac et sa valise.

— Je peux la porter, protesta-t-elle.

— Vous avez besoin d'actionner le système d'alarme avant de sortir ? demanda-t-il sans se soucier de son objection.

Le système d'alarme. Comme si elle avait les moyens de mettre trois mille dollars dans un dispositif de sécurité destiné à empêcher des hordes de voleurs désireux de faire main basse sur les incunables de Jane Austen et les tirages à part de Nora Roberts.

— Non. Je ferme juste le verrou, répliqua-t-elle en lui montrant ses clefs. Mais c'est un verrou de sécurité, précisa-t-elle.

Il se contenta de la regarder de ses grands yeux sombres parfaitement insondables, puis hocha la tête et lui prit les clefs des mains.

— D'accord, je m'en charge. Si vous avez des gants, mettez-les. J'ai laissé tourner le moteur pour réchauffer la voiture. Dépêchez-vous.

Il se comportait en… en responsable des opérations. L'armée et son papa colonel avaient vraiment déteint sur lui.

Pourtant, l'idée d'avoir quelqu'un avec elle dans la voiture était un véritable soulagement. Le mauvais temps la terrifiait, et cette tempête battait tous les records. Sa Fiat était têtue et capricieuse, habituée à la douceur du climat italien. Elle détestait qu'on la fasse sortir dans le froid. Tomber en panne au beau milieu d'une tempête de neige était tout à fait dans son caractère.

Si cela se produisait, son nouveau locataire serait avec elle, et Jack Prescott avait l'air assez fort pour tracter la voiture jusqu'à Greenbriars en nouant son ceinturon au pare-chocs avant.

Il avait posé la main sur la poignée de la porte et l'observait.

— Ça va aller? s'enquit-il tranquillement.

Caroline hocha la tête, et il lui ouvrit la porte.

— Allons-y.

Caroline eut l'impression qu'un énorme poing gelé s'abattait sur son visage. Dès qu'elle eut fait un pas dehors, elle réalisa qu'elle distinguait seulement ce qui se trouvait à quelques centimètres de son nez. Une neige épaisse formait de grands voiles tourbillonnants. On n'entendait rien d'autre que le hurlement du vent, et le froid était si pénétrant qu'elle se retrouva instantanément pétrifiée. Ses muscles refusaient de lui obéir.

Quelque chose de dur dans son dos la projeta en avant. Elle faillit trébucher et ses pieds glissèrent sur la neige qui recouvrait le trottoir. Elle avait beau savoir que la chaussée n'était qu'à quelques mètres, elle n'arrivait pas à distinguer la voiture.

Une rafale projeta des flocons de neige dans ses yeux et elle perdit l'équilibre. Elle chancela et serait tombée si Jack ne l'avait pas rattrapée. Il se contenta de la soulever d'un seul bras, ouvrit la portière de la voiture, l'installa sur le siège et referma la portière. Quelques secondes plus tard, celle du passager s'ouvrit et il se glissa à l'intérieur.

Caroline s'efforça de retrouver son souffle et aspira l'air tiède de l'habitacle pour réchauffer ses poumons.

Dieu merci, il faisait bon dans la voiture. Ces quelques secondes à l'extérieur l'avaient terrorisée. Elle pouvait à peine bouger, de longs tremblements parcouraient son corps. Malgré les gants, ses mains étaient tellement gelées qu'elles sentaient à peine le volant. Caroline s'y agrippa, secouée.

— Mon Dieu, souffla-t-elle. Je n'avais encore jamais vu ça.

Elle tourna les yeux vers son passager qui l'observait tranquillement. Il était si grand qu'il donnait l'impression d'occuper la moitié du véhicule.

— Je vous remercie de m'avoir portée jusqu'ici. Je ne sais pas si j'y serais arrivée toute seule.

— Il n'y a pas de quoi.

Il fit reculer son siège autant qu'il put pour caser ses longues jambes, puis boucla sa ceinture.

— Mais on ferait mieux de se mettre en route. Ça n'a pas l'air de s'arranger.

— Allons-y.

Caroline réalisa que dès qu'elle avait franchi le seuil de la librairie, toute pensée cohérente l'avait désertée. Elle n'avait même pas vérifié que Jack verrouillait bien la porte ; elle n'y avait pas pensé. Il l'avait fait cependant, car elle se souvint d'avoir perçu le cliquetis métallique du verrou derrière elle, mais si elle avait été seule, elle se serait contentée de claquer la porte. Peut-être même pas. Et la porte de la librairie serait restée ouverte tout le week-end.

Heureusement que Jack était allé chercher la voiture. Si elle y était allée elle-même, elle aurait facilement pu passer à côté sans la voir. Elle aurait erré le long du trottoir, aveuglée par la neige, et aurait fini par s'écrouler comme un bloc de glace.

Sa petite Fiat ronronnait sous ses pieds et le vent la faisait légèrement tanguer. Caroline contempla le pare-brise recouvert de neige d'un œil consterné et enclencha les essuie-glaces. Ils mirent une bonne minute à le nettoyer. La neige était tellement épaisse qu'elle ne voyait pas plus loin que le capot. Elle savait qu'il y avait un réverbère à ce niveau de la rue, mais sa lumière ne parvenait pas à percer.

Quel cauchemar.

Jack l'observait toujours aussi calmement.

— Voulez-vous que je prenne le volant ?

C'était comme s'il avait lu dans ses pensées. Mon Dieu, oui ! fut-elle tentée de répondre. La conduite par mauvais temps l'effrayait. Le mauvais temps entraîne des accidents. Ses parents étaient morts dans un blizzard comme celui-là. Leur voiture avait dérapé à hauteur d'un carrefour et percuté un camion qui arrivait en sens inverse…

Ne pense pas à ça.

— Caroline ? insista-t-il. Conduire par temps de neige ne me dérange pas, vous savez.

Laisser ces grandes mains puissantes tenir le volant était extrêmement tentant. Caroline était certaine qu'il s'en sortirait mieux qu'elle. Mais c'était sa voiture, et elle avait durement appris à ne compter que sur elle-même.

— Non, ça ira, je vous remercie, assura-t-elle.

Elle enclencha la première et appuya sur l'accélérateur. Les roues patinèrent, puis mordirent. Jusqu'ici, tout se passait bien. Elle s'engagea lentement dans ce qu'elle espérait être la rue.

Heureusement qu'elle connaissait le chemin par cœur, parce qu'elle avait l'impression de conduire les yeux bandés. Le vent soufflait avec une telle violence que les nappes de neige s'abattaient pratiquement à l'horizontale, entraînant follement les flocons dans des rafales circulaires.

Caroline alluma la radio, un vieux réflexe lorsqu'elle conduisait. Elle était presque toujours seule en voiture, et la radio lui donnait l'impression d'être connectée au reste du genre humain.

— … plus violent blizzard depuis 1957, selon notre agence météo, pire encore que celui qui s'était abattu sur la région en 2001, et je n'ai personnellement aucun mal à le croire.

Caroline sourit en entendant les belles inflexions de baryton de Roger Scott. Il avait une façon de moduler les mots qui donnait un tour sexy à tout ce qu'il racontait, même quand il parlait du mauvais temps. Rien qu'à cause de sa voix, Caroline était sortie avec lui pendant deux semaines, mais les problèmes de santé de Toby l'avaient éloigné.

Un de plus, dans la longue liste de ses soupirants, qui n'avait pas supporté le calvaire qu'était devenue sa vie.

— Passons à l'international. Les forces de paix des Nations unies basées en Sierra Leone rapportent qu'un groupe de mercenaires américains a massacré un village de femmes et d'enfants avant de prendre la fuite avec une fortune en diamants. Le chef du commando a été arrêté et attend l'extradition vers les États-Unis. Selon Elfriede Breitweiser, porte-parole des Nations unies, ces mercenaires travaillaient pour une société de sécurité basée en Caroline du Nord…

La radio s'éteignit. Surprise, Caroline tourna la tête vers son passager et croisa ses grands yeux sombres.

— Il fait trop mauvais pour écouter le bulletin météo, expliqua-t-il.

Caroline avait effectivement toutes les peines du monde à lutter contre le vent qui menaçait de déporter sa petite voiture et à la maintenir sur la route sans déraper. Les mains fermement agrippées au volant, elle s'arc-boutait vers le pare-brise pour tâcher de voir où elle allait. Le bord de la route était à peine visible.

C'était épouvantable. Elle se traînait péniblement à quinze kilomètres heure. À ce train-là, ils n'étaient pas près d'arriver à Greenbriars. Elle appuya sur l'accélérateur.

Tout se déclencha en même temps.

Caroline réalisa avec un temps de retard que les roues ne mordaient plus la route, et un bruit aigu se fit entendre au-dessus du hurlement du vent. Elle avait perdu le contrôle du véhicule, qui s'était mis à déraper dangereusement vers la gauche. Paniquée, elle enfonça le frein de toutes ses forces, et la voiture se mit à tourner follement sur elle-même.

Une forme sombre surgit brusquement et deux phares puissants émergèrent à plus d'un mètre du sol, tels les yeux d'un prédateur. Un crissement de pneus s'éleva, accompagné d'un long coup de Klaxon, aussi profond et grave qu'une corne de brume...

Caroline mit une pleine seconde à comprendre qu'elle était sur le point d'emboutir un poids lourd. Elle laissa échapper un hurlement de panique tandis que la voiture glissait sur le verglas, droit sur la forme massive qui se rapprochait.

— Lâchez le volant et accrochez-vous, ordonna une voix.

Deux grandes mains brunes s'emparèrent du volant, redressèrent la trajectoire de la voiture tourbillonnante, et la jambe gauche de Jack passa pardessus les siennes pour freiner en douceur alors qu'il changeait le rapport de vitesse.

Leur glissade ralentit et la voiture cessa de tourner sur elle-même. Jack braqua sur la gauche et immobilisa la voiture sous un lampadaire au bord de la route. Une seconde plus tard, le poids lourd les dépassait en klaxonnant rageusement. L'air qu'il déplaçait fit tanguer la petite voiture au passage.

Le tout n'avait duré que quelques secondes. La peur rétrospective de l'accident auquel ils venaient d'échapper projeta un flot d'adrénaline dans ses veines. Si Jack n'avait pas pris le volant, ils seraient morts dans un froissement de tôle, leurs membres broyés et déchiquetés gisant dans une mare de sang.

Ils venaient de frôler la mort d'un cheveu.

Caroline plaqua les mains sur sa bouche pour réprimer un hurlement. Un flot de bile remonta dans sa gorge.

Elle tremblait si fort qu'elle avait l'impression qu'elle allait tomber en miettes, mais la vision du camion fonçant droit sur eux refusait de quitter son esprit. La gorge nouée par la panique, elle lutta pour aspirer un peu d'air.

Jack défit sa ceinture de sécurité et la prit dans ses bras. Il émanait de lui une telle puissance que Caroline se sentit immédiatement rassurée. Elle passa les bras autour de son cou et, tremblante, se blottit contre lui jusqu'à ce que sa respiration retrouve un rythme normal.

La main qu'il avait posée sur sa tête la recouvrait presque entièrement. Caroline avait enfoui son visage dans son cou, et sa barbe naissante lui chatouillait le front. Le bout de son nez frôlait l'artère palpitante de son cou. Son pouls battait aussi calmement et régulièrement qu'un métronome, alors que celui de Caroline galopait follement.

Elle perçut une agréable senteur musquée qui devait être celle de Jack, mêlée à une odeur de cuir. Le vent avait dénoué ses longs cheveux bruns qui étaient incroyablement doux.

Le corps contre lequel elle s'appuyait n'avait pourtant rien de doux. Caroline avait l'impression d'enlacer une statue d'acier. Jack la serrait étroitement dans ses bras, comme s'il cherchait à absorber ses tremblements irrépressibles.

— Tout va bien, murmura-t-il, et elle sentit ces mots vibrer dans son torse. Il ne va rien se passer, tout va bien.

Non, ça n'allait pas bien du tout. Caroline avait l'impression de vivre un cauchemar éveillé.

C'était exactement de cette façon que ses parents avaient trouvé la mort. Une tempête de neige, une plaque de verglas et un poids lourd. La patrouille d'autoroute avait mis six heures à les déloger de la tôle froissée. Ce qui restait du corps de son père méritait tout juste d'être enterré.

Caroline s'était bien des fois réveillée en sueur au beau milieu de la nuit alors qu'elle rêvait aux dernières secondes de vie de ses parents. La terreur qu'ils avaient dû ressentir en voyant ce camion surgir de la neige, l'horreur qui s'était abattue sur eux quand ils avaient compris qu'ils allaient mourir.

Et Toby. Pauvre petit Toby. Condamné à vivre les six années suivantes dans un fauteuil roulant, à endurer des souffrances atroces, tout cela pour mourir avant d'avoir atteint son vingtième anniversaire.

Caroline voyait tout cela dans ses cauchemars. Nuit après nuit, elle revivait les derniers instants de ses parents, la lente agonie de son frère. La mort était toujours présente. Elle venait la chercher pour l'emporter comme elle avait emporté le reste de sa famille. Caroline ne pouvait pas espérer lui échapper éternellement.

Ce qu'elle était en train de vivre avait le même goût sombre et métallique que ses cauchemars, à la différence qu'elle ne dormait pas. Caroline lutta de toutes ses forces pour se ressaisir, y parvint héroïquement et s'écarta de Jack.

— Qu'est-ce qui s'est passé ? demanda-t-elle d'une voix haut perchée, à bout de souffle. Pourquoi ai-je perdu le contrôle de la voiture ?

— Un pneu a éclaté, répondit-il. Le pneu avant gauche.

Ses pneus étaient effectivement vieux et usés. Elle avait remis l'achat de pneus neufs à plus tard, en espérant que ceux-là tiendraient encore un mois. Elle savait que ce n'était pas raisonnable, mais elle n'avait pas le choix.

Elle avait failli les tuer parce qu'elle n'avait pas de quoi acheter des pneus neufs. Et maintenant, l'un d'eux était crevé. Comment allait-elle faire pour le changer ? Était-il seulement possible d'envisager de changer une roue en plein blizzard ?

— Vous avez une roue de secours et un cric ? questionna Jack.

— Oui.

La roue de secours était aussi usée que les autres, mais au moins elle en avait une. Et un cric. Étant donné l'état de tout ce qui entourait Caroline, il devait être rouillé et se romprait sous l'effet du froid.

Elle eut envie de laisser aller son front contre le volant pour pleurer de rage et de frustration, mais résista vaillamment. Elle en aurait peut-être retiré une grande satisfaction émotionnelle, mais ce n'était pas en cédant à des émotions de ce genre qu'ils atteindraient la maison.

Une rafale de vent plus forte que les autres fit tanguer la voiture, et Caroline s'agrippa à la veste de Jack pour garder l'équilibre. Mon Dieu, s'ils restaient là à attendre qu'elle en ait fini avec ses idées noires, ils allaient mourir de froid ! Elle se retourna et posa la main sur la poignée de la porte, en espérant que ses mains veuillent bien cesser de trembler.

— Qu'est-ce que vous faites ? demanda Jack d'un ton rude.

Surprise, Caroline le regarda par-dessus son épaule. Son front était tout plissé et il la considérait en fronçant les sourcils.

— Euh...

Qu'est-ce qu'il s'imaginait ? Ils ne pouvaient pas rester là plus longtemps.

— Je vais changer la roue. Il faut qu'on se dépêche de rentrer avant que la tempête se déchaîne. Bientôt, on ne pourra plus du tout rouler.

La nuit était tombée. La lumière des réverbères ne parvenait pas à trouer la neige et l'intérieur de la voiture était presque entièrement plongé dans l'obscurité. Caroline ne distinguait plus que le blanc de ses yeux et de ses dents. Il posa brièvement la main sur son bras.

— Ouvrez le coffre et restez là. N'ouvrez pas votre portière. Même pas une seconde.

Elle n'eut pas le temps de protester. Il avait entrouvert sa portière et s'était glissé dehors. Cette seule seconde suffit pour que la neige s'engouffre dans la voiture et que la chaleur s'envole. Caroline ouvrit le coffre, et un cliquetis métallique lui parvint depuis l'arrière de la voiture.

Une seconde plus tard, Jack se tenait à l'avant et hissait la voiture sur le cric, opérant pratiquement à tâtons. De temps à autre, une rafale de vent écartait le rideau de neige et Caroline le voyait apparaître, accroupi près de l'essieu. Elle alluma le plafonnier dans l'espoir de lui venir en aide, mais douta fortement de l'utilité de son geste. Cela la rassurait plus que cela ne l'aidait.

Tout à coup, il frappa au carreau, se pencha en avant et approcha les lèvres de la vitre.

— Vous voulez que je conduise ? cria-t-il pour se faire entendre malgré le vent qui hurlait.

Oh, mon Dieu, *oui* !

Au diable les formalités et la politesse. Au diable les responsabilités et l'indépendance. La seule idée de reprendre le volant avec ce verglas et ses pneus usés lui donnait des suées. Elle venait d'échapper de justesse à un accident, et elle ne doutait pas un instant que le prochain serait mortel.

Caroline croisa son regard à travers la vitre et hocha la tête.

— Glissez-vous sur l'autre siège et attachez votre ceinture, dit-il en plaçant ses mains en porte-voix devant sa bouche.

Ses mots avaient à peine porté, et Caroline devina plus qu'elle ne comprit. Il voulait lui épargner la peine de sortir et de contourner la voiture. Sous ses dehors rudes, Jack était un vrai gentleman, songea-t-elle en passant sur le siège du passager sans se cogner au levier de vitesse. Jack attendit qu'elle soit assise et ait bouclé sa ceinture avant d'ouvrir la portière.

Ses jambes tenaient à peine devant le siège, et il dut le reculer au maximum pour disposer de l'espace nécessaire. Il lança le moteur et le laissa chauffer.

— Vous avez fait vite, commenta Caroline. Moi, il m'aurait fallu au moins une heure pour changer la roue dans cette tempête.

Un coin de sa bouche se releva sur un demi-sourire, qui laissa brièvement apparaître l'éclat de ses dents.

— J'ai changé pas mal de roues sous des tirs ennemis. Ça m'a appris à faire vite.

— J'imagine, oui. Écoutez, je tiens vraiment à vous remercier. C'était à moi de le faire et... Oh, mon Dieu, mais vous êtes blessé ! s'exclama-t-elle en voyant luire quelque chose de sombre sur sa main droite. Je suis désolée...

Elle fouilla dans la boîte à gants et attrapa un mouchoir en papier qu'elle pressa sur sa main. Le mouchoir devint aussitôt rouge foncé. Il s'était sérieusement abîmé la main. Caroline changea le mouchoir.

— Maintenez-le pressé pendant quelques minutes jusqu'à ce que ça ne saigne plus. C'est une vilaine coupure, il faudra peut-être vous poser des agrafes. On peut s'arrêter aux urgences, l'hôpital est sur le chemin.

— Non, répondit-il doucement de sa belle voix grave en recouvrant sa main de la sienne.

Elle avait retiré ses gants pour conduire, et ce contact déclencha une décharge d'électricité statique. Sa main irradiait de la chaleur non seulement sur la sienne, mais dans tout son corps.

Le contact de sa peau la bouleversa. Le froid et la panique qu'elle avait ressentis s'estompèrent. C'était comme si sa main avait le pouvoir de transmettre des forces et de la chaleur à son organisme.

Il la pressa doucement, puis la retira.

— Je cicatrise bien, ne vous inquiétez pas. Il faut qu'on se mette en route, maintenant, sinon on n'arrivera jamais chez vous.

— Mais votre main...

— Ce n'est rien.

Il passa la première vitesse et appuya sur l'accélérateur.

— Ne vous occupez pas de ma main et expliquez-moi plutôt le chemin à suivre. Où dois-je tourner ?

Il cicatrisait effectivement très rapidement. La profonde entaille ne saignait presque plus.

Caroline tourna la tête vers le pare-brise, mais la visibilité était pratiquement nulle. Impossible de dire où se trouvaient les intersections.

— Roulez tout droit sur à peu près un kilomètre et tournez à droite. Je vais essayer de vous guider.

— D'accord, répondit-il calmement.

Il conduisait bien plus vite qu'elle n'aurait osé le faire. Elle faillit lui en faire la remarque, mais il semblait parfaitement maîtriser la voiture et si la conduite rapide l'effrayait, Caroline était également pressée d'arriver.

Elle chercha à repérer des panneaux de signalisation à l'extérieur, mais tout était couvert de neige. Ils avançaient à vue de nez. De temps à autre, une rafale de vent plus féroce que les autres entrouvrait le rideau neigeux. Elle aperçut ainsi les bancs qui bordaient Grayson Park, le grand sapin de Noël au croisement de Center Street et Fife, et puis soudain…

— C'est là ! s'exclama-t-elle, soulagée. Tournez à droite.

Il aborda le virage si prestement qu'ils auraient pu rouler par une tiède soirée d'été. Caroline compta les réverbères et se détendit progressivement. Dans cinq minutes, dix au grand maximum, ils seraient arrivés.

— Première à gauche, deuxième à droite, et ce sera la quatrième rue sur la droite.

Il s'arrêta juste devant le garage. Caroline ferma les yeux et respira à fond pour la première fois depuis qu'elle était montée dans la voiture.

Elle était à la maison.

Enfin presque. Elle toisa la porte rouillée du garage d'un regard de haine. Une fois de plus, elle allait devoir présenter des excuses.

— Je suis désolée, dit-elle d'une voix tendue en cherchant ses clefs dans son sac à main, mais la télécommande ne marche pas. Il faut ouvrir la porte manuellement. J'y vais.

— Non, dit-il en lui prenant les clefs des mains. Ne bougez pas, je m'en occupe.

Sa chaudière était capricieuse, mais la porte du garage était d'une fiabilité à toute épreuve : elle résistait *systématiquement*. Caroline devait déployer des trésors de patience pour parvenir à faire tourner la clef dans la serrure et à chaque fois, elle se cassait au moins un ongle. C'était le tarif minimum exigé par la porte.

— Vous êtes sûr ? Je peux…

Sa grande main recouvrit à nouveau la sienne, et le flot de chaleur sensuelle que ce geste avait déclenché la première fois se manifesta de la même façon. Et disparut dès qu'il retira sa main.

— Oui, je suis sûr.

À la lueur des phares, Caroline le vit se baisser et soulever la porte du garage comme si elle était toute neuve, fraîchement huilée et aussi légère que du carton. Une seconde plus tard, ils étaient dans le garage.

Cette fois, ça y était, elle était à la maison.

Lorsque Caroline descendit de voiture, elle sentit ses genoux se dérober sous elle. Elle avait les jambes tremblantes. L'accident qu'ils venaient de frôler avait déclenché en elle une secousse aussi profonde qu'irrépressible. Son trousseau de clefs tintinnabulait dans sa main, et elle dut serrer le poing pour faire cesser le bruit.

— Merci, dit-elle à Jack par-dessus le capot de la voiture. Je vous suis infiniment reconnaissante…

Il tendit la main devant lui et secoua la tête.

— Je vous en prie, ce n'était rien du tout. Montrez-moi plutôt le chemin. Je vous suis.

Caroline ouvrit la porte de la maison en croisant mentalement les doigts, s'attendant au pire.

Dieu merci, le pire ne s'était pas produit. Pas encore.

L'atmosphère n'était pas glaciale, et le bourdonnement presque imperceptible quelque part sous ses pieds la détendit. La chaudière ne s'était pas arrêtée. Quand elle tombait en panne, les tuyaux gelaient et les joints sautaient. Ce jour-là, cependant, les dieux du chauffage avaient décidé de lui sourire – ce qui était la moindre des choses, au vu des misères qu'ils lui avaient infligées la semaine précédente.

Il faisait assez froid, mais du moment que la chaudière fonctionnait, ce n'était pas un problème. Une fois qu'elle aurait remonté le thermostat, une douce chaleur se répandrait dans toute la maison en moins d'une demi-heure.

Ses factures de fuel étaient colossales, mais Caroline n'avait pas l'intention de se priver de chauffage. Surtout pas maintenant qu'un locataire venait de lui tomber du ciel en plein blizzard.

Elle conduisit Jack jusqu'au grand atrium qui s'élevait sur deux niveaux. Pénétrer à Greenbriars produisait toujours un effet réconfortant sur Caroline. Bâtie sur les plans d'un disciple de Frank Lloyd Wright, la somptueuse villa était composée de pièces spacieuses, lumineuses et idéalement proportionnées, mais l'atrium était tout simplement spectaculaire. Un vieil ami de la famille avait dit un jour que Greenbriars était comparable à une belle femme dont l'atrium serait le visage. Du vivant de ses parents, on pouvait y admirer deux Winslow Homer, un vase ming, un lustre en cristal de Murano et un immense tapis Baluchi d'époque.

Tout ceci avait disparu depuis longtemps.

Mais le gracieux volume de la pièce demeurait intact, ainsi que son dallage de marbre noir et blanc, les arches qui s'ouvraient sur la bibliothèque, le grand salon et le bureau, et le grand escalier tournant en bois d'érable qui conduisait aux chambres du premier étage.

Au fil des années, le simple fait de pénétrer dans l'atrium avait permis à Caroline d'oublier l'espace d'un instant les difficultés qu'elle devait affronter. À ses yeux, Greenbriars était vivant et incarnait en quelque sorte le dernier membre de sa famille en vie. Contre l'avis de tous, elle avait lutté bec et ongles pour le garder. L'avoué de son père, qui lui avait appris qu'il n'y avait plus d'argent sur le compte en banque de ses parents, Jenna, sa meilleure amie qui pensait qu'elle était folle de s'accrocher à Greenbriars « comme une moule à son rocher », Sanders, qui s'était vite lassé de la voir compter ses sous et avait fini par rompre avec elle, tous lui avaient dit de vendre.

Caroline s'y serait résolue si cela avait pu sauver la vie de Toby, mais il était mort avant que cela ne devienne nécessaire. Désormais, Greenbriars était le seul lien qui la rattachait à sa famille et constituait son unique consolation. Vendre cette demeure aurait consisté à renier tous ceux qu'elle avait aimés. C'était hors de question.

Tant qu'il lui resterait un souffle de vie, elle garderait Greenbriars. Coûte que coûte.

Elle observa la réaction de Jack Prescott tandis qu'il prenait connaissance des lieux. Les gens réagissaient de façons différentes en découvrant la maison. Il y avait ceux qui restaient bouche bée, ceux qui étaient blasés et ceux qui ne comprenaient pas à quel point elle était belle, n'y voyant qu'une grande baraque à moitié vide qui aurait sérieusement eu besoin d'un coup de peinture.

C'était un test décisif.

Jack eut la réaction parfaite. Il demeura un instant silencieux, ses grands yeux sombres absorbant les détails de l'architecture, puis se tourna vers elle.

— C'est magnifique. Je vous remercie d'accepter mon séjour dans une demeure aussi splendide.

Vraiment parfaite. Caroline lui sourit.

— J'espère que vous y serez à votre aise. Votre chambre est au deuxième étage, sous les combles. Je vais vous y conduire.

— Ne vous fatiguez pas à monter deux étages pour moi, objecta-t-il. Dites-moi simplement où elle est, je saurai bien la trouver.

Mon Dieu, ce n'était pas de refus. Ses tremblements s'étaient estompés, mais ses jambes étaient encore faibles.

— Montez au premier par l'escalier principal, et un deuxième escalier au bout du couloir vous permettra d'accéder au second. Vous y trouverez une chambre double avec une salle de bains réservée à votre usage personnel. Le lit est fait et il y a des serviettes de toilette dans le placard de la salle de bains. Vous devriez avoir assez d'eau chaude pour prendre une douche. Le dîner est servi à sept heures et demie.

— Je vous remercie, dit-il en inclinant la tête. Comptez sur moi pour sept heures et demie, conclut-il en commençant à gravir prestement les marches de l'escalier deux par deux.

Caroline regarda disparaître sa silhouette massive en se demandant si elle avait bien fait, tout en sachant qu'elle n'avait pas le choix.

3

Les instructions de Caroline ne lui avaient évidemment été d'aucune utilité. Jack savait très bien comment aller au deuxième étage de la maison depuis l'atrium. La main sur la poignée de la porte, il prit le temps d'inspirer un grand coup avant d'entrer dans la chambre. Il n'en revenait toujours pas d'être là. Avec elle.

La maison était aussi belle que dans son souvenir, mais dans une version nettement plus dépouillée. Il avait connu l'atrium avec des peintures aux murs, des meubles anciens, des tapis et des vases d'un style recherché. Il n'avait eu aucune idée de leur valeur, à l'époque. Tout ce qu'il savait, c'était qu'il n'avait jamais vu autant de pièces remplies de jolies choses.

Sans être passé expert, il avait étoffé ses connaissances au fil des ans. Assez pour savoir que tous ces meubles, ces tapis, ces tableaux et ces sculptures représentaient une fortune. Il semblait ne plus subsister grand-chose de ce trésor.

Cela ne faisait aucune différence. La maison était toujours aussi splendide, comme une belle femme sans maquillage. Imaginer Caroline obligée de vendre petit à petit son héritage le peinait cependant. Elle avait dû en souffrir.

La chambre sous les combles était restée telle qu'elle était douze ans auparavant. En un peu plus vétuste. Les peintures auraient eu besoin d'être refaites. Les meubles étaient les mêmes, de bon goût, sans être exceptionnels. Visiblement, rien de ce qui se trouvait dans cette pièce ne méritait d'être vendu. Un grand lit à baldaquin recouvert d'un énorme édredon en patchwork vert et blanc, un fauteuil dont la tapisserie donnait de sérieux signes d'usure, une commode à tiroirs et un petit bureau sur lequel on avait disposé un téléviseur et un poste de radio.

Tout ce qu'il fallait pour vivre confortablement, en somme. Surtout pour quelqu'un comme lui, qui avait l'habitude de vivre à la dure. Il serait très bien ici – en attendant d'emménager dans la chambre de Caroline, et il ferait en sorte que cela se produise le plus tôt possible.

Il n'avait pas encore réfléchi à la méthode qu'il emploierait pour passer du statut d'hôte à celui d'amant, mais il faisait confiance à ses talents de stratège. Tôt ou tard, il parviendrait à ses fins. Caroline vivait seule, c'était évident, mais elle pouvait très bien avoir quelqu'un dans sa vie. Comment aurait-il pu en être autrement ? Tout homme sensé ne pouvait manquer de la désirer.

La salle de bains n'avait pas changé non plus. Grande, avec des éléments blancs et des murs couverts de carreaux de faïence verts et blancs. Le lavabo était fissuré et quelques carreaux s'étaient décollés, mais pour quelqu'un qui avait été contraint de creuser ses propres latrines en Afghanistan, c'était le summum du luxe. Dans le placard, Jack découvrit les serviettes, comme promis. Elles étaient d'une propreté irréprochable, mais la trame commençait à apparaître. Quelle importance ? En moins d'une seconde, ses vêtements sales se retrouvèrent sur le carrelage et Jack sous la douche.

Un flacon de shampooing et du savon se trouvaient sur la tablette de la cabine. L'eau était tout juste tiède, mais il apprécia de pouvoir enfin se laver.

Le savon et le shampooing étaient parfumés à la rose et cette odeur lui monta aussitôt à la tête, dans la partie de son cerveau qui associait le parfum des roses à Caroline.

Une partie de son cerveau qui était directement connectée à son sexe depuis douze ans. Le parfum des roses l'amenait systématiquement à penser à Caroline, et penser à Caroline déclenchait systématiquement une érection.

Jack prit son temps pour se laver. Non seulement il se débarrassait de la sueur et de la crasse accumulées pendant ses quarante-huit heures de voyage depuis l'Afrique, mais il désincrustait également ses pores des scories de sa vie passée.

Douze années durant, il avait été aux ordres du colonel. L'homme qui avait trouvé un gosse mourant de faim et à demi fou derrière une benne à ordures, s'était acquis son indéfectible loyauté quand il l'avait pris sous son aile. Le colonel Eugene Nicholas Prescott était devenu pour lui un véritable père qu'il avait chéri de tout son cœur. Si le colonel avait été vivant, Jack n'aurait pas été là. Il l'aurait aidé à diriger ENP Security.

Avant la mort du colonel, Jack ne s'était que très rarement autorisé à rêver d'une autre vie et avait eu pour lui toute la loyauté d'un chevalier du Moyen Âge pour son roi. Mais en l'espace d'une semaine, Jack avait enterré son père, vendu la société et la maison, et assumé la dernière mission dont celui-ci l'avait chargé. Il avait rompu tous les liens avec son ancienne existence.

Il avait laissé son passé derrière lui et une nouvelle vie commençait là, dans la salle de bains de Caroline parfumée à la rose.

Sa peau avait désormais la même odeur, mais elle était loin d'offrir la même texture que la sienne. La peau de Caroline était si pâle et lisse. Si douce au toucher, aussi.

Jack se souvenait de chaque seconde où il avait tenu la jeune femme dans ses bras dans la voiture. Il avait dû faire appel à toute sa volonté pour se retenir de l'embrasser.

La bouche de Caroline était faite pour les baisers, rose et pâle. C'était un piège délicieux dans lequel il avait si eu violemment envie de tomber qu'il en avait eu mal. Toute une existence d'autodiscipline l'avait heureusement maintenu au bord du gouffre.

Ils avaient couru un réel danger lors de cette tempête, et pas seulement à cause du camion. Tous les pneus de sa voiture étaient morts et si l'un d'eux s'était avisé d'éclater, sans roue de secours, ils auraient été coincés. Mais Jack avait préféré garder cela pour lui et s'était contenté de la serrer fort dans ses bras pour la réconforter. Son devoir consistait à attendre que ses tremblements cessent et à les conduire au chaud le plus vite possible.

Son imagination s'était emballée. Dans sa tête, il avait retiré veste, pull, jean, caleçon et bottes. Le gros manteau de Caroline, son chemisier, son soutien-gorge, sa culotte et son collant. Dans sa tête, ils s'étaient retrouvés nus – pas dans l'habitacle glacé d'une voiture en plein blizzard, mais sur une plage déserte et ensoleillée. Un endroit où il aurait eu tout le temps d'explorer son corps, de caresser à sa guise cette peau de rose et d'ivoire. De faire courir ses lèvres le long de cette gorge pâle jusqu'à ces seins qu'il devinait sous son chemisier.

Le flot d'adrénaline qui avait inondé ses veines après qu'ils eurent frôlé la mort s'était concentré au niveau de son entrejambe, et son sexe avait instantanément durci. Il avait eu monstrueusement envie de la posséder, de la pénétrer, de lui faire l'amour jusqu'à en mourir.

Aussi excitante fût-elle, cette idée était extrêmement dangereuse parce qu'ils n'étaient pas sur une plage ensoleillée et qu'ils risquaient plus probablement de mourir de froid.

Il s'était donc contenté de déposer un léger baiser sur ses cheveux, si léger qu'elle ne l'avait sans doute pas senti, et s'était concentré sur son objectif prioritaire : les ramener sains et saufs à Greenbriars.

Mais maintenant qu'il se retrouvait dans l'atmosphère moite et parfumée de cette salle de bains, il pouvait reprendre ses divagations érotiques en toute sécurité. De fait, son esprit s'était déjà emballé. Sa langue caressait celle de Caroline à l'intérieur de sa bouche, il frottait son nez contre sa peau et s'enivrait de son parfum de rose. Il mordait ses lèvres, l'attirait contre lui, la serrait dans ses bras. Il faisait glisser sa main sur la peau blanche de son cou gracieux, si long et souple…

Jack baissa les yeux, et son sexe douloureusement raidi lui tira un grognement. Il était encore plus rigide que dans la voiture. Une telle érection ne se dissiperait pas aisément.

D'une part, cela faisait plus de six mois qu'il n'avait pas eu de relations sexuelles – entre sa dernière mission en Afghanistan, la maladie de son père et son ultime mission en Sierra Leone, il n'avait pas vraiment eu la tête à cela. D'autre part, il avait frôlé la mort, et son sexe saluait chacune de ses victoires sur un champ de bataille de cette façon-là.

Lui et Caroline avaient couru autant de danger que s'ils avaient été envoyés en mission de reconnaissance en plein Bagdad.

Jack avait survécu à bien des épreuves, toutes plus périlleuses les unes que les autres. Il avait trompé la mort des milliers de fois en attendant le jour où il reverrait Caroline. S'il était passé sous les roues d'un camion une demi-heure après l'avoir enfin retrouvée, sa dernière pensée aurait consisté à saluer l'ironie du destin.

Mais la raison majeure de son érection ne résidait pas là. Ce qui l'excitait aussi furieusement, c'était de se retrouver sous le même toit que Caroline, de lui avoir parlé, de l'avoir touchée et serrée dans ses bras. C'était comme si tous les fantasmes de ces douze dernières années se concrétisaient miraculeusement. Enfin, pas tous. Seulement les plus avouables.

Combien de nuits avait-il passées, allongé sur un lit de camp dur et froid, son doux visage flottant devant ses yeux ? Au début, il avait eu honte de se masturber en pensant à elle, mais il avait beau coucher avec d'autres femmes, Caroline était la seule dont la simple évocation l'excitait au point d'en arriver là.

Jack aimait les femmes. Leur odeur, la douceur de leur peau, leur voix. Il aimait aussi beaucoup leur faire l'amour. Il se montrait toujours extrêmement prévenant avec elles, même s'il ne devait pas les côtoyer plus d'une nuit, ce qui était généralement le cas. Ses pratiques se limitaient à des préliminaires suivis d'une pénétration, de quelques va-et-vient, et l'affaire était close. Ce n'était pas faute d'endurance, loin de là. Le problème, c'est qu'il ne parvenait à se souvenir d'aucune femme, une fois qu'il était sorti de leur chambre.

Lorsqu'il évoquait Caroline, en revanche, tout lui revenait. L'allure qu'elle avait quand elle tirait ses cheveux en arrière et quand elle les lâchait. Chacun des vêtements qu'il avait vus sur elle et toutes les expressions de son visage. Chaque mot qu'elle lui avait adressé. Tout cela était si profondément ancré dans son esprit qu'il n'aurait pu l'en déloger qu'en se tirant une balle dans la tête.

Ce qui expliquait sans doute que chaque fois qu'il serrait son sexe dans sa main, l'évocation mentale d'une femme quelconque avec, disons une tête, deux seins, quatre membres et une fente, ne suffisait pas à le soulager. Caroline flottait toujours dans son esprit dans ces moments-là, et il avait abandonné depuis longtemps l'idée de l'en chasser.

Mais il y avait désormais autre chose, quelque chose de parfaitement inattendu. La Caroline dont il s'était langui pendant douze ans n'existait plus, elle avait disparu. La belle jeune fille avait été remplacée par une femme plus belle encore, merveilleusement épanouie, dont l'intelligence et l'élégance s'étaient nettement affirmées. Une femme qui portait sa tristesse comme une armure et qui était complètement irrésistible.

Jeune fille, elle avait été magnifique, comme un million d'autres jeunes filles de son milieu, avec un sourire éblouissant qui coûtait une fortune en frais d'orthodontie à leurs parents et une garde-robe à l'avenant. À cet âge-là, toutes les filles sont jolies. La femme qu'elle était devenue, en revanche, était bouleversante. Elle ressemblait à une princesse déchue de son royaume.

Au souvenir de son corps tiède blotti contre lui, Jack avait instinctivement pris son sexe dans sa main, et l'évocation de ce nouvel aspect de sa beauté l'incita à la faire lentement aller et venir.

Il devait se débarrasser de cette érection. S'il se présentait au dîner dans cet état, elle le jetterait dehors à coups de pied.

Seigneur, pensa-t-il, faites que je ne me couvre pas de ridicule au cours de ce dîner !

Pour s'assurer que son sexe le laisserait en paix, le mieux qu'il avait à faire, c'était de se placer sous le jet d'eau froide et de se masturber. Des picotements de désir parcouraient sa peau à la seule idée de la serrer dans ses bras, entièrement nue cette fois.

En fait, il avait envie de la toucher pour voir son teint d'ivoire rosir d'émotion. C'était un spectacle qu'il mourait d'envie de contempler. Voir sa gorge se colorer sous ses baisers ardents. Caresser son entrejambe, la sentir devenir moite de désir et s'ouvrir à lui.

Caroline était en bas à cet instant précis. Elle l'attendait. Ce n'était pas un souvenir, ni un fantasme. C'était une femme de chair et de sang, plus belle encore que dans ses rêves. Elle était en bas et préparait son dîner.

Il la verrait tous les jours, autant qu'il le souhaiterait. Il parviendrait forcément à coucher avec elle. À cette idée, son sexe durcit davantage.

Son poing se mit à aller et venir de plus en plus furieusement alors que des visions de Caroline entièrement nue, offerte à ses caresses, défilaient dans sa tête. Il aurait voulu savoir quels bruits elle faisait quand elle était excitée, sentir ses ongles et ses talons s'enfoncer dans son dos, sa fente enserrer son sexe tandis qu'il lui faisait l'amour…

Tout était plus intense maintenant qu'il l'avait revue, touchée, sentie. Maintenant qu'il disposait de toutes ces stimulations sensorielles et s'imaginait fiché en elle. Pendant des heures et des heures.

Si Caroline s'était trouvée là, il l'aurait prise sous la douche. Il aurait commencé par l'embrasser partout, pour la préparer à le recevoir. Il aurait ensuite insinué ses doigts dans sa fente. Tout doucement. La nature avait été généreuse avec lui et il voulait qu'elle soit moite, qu'elle s'offre complètement à lui. Il la soulèverait, écarterait ses cuisses, la pénétrerait lentement…

Il fallait parfois un certain temps à Jack pour atteindre l'orgasme, mais le fait de la revoir avait déclenché en lui une telle excitation qu'un grondement sourd franchit ses lèvres lorsqu'il imagina son sexe écartant doucement les replis de sa chair…

Cette vision emplit tout son esprit et déclencha un flot de chaleur intense – ils étaient là, tous les deux, l'eau coulait sur eux et il la pénétrait dans cette ambiance humide et parfumée. Il les voyait distinctement, il pouvait même sentir le grain soyeux de la peau de Caroline sous ses doigts… Tout semblait tellement réel que cela déclencha son orgasme.

Un picotement brûlant s'empara de ses reins et il éjacula violemment, ses hanches basculant au même rythme que son poing sur son sexe. Il jouit longuement, s'appuyant au mur d'une main, jusqu'à ce que ses genoux faiblissent et qu'il ait l'impression d'avoir extrait tout le sperme de son corps jusqu'à la dernière goutte. Il baissa les yeux vers son sexe qui dépassait de son poing fermé et regarda les coulées de semence nacrée se déposer sur la paroi de verre de la cabine, avant d'être balayées par l'eau de la douche. Ses poumons étaient douloureux, sa peau était tendue à craquer, et il avait l'impression que sa tête allait exploser.

L'espace d'un instant, l'orgasme chassa toute pensée de son esprit et il fut réduit à son seul instinct animal. Quand il avait joui, Jack se sentait d'habitude détendu et régénéré, comme s'il venait de courir et avait attrapé une bonne suée. Le sexe était un exercice physique agréable, ponctué d'une récompense plus agréable encore.

Ce qu'il venait de ressentir n'avait rien à voir. Il avait eu l'impression de mourir, comme si son essence intime avait jailli de son sexe, le laissant vidé et désorienté.

Aussi intense qu'il ait été, cet orgasme ne suffirait pas à calmer son excitation. Ses genoux le supportaient à peine, mais lorsqu'il sortit de la cabine de douche, Jack présentait toujours un début d'érection et il avait toujours autant envie de Caroline. Chaque cellule de son corps était survoltée, affolée par la présence de la jeune femme dans cette maison. Il baissa les yeux, dégoûté de lui-même. Son sexe évoquait un drapeau flottant au milieu du mât de son grand corps.

Il était tellement sensible que l'atmosphère de la salle de bains lui parut glaciale quand il sortit de la cabine. La chaleur du fantasme lui manquait déjà.

À cette seule évocation, son sexe se raidit et se redressa complètement.

Impossible de descendre dans cet état. Il ne lui restait plus qu'une seule solution : la ceinture de chasteté. En l'occurrence, le plus serré de ses jeans. Jack savait d'expérience qu'il ne pouvait pas se permettre d'avoir une érection dans ce jean, sous peine de douleur atroce. S'il s'avisait d'enfler, son sexe se retrouvait en contact avec la toile rugueuse et la douleur était telle que cela le calmait immédiatement. En espérant que ce plan marcherait.

Jack passa dans la chambre, ouvrit le cadenas de son sac et sortit tous ses vêtements. Il n'en avait pas beaucoup parce qu'il avait décidé de voyager léger, et il y en avait encore moins de propres. Il enfila son jean noir et un pull noir à col roulé. Il n'avait même pas songé à prendre des chaussures de rechange. Dès lundi, il irait faire les magasins.

Il vida le contenu de ses bagages sur le lit. Cinquante mille dollars répartis en dix paquets de cinq mille. Son ordinateur portable. Sa trousse à outils. Une petite bourse en tissu. Et un autre Glock avec cinq chargeurs que sa carte d'agent de sécurité lui avait permis de faire voyager en soute.

Il prit un tournevis dans sa trousse à outils, puis étudia les plinthes jusqu'à ce qu'il aperçoive une grille d'aération au pied de la commode. Il se pencha pour l'observer. Parfait. Les têtes des quatre vis qui la fixaient à la plinthe étaient rouillées. Elles n'avaient pas dû être dévissées depuis des années. Il mit un certain temps et dut forcer, mais au terme de ses efforts, les quatre vis et la plaque grillagée se retrouvèrent alignées sur le plancher.

Il plaça l'arme, les munitions et la bourse en tissu dans le logement qu'il avait dégagé de façon qu'on ne puisse pas les apercevoir, même si on se mettait à quatre pattes devant. Il ne savait pas qui s'occupait du ménage, mais que ce soit Caroline ou une femme de ménage, il ne tenait pas à ce que quiconque découvre son Glock, et encore moins le contenu de la petite bourse en tissu. Elle resterait là jusqu'à lundi.

Lundi, il ouvrirait un compte en banque sur lequel il déposerait une partie de l'argent en espèces ainsi qu'un chèque certifié de huit millions de dollars, et il louerait un coffre-fort pour la petite bourse en tissu.

Il regarda sa montre. Sept heures vingt-cinq. Il serait à l'heure pour le dîner.

Une dernière chose. Il s'accroupit, ouvrit la bourse en tissu et versa son contenu sur le plancher. Les petits cailloux ternes et irréguliers qu'elle contenait formèrent un monticule. Il le contempla. Vu comme ça, on aurait cru un vulgaire tas de cailloux.

Mais Jack était bien placé pour savoir qu'il avait sous les yeux vingt millions de dollars de diamants bruts.

Ce qu'il contemplait représentait également une somme de souffrance humaine inimaginable. Ces diamants avaient été extraits dans des mines par des esclaves. Des hommes, mais aussi des enfants qui travaillaient depuis le point du jour jusqu'au coucher du soleil pour l'équivalent d'un bol de manioc, et qu'on achevait d'une balle dans le dos lorsqu'ils devenaient trop faibles pour travailler. Un pays tout entier se déchirait pour des petits cailloux ternes comme ceux-là – quatre-vingt mille personnes avaient été assassinées l'an passé en Sierra Leone. Une multitude d'autres avaient eu les mains, le nez, la bouche ou les oreilles tranchées par les enfants soldats drogués jusqu'aux yeux de l'Armée révolutionnaire.

Vince Deaver et ses hommes avaient massacré tout un village de femmes et d'enfants pour ces cailloux. Rien d'étonnant à ce qu'on les surnomme des *blood diamonds*. Des diamants ensanglantés.

Jack posa une dernière fois les yeux sur les pierres pour lesquelles tant de gens étaient prêts à tuer et à mourir, puis émit un petit bruit dégoûté avant de les remettre dans la bourse. Vingt millions de dollars de douleur, de souffrance et de misère, de meurtres, de viols et de mutilations, voilà ce que représentaient ces diamants.

Il les avait emportés parce qu'il n'y avait plus personne de vivant au village pour les prendre, et il aurait préféré mourir plutôt que de laisser Deaver les récupérer.

Jack plaça la bourse derrière l'argent, l'arme et les munitions, puis revissa la grille d'aération en se disant que les gens étaient fous de s'entretuer pour un sac de pierres.

Il se redressa et descendit souplement deux étages afin d'aller retrouver quelque chose de chaud, de vivant et de beau. Quelque chose qui méritait vraiment qu'on se batte jusqu'à la mort pour le garder auprès de soi.

Campement de la mission d'observation des Nations unies de la Sierra Leone, à proximité d'Obuja, veille de Noël

Il s'appelait Axel, et c'était le nouveau meilleur ami de Vince Deaver.

Axel était finlandais, passionné d'informatique et de jazz. Maja, la fiancée qui l'attendait à Helsinki, lui manquait beaucoup et il détestait l'Afrique. Il était surtout blond et pesait quatre-vingt-cinq kilos pour un mètre soixante-dix-huit. Exactement comme moi, pensa Deaver avec satisfaction.

Axel passait toujours un moment avec lui dans sa cellule à la fin de son service. À dix-sept heures trois,

Deaver pouvait compter sur son apparition. Axel était réglé comme du papier à musique.

Ce centre de détention était une plaisanterie. Deaver aurait pu s'échapper quand il voulait au cours des trois derniers jours. Sa grand-mère aurait pu s'évader à l'aide de son dentier et d'une épingle à cheveux. Les Casques bleus n'y connaissaient pas grand-chose en matière de sécurité, c'était le moins qu'on puisse dire.

Mais Deaver n'avait pas seulement besoin de s'évader du centre de détention. S'il voulait retrouver ses diamants, il devait quitter la Sierra Leone, et ce bon vieil Alex était son ticket pour la liberté.

Il faisait sombre à l'intérieur de sa cellule. L'électricité était intermittente et l'air conditionné marchait de façon sporadique, ce qui obligeait à maintenir portes et volets fermés pour lutter contre la chaleur du soleil tropical.

Deaver avait fait en sorte que la lumière reste toujours éteinte dans sa cellule, et la semi-obscurité qui y régnait ne surprendrait pas Axel.

Il consulta sa montre. Dix-sept heures pile. Axel n'allait pas tarder. Deaver avait étudié ses habitudes comme un entomologiste étudie un insecte. Il savait qu'Axel réagissait à certains stimuli, et il avait conçu son plan jusque dans les moindres détails. Deaver avait reçu une excellente formation militaire.

Dix-sept heures une.

Il fit quelques bonds sur place pour s'assurer que rien ne cliquetait quand il remuait, et se palpa. À un moment donné, il devrait se déplacer rapidement et silencieusement. Plus d'un soldat avait trouvé la mort à cause du cliquetis de son couteau contre la boucle de son ceinturon signalant sa position.

Il vérifia ses poches, ses bottes, et plia les bras. Cela faisait trois jours qu'il était enfermé et ses muscles étaient raides. Il avait l'habitude de s'entraîner intensivement, et le confinement ne lui convenait pas.

Pas plus que la perspective d'être extradé et de passer en jugement pour extermination massive.

Lorsque Deaver mettrait la main sur Jack Prescott, il ne se contenterait pas de récupérer ses diamants. Il ferait amèrement regretter à cet imbécile de s'être mêlé de ses affaires, avant de lui tirer une balle dans la tête. Deaver avait passé deux heures extrêmement agréables la nuit précédente, à imaginer ce qu'il ferait à Jack avec son couteau, une fois qu'il l'aurait ligoté sur une chaise.

Dix-sept heures deux.

Pour la centième fois, il repassa mentalement son plan en détail. Le succès d'un plan d'attaque tenait, à quatre-vingt-dix pour cent, au soin qu'on avait consacré à son élaboration. Son plan était excellent et parfaitement préparé.

Il se plaça dos à la porte.

Dix-sept heures trois.

La porte de la cellule s'ouvrit et Axel entra, brave soldat finlandais depuis les orteils jusqu'à la racine des cheveux. Son treillis était propre et impeccablement repassé. Son casque bleu layette, tellement repérable qu'il formait une véritable cible pour les snipers du monde entier, était solidement enfoncé sur son crâne et ses bottes cirées du matin étaient étincelantes.

— Bonjour, Vince. Comment ça va, aujourd'hui ? demanda-t-il dans son anglais irréprochable.

La lumière du couloir emplissait la cellule par la porte ouverte. Comme il tournait le dos à la porte, les yeux de Deaver s'accommodèrent rapidement à ce soudain afflux lumineux. Passer brusquement de l'obscurité à la lumière du soleil tropical vous aveuglait pendant plusieurs minutes.

— Bonjour, Axel. Tu veux bien refermer la porte ?

— Tout de suite.

Quand il entendit la porte se refermer, Deaver se retourna. Axel était à présent habitué à ce qu'il croyait être un goût prononcé de Deaver pour l'obscurité.

Des barreaux du sol au plafond divisaient la cellule en deux parties. Deaver considérait ces barreaux comme une insulte personnelle. Plantés dans le plancher de bois, ils étaient fixés par des écrous au plafond de plâtre. Le cadenas n'avait qu'une fonction symbolique; on aurait pu l'ouvrir rien qu'en soufflant dessus. Comment pouvait-on s'imaginer retenir un homme comme lui dans une cellule pareille?

Le problème n'était pas de sortir. Le problème, c'était ce qu'il ferait après. Il était à une trentaine de kilomètres du fleuve Sélé. En admettant qu'il réussisse à traverser la jungle jusqu'au fleuve, il devrait encore voler un bateau à moteur pour aller jusqu'à Freetown, ce qui lui prendrait au moins trois jours. S'il voulait quitter le pays, il était obligé de passer par Freetown.

Quand il atteindrait la capitale, la ville et surtout l'aéroport grouilleraient de Casques bleus recherchant activement l'Américain en cavale.

Il avait donc besoin de s'assurer que personne ne le rechercherait. Pour cela, il lui suffisait d'un cadavre ressemblant à Vincent Deaver.

Il s'était donc appliqué à éveiller la sympathie d'Axel. Celui-ci adorait l'Amérique et son âme finlandaise, férue d'ordre et de justice sociale, avait été horrifiée par ce qu'il avait découvert au cours de ses deux ans de service en Afrique centrale. L'enfer sur terre, avait-il coutume de dire.

Axel avait à plusieurs reprises exprimé haut et fort qu'il considérait la détention de Deaver comme une perte d'argent et d'efforts.

Il avait raison, évidemment. Cela faisait plus de quinze ans que cette partie du globe se déchirait, tribu contre tribu, et les massacres d'une férocité inimaginable étaient devenus le lot quotidien des habitants. À l'échelle des atrocités perpétrées par l'Armée révolutionnaire, ce qu'avait fait Deaver était l'équivalent d'une simple gifle.

Axel était définitivement de son côté. Deaver avait même pensé un moment lui proposer de l'argent en échange de son passeport. Le Finlandais aurait peut-être accepté, mais Deaver avait besoin d'autre chose que de son passeport.

Il avait besoin de son corps.

Dommage, car ce garçon lui plaisait bien. Mais la vie est ainsi faite, avait-il tranché avec philosophie.

— Joyeux Noël, Axel.

L'interpellé tourna la tête en direction de sa voix. Deaver s'était assis sur son lit de camp, jambes écartées, les coudes sur les genoux et les mains jointes, dans une attitude parfaitement détendue.

Les yeux d'Axel, eux, ne s'étaient pas encore accoutumés à l'obscurité.

— Joyeux Noël, Vince, répondit-il en s'approchant de la grille, saisissant un barreau dans chacune de ses mains. Je suis venu te faire mes adieux.

Le soupir de Deaver emplit la cellule. Il baissa la tête. Axel distinguait les mouvements de son corps, à présent.

— Tu vas me manquer, mec. J'aime bien discuter avec toi, tu es un type bien. Mais je suis content pour toi que tu te tires enfin de ce trou et que tu retrouves Maja.

— Tu m'étonnes !

Comme il l'avait prévu, à la mention du prénom de sa fiancée, le visage d'Axel se fendit d'un large sourire. Il devait partir ce jour-là pour une permission de deux mois et n'avait pas fait mystère du plaisir qu'il avait à quitter l'Afrique pour retrouver son ordinateur, la neige et Maja. Probablement dans cet ordre-là.

Axel tira un tabouret et sortit un petit échiquier de voyage de sa poche. Ils avaient passé les trois derniers jours à jouer aux échecs. Deaver l'avait laissé gagner deux parties sur trois.

— Tu as été vraiment chouette avec moi, tu sais ? déclara-t-il en affichant un air abattu. Alors je me suis dit que j'aimerais bien te donner quelque chose, ajouta-t-il doucement. J'aimerais te donner quelque chose pour Maja. Un cadeau de Noël, en quelque sorte. Je parie que tu n'as même pas pensé à ce que tu allais lui offrir.

Bingo. Axel baissa la tête. À cent cinquante kilomètres à la ronde, on ne trouvait que la brousse, des soldats, du sang et de la misère. Rien qu'une Finlandaise puisse désirer.

Deaver se leva et se dirigea vers les barreaux en lui faisant signe d'approcher. Intrigué, Axel se redressa. Bien que séparés par les barreaux, ils étaient désormais assez près l'un de l'autre pour que leurs souffles se mêlent.

— J'ai quelque chose d'exceptionnel pour Maja. Quelque chose qui va l'enchanter, précisa-t-il en s'autorisant un sourire. Un truc qui brille et qui plaît beaucoup aux femmes…

Il haussa les épaules et lui décocha un clin d'œil complice, d'homme à homme.

— Ici, ça ne me servira pas à grand-chose. Autant que tu en profites, si tu vois ce que je veux dire ?

Axel hocha vigoureusement la tête.

Deaver savait que tout le monde au centre de détention pensait qu'il avait gardé les diamants. Qu'il savait où ils se trouvaient, en tout cas. Il aurait bien aimé que ce fût vrai. Il y en avait pour une fortune. Assez pour être heureux toute sa vie, où qu'il choisisse de s'installer.

Loin de l'Afrique. Loin de l'Afghanistan, de l'Ouzbékistan, du Kazakhstan et de tous ces fichus pays en *stan*. Loin de l'Irak et de tous ces endroits maudits où des enfants se tirent dessus pour le plaisir de vous étriper par la même occasion, où les femmes dissimulent des grenades sous leur burqa et où les hommes sont prêts à vous tuer rien que pour vous faire les poches.

Fini, tout ça.

Fini, les gamins de douze ans défoncés au hachisch ou au vin de palme qui s'y mettent à plusieurs pour trimballer des AK-47 trop lourds pour eux et dont le plus grand rêve consiste à trouer la peau d'un homme blanc. Fini, les mines au bord de la route, les sangsues, les scorpions et la vermine. Fini, les repas lyophilisés de l'armée et les nuits à la dure.

Deaver avait *gagné* cet argent. Il rêvait de faire un gros coup depuis des années, et quand il avait entendu parler de ce village que les hommes avaient quitté pour aller se battre en laissant un butin de guerre en diamants enterré derrière eux, il avait tout de suite su qu'il tenait enfin la chance de sa vie.

Il n'aurait plus jamais besoin de faire le soldat ou de travailler. Plus personne ne lui donnerait d'ordres et il ferait ce qu'il voudrait jusqu'à la fin de ses jours.

Deaver allait vivre dans le luxe, comme il le méritait. S'acheter une villa dans un bel endroit ensoleillé. Aux Bahamas, peut-être. Ou à Monte-Carlo.

Pourquoi pas ? Une grande maison avec une piscine, des domestiques et des milliers de femmes. Les femmes ne se bousculaient pas pour coucher avec un simple soldat, mais elles feraient la queue devant son lit lorsqu'il serait riche.

Cette nouvelle vie, Deaver en sentait déjà le goût dans sa bouche, il en sentait le parfum, il la sentait sous ses doigts.

Mais brusquement, elle lui avait échappé. Son rêve, ce rêve merveilleux pour lequel il avait risqué sa vie, avait été balayé en une seconde par Jack Prescott.

Deaver serra machinalement les poings de rage au souvenir de l'instant où son avenir lui avait été arraché des mains. Avec ses hommes, il avait ouvert le feu sur le village, histoire d'effrayer les femmes et les enfants. La lame d'un couteau sur la gorge d'une gamine avait suffi pour qu'on lui révèle l'emplacement du butin. Il s'était précipité dans la case indiquée, avait déterré le sac et était retourné vers ses hommes qui procédaient à l'élimination systématique des villageois – inutile de laisser des témoins derrière eux – quand subitement, quatre coups de feu successifs avaient retenti, suivis d'un profond silence.

Un sniper venait de dégommer méthodiquement ses hommes l'un après l'autre.

Deaver avait rampé pour se mettre à l'abri dans la case la plus proche, et le sac de diamants lui avait glissé des doigts. Une fois dans la case, il s'était retourné, le fusil à l'épaule, et avait juste eu le temps d'apercevoir le grand type qui partait avec *ses* diamants.

Il savait qu'il était inutile de le suivre. Lorsque Jack Prescott décidait de disparaître, il devenait aussi insaisissable que la fumée.

De toute façon, les Casques bleus n'avaient pas tardé à encercler le village et l'avaient placé en détention.

L'espace d'un instant, un flot de rage le traversa, balayant toute pensée de son esprit à l'exception d'une seule : retrouver Jack Prescott, récupérer ses diamants, et consacrer deux jours de sa vie à tuer ce salopard à petit feu.

Rien de tout cela ne transparut sur son visage. Il se pencha en avant, et sa voix se réduisit à un murmure :

— Viens par ici, Axel. Je vais te donner quelque chose qui fera s'agenouiller Maja de gratitude.

— D'accord, Vince.

Il n'y avait personne dans la cellule, mais Axel avait baissé le ton, lui aussi. Comme s'ils étaient sur le point d'échanger des confidences. Deaver recula lentement.

— Viens, souffla-t-il. Je vais te montrer ce que j'ai pour toi. Pour elle.

Axel n'hésita pas une seconde. Deaver savait qu'Axel le considérait comme quelqu'un d'assez semblable à lui-même. Un homme blanc piégé dans la tourmente africaine.

Il déverrouilla la grille de la cellule, entra et suivit Deaver qui s'était approché du lit de camp pour attraper quelque chose sous son matelas. Un sac en tissu contenant de petits objets qui s'entrechoquaient.

Le souffle excité d'Alex s'éleva dans l'obscurité de la cellule. Deaver sourit.

— Maja va adorer ça. Viens voir.

Deaver tendit la main au-dessus du lit de camp et ouvrit les volets. Un flot de lumière inonda la cellule. Axel en resterait aveuglé au moins une minute et demie. Bien plus longtemps qu'il n'était nécessaire.

Deaver, qui avait fermé les yeux et s'était détourné de la fenêtre, y voyait parfaitement clair maintenant qu'il les avait rouverts.

Sa main plongea vers sa botte et en tira une longue dague effilée à manche rétractable que les Casques bleus n'avaient même pas remarquée. On l'avait sommairement fouillé avant de le placer en détention, mais personne n'avait pensé à vérifier ses bottes. Ni la boucle de sa ceinture équipée d'un revolver miniature. Ni la ceinture elle-même, garnie d'un câble métallique idéal pour garrotter quelqu'un.

Le garrot était hors de question. Deaver avait besoin des vêtements d'Axel en parfait état. Une mort lente par étouffement aurait vidé ses intestins et sa vessie. Une balle de revolver n'aurait pas convenu non plus – son uniforme aurait été taché de sang.

Il n'y avait qu'une seule façon de procéder.

Deaver laissa tomber le sac dans la main d'Axel, qui l'ouvrit de ses doigts tremblants et en fit glisser le contenu au creux de sa main. Il mit plusieurs secondes à réaliser qu'il ne s'agissait pas de diamants, mais de vulgaires cailloux. Il releva la tête.

— Qu'est-ce... commença-t-il.

Deaver encercla le torse d'Axel de son bras gauche et, de la main droite, planta le stylet aussi aiguisé qu'un scalpel à la base de son cerveau, interrompant instantanément toutes ses fonctions vitales. Axel passa de l'état d'être vivant doué de sensations à celui de la pierre en un dixième de seconde. Quand il s'affaissa dans les bras de Deaver, il n'était déjà plus qu'un cadavre.

Deaver opéra ensuite rapidement.

En cinq minutes, il avait échangé ses vêtements et ses chaussures contre ceux d'Axel, qui gardait toujours son passeport et son billet d'avion sur lui. Il avait confié à Deaver qu'il ne faisait absolument pas confiance aux agents d'entretien.

Deaver souleva Axel sur son épaule et s'approcha de la porte. Il l'entrouvrit légèrement. Il était dix-sept heures vingt, l'heure du dîner approchait et le camp était désert. Quand il fut certain de n'être vu par personne, il se glissa à l'extérieur et contourna prestement le bâtiment, directement adossé à la jungle.

Deaver se fraya un passage dans la végétation dense derrière laquelle il disparut instantanément sans laisser la moindre trace. Il avait de la chance. S'il avait dû transporter un cadavre dans le désert d'Afghanistan, le sable aurait conservé ses empreintes pendant des semaines. Dans la jungle, elles mettraient moins d'une heure à disparaître.

Il marcha jusqu'à ce que son instinct lui souffle qu'il avait franchi le point de patrouille naturel et posa Axel par terre. Il le contempla un instant, étendu sur le dos. Il paraissait aussi paisible que s'il faisait la sieste.

Tu devrais me remercier, mec, songea Deaver. Je viens de t'offrir une belle mort. La plus belle de toutes.

Mourir dans la souffrance était la grande phobie des soldats. L'agonie lente et douloureuse. Les rebelles de l'Armée révolutionnaire étaient spécialisés dans la mort par amputation progressive des membres. Leurs victimes mettaient plus d'une heure à mourir après qu'on leur eut coupé les mains, puis les bras, puis les pieds et enfin la tête. Les enfants soldats s'y reprenaient parfois à dix reprises pour détacher la tête du tronc, à l'aide de haches presque aussi grandes qu'eux.

Deaver avait vu des hommes agoniser pendant des heures après avoir reçu une balle ou s'être fait éventrer par une mine. Deux employés d'ENP Security avaient été amputés à mort par un escadron de l'Armée révolutionnaire. C'était après la découverte de leurs corps que Deaver avait décidé de faire un gros coup et de prendre sa retraite.

Axel avait eu ses propres frayeurs. Quatre Casques bleus avaient été torturés à mort le mois précédent. Leurs cadavres avaient été déposés à l'intérieur du campement des Nations unies à la nuit tombée, en guise d'avertissement.

Le médecin qui les avait examinés avait déclaré qu'ils avaient été violés à plusieurs reprises « à l'aide d'un instrument contondant en bois », puis écorchés vifs. Axel avait frissonné en lui racontant cela, et Deaver avait compris que c'était sa plus grande crainte.

Axel n'avait plus rien à craindre, désormais. Il avait quitté ce monde aussi vite qu'une ampoule qu'on éteint. Il était tout content à l'idée d'offrir des diamants à Maja et, d'un seul coup, la lumière avait disparu.

Sacré veinard.

Deaver allait devoir mutiler son corps, mais il était déjà mort. Axel n'en saurait jamais rien. Lorsqu'une patrouille le découvrirait, on penserait que Deaver était tombé entre les mains des rebelles.

Il observa pensivement le cadavre. Amputer des membres n'est pas une tâche aisée quand on n'a ni billot ni hache. Deaver ne possédait rien d'autre que son Kobun Tanto, qu'il maintenait toujours aussi aiguisé qu'un scalpel. Il avait préparé assez de gibier au cours de son enfance en Arkansas pour savoir comment s'y prendre. Il se pencha, inséra la pointe du stylet entre les tendons de la face interne du poignet et trancha la main d'Alex. Il la ramassa et la lança aussi loin qu'il put dans la jungle, puis procéda de la même façon avec l'autre main. D'ici la tombée de la nuit, toutes deux seraient mangées.

Restait la partie la plus désagréable. Deaver posa la pointe de son couteau sur la gorge puis, d'un mouvement vif, ouvrit le ventre d'Axel depuis le sternum jusqu'au bassin. Il n'y eut que très peu de sang, mais les intestins jaillirent de l'ouverture. Quelques entailles supplémentaires et le visage ne fut plus qu'un amas de lambeaux de chair.

Les tortures que les rebelles infligeaient à leurs victimes étaient connues de tous, et personne n'aurait de doute sur ce qui s'était passé. Tout le monde était au courant de cette histoire de diamants. On penserait que les soldats de l'Armée révolutionnaire étaient entrés dans le campement pour kidnapper Deaver, qu'ils l'avaient torturé pour qu'il leur dise où il avait planqué les diamants et avaient laissé son corps pourrir dans la jungle.

Pendant ce temps-là, Axel se serait envolé pour la Finlande.

Deaver se redressa et recula pour admirer son travail. Dès qu'il s'éloignerait, les charognards de la jungle se précipiteraient sur le cadavre. Quel que soit le moment où une patrouille tomberait dessus, les vêtements de Deaver, son portefeuille, son passeport, son badge d'ENP Security et ses os seraient à peu près tout ce qui resterait de lui. Sans visage et sans main, la seule chose qui permettrait de l'identifier avec certitude serait son ADN, qui ne pouvait être analysé qu'à Paris, à condition que quelqu'un fasse une demande d'identification formelle.

Quand le résultat du test ADN serait transmis, Deaver serait loin. Il aurait regagné les États-Unis et serait sur la piste de Prescott et des diamants.

Il savait où les chercher. Dès qu'il avait posé les yeux sur lui, Deaver avait compris que Prescott ne lui vaudrait jamais que des ennuis et il avait cherché son point faible. Mais il n'en avait aucun. Il ne buvait pas, ne se droguait pas, et il était incorruptible. La seule faiblesse que Deaver avait fini par dénicher en lui était une femme. Une très jeune femme. Prescott conservait une photo d'elle et un article de journal, cachés dans une poche secrète de son havresac. Deaver l'avait surpris en train de sortir cette photo de son sac pour la contempler longuement. Il s'était arrangé pour en faire des photocopies en l'absence de Prescott.

Il savait où était cet imbécile. Il était directement allé retrouver la petite pétasse de la photo avec laquelle il se faisait du bien.

Deaver le retrouverait. Il en était certain. Il les retrouverait tous les deux et il retrouverait les diamants. Ce serait un pur plaisir de les tuer avant de disparaître – à tout jamais, cette fois.

4

Summerville

Mon Dieu, se dit Caroline en voyant apparaître Jack en haut des marches du grand escalier.

Il les dévala souplement et traversa l'atrium pour la rejoindre dans la salle à manger. Caroline sentit une palpitation toute féminine étreindre sa poitrine.

Jack ne présentait plus l'aspect négligé et mal rasé d'un homme qui revient de loin. Il s'était lavé les cheveux et les avait tirés en arrière. Ils brillaient d'un éclat sombre et intense.

Il avait enfilé un jean serré et un pull à col roulé, tous deux noirs. Ces vêtements avaient beau être simples, leur couleur sombre créait l'illusion élégante d'un habit de soirée. Ils mettaient également en valeur les muscles puissants de son torse et de ses biceps.

Dans la librairie, Caroline avait remarqué qu'il était grand et solidement bâti, mais elle avait été trop accaparée par le dilemme de l'accepter ou non comme locataire pour s'attarder sur l'étude détaillée de son corps.

Maintenant qu'ils étaient sains et saufs, qu'ils avaient regagné Greenbriars et que la chaudière n'était pas plus morte qu'eux, Caroline voyait bien qu'il n'avait rien d'un tueur en série. Tout en disposant les couverts et en allumant les chandeliers, elle l'observa du coin de l'œil.

Elle n'avait pas souvent eu l'occasion de contempler un aussi beau spécimen masculin. Il n'y avait pas que sa carrure athlétique. Tout le monde a une silhouette athlétique, désormais. Même Sanders, qui entretenait scrupuleusement sa forme dans une salle de sport. Jack avait quelque chose de plus. Il incarnait la quintessence de la virilité.

Cette façon qu'il avait eue de soutenir son regard en traversant l'atrium y participait également. Elle vit qu'il baissait les yeux, et une expression qu'elle ne parvint pas à déchiffrer passa sur son visage.

En avait-elle trop fait ?

Les yeux de Caroline se posèrent sur le service Villeroy & Boch que ses parents avaient acheté au cours de leur lune de miel à Paris, trente-deux ans auparavant. Il lui restait encore quatre verres en cristal Waterford et quelques couverts en argent. Assez pour dresser une table élégante pour deux personnes.

Elle allumait la dernière bougie lorsqu'il s'arrêta sur le seuil. Ils se regardèrent, et un profond silence envahit la pièce. Le regard de Jack était incroyablement magnétique. Ce fut comme si ses yeux aspiraient les siens et elle fut incapable de les détourner… Avec une exclamation de douleur, Caroline souffla l'allumette qui venait de lui brûler les doigts. Elle baissa les yeux vers la petite tache rouge qui s'était formée au bout de son index.

Jack s'était élancé dès qu'elle avait crié. Il lui prit la main et l'examina attentivement.

— Ce n'est rien, assura-t-elle en essayant de retirer sa main.

Elle n'y parvint pas. Il maintenait sa main dans un étau qui n'était absolument pas douloureux, mais que Caroline était incapable de briser. Comment avait-elle pu être assez bête pour se brûler en regardant un homme ? Elle l'avait dévoré des yeux comme si c'était la première fois de sa vie qu'elle en voyait un !

Un flot de honte l'assaillit. Avec sa peau de rousse, Caroline savait que ses joues allaient s'empourprer et que la coloration s'étendrait rapidement jusqu'à sa gorge.

Il se tenait tout près d'elle. Si près qu'elle sentait son odeur. Il s'était servi du savon qu'elle mettait à disposition de ses hôtes, mais son odeur à lui – celle qui s'était imprimée jusque dans ses terminaisons nerveuses quand il l'avait serrée entre ses bras dans la voiture – dominait l'essence de roses. Ce fut peut-être cette combinaison de senteurs viriles et féminines qui lui donna le tournis.

La tête lui tourna l'espace d'un instant, et elle aurait chancelé s'il n'avait pas tenu sa main aussi étroitement.

— Vous avez une peau délicate. Il faut prévenir l'apparition d'une ampoule.

Il tendit la main vers la table et s'empara d'un cube de glace.

— Tenez. Appliquez-le sur la brûlure quelques minutes, dit-il, posant le glaçon sur son doigt et recouvrant sa main de la sienne.

Contrairement à ce qu'elle avait escompté, il ne recula pas, mais l'observa en silence. Caroline eut une conscience aiguë des battements de son propre cœur, et de l'incroyable chaleur de sa paume. Elle ne savait pas quoi faire. Elle aurait dû retirer sa main, évidemment, mais elle avait l'impression que ses muscles ne lui obéissaient plus, aussi se contenta-t-elle de le dévisager en silence. L'iris de ses yeux était si sombre qu'on le distinguait à peine de la pupille.

Une goutte de glace fondue tomba de son poing fermé sur le sol de marbre. Ce léger bruit la tira de sa somnolence. Elle prit une profonde inspiration et ses doigts remuèrent dans la main de Jack.

Il l'ouvrit aussitôt, et elle baissa les yeux. La glace avait pratiquement fait disparaître le point rouge.

— Merci, murmura-t-elle en reculant.

Elle eut du mal à s'écarter de lui, comme si ce grand corps exerçait sur elle un pouvoir gravitationnel, à la façon d'une planète de chair et de sang.

— Il n'y a pas de quoi. Tenez, ajouta-t-il en sortant une enveloppe blanche de la poche de son jean. Autant régler cela tout de suite.

Caroline la prit et leva les yeux vers lui. Une fois rasé de frais, son visage révélait des traits fermes et réguliers qui ne manquaient pas d'une certaine élégance, une mâchoire puissante et de profondes rides d'expression de part et d'autre de sa bouche.

L'enveloppe crissa sous ses doigts.

— Qu'est-ce que c'est ?

— Les cinq cents dollars du premier mois de location et cinq cents dollars de caution. J'ai l'intention de rester un moment. Je peux vous payer le 24 de chaque mois si cela vous convient.

Cela lui convenait à merveille. Elle déposerait ces mille dollars à la banque dès lundi. Caroline ouvrit le tiroir du secrétaire où elle conservait ses relevés bancaires, y glissa l'enveloppe et le referma d'un léger coup de hanche.

Le temps lui avait paru long ce jour-là, dans sa petite librairie déserte, avec la perspective de retrouver sa maison vide et du week-end de Noël qui s'annonçait. Mais l'arrivée de Jack Prescott avait bouleversé la situation.

Elle se dirigea vers la cuisine, le sourire aux lèvres. Sans doute pour fêter la soudaine interruption de sa solitude, elle s'était surpassée dans l'élaboration du dîner. Jack Prescott n'était certes qu'un hôte payant, mais il s'avérait un hôte agréable. Peut-être aurait-elle même du plaisir à bavarder avec lui.

— Caroline ? l'appela-t-il de sa belle voix grave.

Elle se retourna. Dans la cuisine, une sonnerie retentit. Le rôti était cuit.

— Oui ?

— Vous ne vérifiez pas ? s'enquit-il en désignant le secrétaire.

— Vérifier quoi ?

— L'argent. Vous n'avez pas recompté.

Le regard de Caroline passa de Jack au secrétaire.

— Voyons, s'esclaffa-t-elle, je vous fais confiance !

— Vous m'en voyez flatté, répliqua-t-il en inclinant gravement la tête. Mais vous devriez quand même vérifier.

— Mais le rôti…

— Il ne va pas brûler, ça ne vous prendra qu'une minute. Je vous en prie, faites-moi plaisir. Vérifiez.

Il avait murmuré cette formule de politesse d'une voix douce, mais quelque chose sur son visage indiquait que cette façon de s'exprimer ne lui était pas familière. Et ce n'était assurément pas le visage d'un homme habitué à essuyer un refus.

Quelqu'un d'aussi grand et fort, ancien soldat par-dessus le marché, ne devait sans doute pas avoir souvent l'occasion de *prier* quiconque d'accéder à ses désirs. Il devait avoir l'habitude de commander et d'être obéi.

Après tout, c'était ainsi que le monde fonctionnait.

Chaque fois que Caroline avait cherché à tenir tête à plus fort qu'elle, elle avait perdu. Dans son monde à elle, le pouvoir n'était pas symbolisé par la force physique, mais par l'argent, et comme elle ne possédait ni l'une ni l'autre, elle en sortait à chaque fois un peu plus défraîchie.

Jack ne dit rien de plus et ne fit pas un geste. Caroline poussa un soupir et alla ouvrir le tiroir du secrétaire. L'enveloppe n'était pas scellée : le rabat avait été simplement glissé, comme il est d'usage pour une carte de vœux.

Elle contenait dix billets de cent dollars flambant neufs. Caroline les compta un à un en les faisant claquer sur la tablette du secrétaire, puis les remit dans l'enveloppe qu'elle replaça dans le tiroir.

Cette mise en scène relevait de la mascarade, mais il avait peut-être eu raison d'insister pour qu'elle vérifie. Sentir les billets crisser sous ses doigts l'avait rassurée. Grâce à cet argent, elle était certaine de passer un mois de janvier tranquille. La chaudière ne l'avait pas encore lâchée, et elle allait dîner en tête à tête avec un homme charmant.

La chance était de son côté.

Caroline se tourna vers lui. Il ne semblait pas avoir bougé d'un pouce. Elle n'avait jamais vu personne capable d'observer une telle immobilité.

— Maintenant, à moins que les billets ne soient faux, ce que je saurai lundi en les déposant à la banque, je vous suggère de vous asseoir et de nous servir un verre de vin. Je reviens tout de suite.

Lorsqu'elle réapparut dans la salle à manger, Jack avait suivi son conseil, mais il se leva dès qu'elle franchit le seuil.

Caroline posa le rôti sur la table et remarqua qu'il attendait qu'elle s'asseye pour en faire autant. Un tel comportement n'était plus d'usage depuis l'extinction des dinosaures, mais Jack Prescott semblait l'ignorer. Son regard parcourut la table, puis il releva les yeux vers elle.

— C'est splendide. Je vous remercie. En arrivant à l'aéroport, je n'aurais jamais osé rêver d'un dîner aussi raffiné. J'avais l'intention de prendre une chambre d'hôtel et de manger dans le premier restaurant venu.

Caroline sourit, flattée, et procéda au service. Elle avait effectivement dressé la table avec soin. C'était une astuce à laquelle elle recourait toujours en cas de déprime. Un coup de maquillage, une jolie robe et un bon disque. Tant que cela ne coûtait pas un sou, elle connaissait tous les trucs pour lutter contre le vague à l'âme.

De par elle-même, la salle à manger était déjà splendide. Du vivant de ses parents, la peinture jaune canari des murs s'était harmonisée à merveille avec le mobilier Arts déco. Un an après son accident, une des rares fois où Toby avait réussi à se lever, il avait glissé, s'était cogné la tête au coin du buffet, puis au mur, y laissant une longue traînée de sang rouge vif.

La vision du sang de son frère avait horrifié Caroline et, le week-end suivant, elle avait repeint les murs d'un vert pâle assez vilain, à peine plus soutenu que celui qu'on voit dans les hôpitaux, parce que c'était la seule couleur en solde le jour où elle s'était rendue à la quincaillerie.

En dehors de cela, la pièce était aussi belle qu'elle l'avait été du temps de sa splendeur, à l'époque où les Lake recevaient juges, sénateurs, écrivains célèbres et peintres de renom. Elle n'avait pas eu le cœur d'en vendre le mobilier, mais si Toby avait vécu plus longtemps, elle aurait tôt ou tard été amenée à le faire.

La table en merisier brillait de tout son lustre. Les chandeliers allumés et les verres de cristal s'y reflétaient presque aussi fidèlement que dans un miroir. La flamme des bougies se reflétait aussi dans les yeux sombres de Jack, y éveillant des paillettes d'or. Mais une autre lueur animait son regard.

À l'évidence, Jack n'appréciait pas seulement le dîner. Il n'avait tenu aucun propos déplacé, mais le mâle intérêt qu'elle éveillait en lui était évident. Il n'avait pas besoin pour cela de la détailler de la tête aux pieds, ses yeux restaient sagement rivés sur son visage, mais Caroline avait suffisamment reçu d'attentions masculines pour le reconnaître au premier coup d'œil. Jack Prescott la trouvait à son goût, cela ne faisait aucun doute.

Caroline savait qu'elle était en beauté. Après avoir pris une douche, elle s'était maquillée et coiffée avec soin, laissant quelques mèches libres flotter sur ses épaules.

Elle portait une des robes Armani ayant appartenu à sa mère. Elle n'aurait jamais eu les moyens de s'offrir une robe de soirée aussi somptueuse que celle-ci, mais la garde-robe de sa mère, riche et variée, lui permettait de demeurer élégante en toute circonstance. Monica Lake avait eu beaucoup de goût, et un mari fortuné qui n'aimait rien tant que la choyer et qui était très fier d'exhiber son épouse.

Pour se remonter le moral, Caroline avait décidé de sortir le grand jeu. C'était le réveillon de Noël, après tout. Au lieu de le passer seule dans sa grande maison froide, elle allait bénéficier de la compagnie d'un très bel homme et – merveille des merveilles – la chaudière qui n'était pas encore tombée en panne l'autorisait à porter cette splendide robe noire qui dégageait entièrement les épaules.

Cela ressemblait presque à un rendez-vous galant.

À quand remontait son dernier dîner en tête à tête avec un homme ? Longtemps avant la dernière attaque de Toby. Septembre, peut-être ?

Elle était passée prendre Jenna à la banque pour déjeuner et celle-ci lui avait présenté le nouveau vice-directeur, George Bowen. Blond, bel homme, la trentaine, il avait été immédiatement conquis par Caroline. Il avait demandé son numéro de téléphone à Jenna et l'avait appelée le soir même pour l'inviter à dîner.

George l'avait emmenée dans un restaurant japonais des plus élégants par une tiède soirée de septembre, pleine de promesses. Il s'était révélé intelligent, amusant et romantique. D'une compagnie charmante. Sexy aussi, dans un registre subtil. Caroline en était venue à penser sérieusement qu'elle coucherait volontiers avec lui après quelques rendez-vous, et elle en était à se demander comment les choses se passeraient lorsque la sonnerie de son portable avait interrompu sa rêverie. C'était l'infirmière de Toby. Son frère avait une crise.

George avait insisté pour la raccompagner et avait assisté, horrifié, à ce que signifiait concrètement s'occuper d'un invalide en pleine crise.

Caroline n'avait plus jamais entendu parler de lui. Elle ne l'avait même plus revu. Le soin qu'il mettait à l'éviter était presque gênant.

Il s'arrangeait pour ne jamais être présent quand elle passait chercher Jenna pour déjeuner, et n'avait jamais répondu au message qu'elle avait laissé sur son répondeur. Caroline n'avait pas eu besoin d'un dessin pour comprendre qu'il ne voulait à aucun prix faire partie de sa vie.

Elle avait donc pris l'habitude de déjeuner avec Jenna au Front Page, et elles payaient à tour de rôle le traiteur chinois. Cela valait mieux pour tout le monde.

Jack reposa sa fourchette et prit une gorgée de vin.

— C'est le repas le plus délicieux que j'aie jamais fait. À dire vrai, je ne me souviens pas à quand remonte mon dernier repas correct. La seule chose dont je sois certain, c'est que c'était avant l'Afghanistan.

Caroline le regarda manger. Il avait d'excellentes manières, mais elle tressaillait chaque fois qu'il s'emparait de son verre de vin. Ses grandes mains rugueuses se révélèrent cependant capables de délicatesse. Ses gestes étaient précis et contrôlés. Le verre en cristal était peut-être en sécurité, après tout.

George avait eu de petites mains douces et pâles. Elle essaya de se le représenter soldat en Afghanistan, et échoua lamentablement.

— Que faisiez-vous exactement en Afghanistan ? demanda-t-elle en le resservant.

— J'y suis allé deux fois. Une fois pour le gouvernement et une autre fois pour ma société. La première fois, c'était pour une mission de six mois, juste après ma formation de ranger. Six mois d'hiver dans l'Hindou Kouch. La deuxième fois, pour honorer un contrat d'entreprise et assurer la protection d'Habib Munib. J'en suis revenu il y a deux semaines.

Caroline battit des cils, et la fourchette qu'elle s'apprêtait à porter à ses lèvres s'immobilisa.

— Habib Munib ? Mais c'est… Mon Dieu, c'est le président d'Afghanistan !

— Oui. En quelque sorte. Disons théoriquement.

La bouche de Jack forma un demi-sourire qui, s'il ne parvint pas à adoucir ses traits, eut néanmoins un impact certain sur Caroline.

— Habib n'est président de son pays que sur un rayon d'une centaine de mètres autour du palais présidentiel. N'importe quel seigneur de guerre, et croyez-moi, ils sont légion dans les montagnes, a plus de pouvoir réel que lui. Une force de frappe supérieure, surtout. Tous souhaitent sa mort. Le garder en vie est… un véritable défi, c'est le moins qu'on puisse dire. Nous n'y sommes parvenus qu'en érigeant autour de lui la plus grande forteresse de sacs de sable du monde.

Caroline avait dû voir des photos de Jack ! Forcément. Habib Munib apparaissait souvent au journal télévisé. On le voyait toujours entouré de ses gardes du corps américains. Des gorilles qui méritaient amplement leur surnom, pour la plupart. Ils portaient la barbe, des lunettes de soleil et d'énormes pistolets noirs. Pistolets ou autre chose. Caroline, qui ne connaissait rien au monde de la sécurité, s'était toujours imaginé qu'il s'agissait d'officiers américains.

— Relever ce défi vous plaisait ?

— Oui, répliqua-t-il après un instant de réflexion. Énormément. Déjouer les pièges mortels et redoutablement astucieux que lui tendaient ses ennemis avait quelque chose de stimulant. L'éducation américaine d'Habib nous facilitait la tâche. Il a étudié à Cal'Tech, où il a obtenu un diplôme d'ingénieur, dont il ne fait rien, et développé un solide talent pour le poker, qu'il exploite au maximum. Il représente le meilleur espoir de son pays pour un avenir qui ne soit pas basé sur l'oppression des pauvres, débarrassé des fanatiques qui massacrent la population sous prétexte de préserver le pays des femmes qui mettent du rouge à lèvres et du vernis à ongles. Garantir sa survie n'avait rien d'une partie de plaisir.

Caroline avait observé son visage pendant qu'il parlait. Elle avait oublié d'allumer le lustre, et la lumière provenait principalement de la flamme des chandeliers. Celle-ci donnait à son profond bronzage l'aspect du bronze et faisait briller ses yeux sombres.

L'atmosphère de la maison était tout juste tiède, mais Caroline n'avait pas froid. Jack était assis à sa droite, leurs coudes se touchant presque, et elle se sentait comme enveloppée par le halo de chaleur qui émanait de lui.

— Si vous aimiez tellement votre travail, pourquoi êtes-vous parti ?

— J'ai appris que mon père était gravement malade. Ce n'est pas lui qui me l'a dit, mais sa secrétaire. Elle m'a appelé pour me dire qu'il vomissait du sang. Je suis rentré immédiatement et je l'ai harcelé jusqu'à ce qu'il accepte de consulter un médecin.

Un sourire passa sur ses lèvres aussi fugitivement qu'une ombre.

— Mon père avait des idées bien arrêtées. Il détestait les médecins, et j'ai dû longuement batailler avant de lui faire entendre raison. Les analyses ont révélé un cancer de l'estomac à un stade très avancé. Il n'en avait plus que pour quelques jours. Après sa mort, j'ai décidé qu'il était temps pour moi de passer à autre chose.

Les yeux rivés sur lui, Caroline cala son menton sur son poing.

— Pourquoi ?

Jack reposa sa fourchette et prit le temps de réfléchir, ce qui plut à Caroline. Elle détestait les lieux communs et les réponses toutes faites. Jack luttait visiblement pour trouver les mots justes. Il n'était peut-être pas très doué pour parler. C'était un soldat, après tout. Lorsqu'il s'exprima enfin, ce fut d'une voix grave et posée.

— Mon père avait été militaire toute sa vie. Après sa retraite, il a fondé cette société de sécurité pour exploiter les compétences qu'il avait acquises dans l'armée. J'aimais servir dans l'armée, mais je sais que d'une certaine façon, si je me suis engagé, c'était avant tout pour lui faire plaisir. Quand il a eu besoin de moi, je n'ai pas hésité à le rejoindre car c'était une sorte de soulagement de quitter l'armée. Après sa mort, j'ai réalisé que...

Il s'interrompit un instant.

— J'ai réalisé que cette entreprise était son rêve *à lui*. Pas le mien. J'ai un autre rêve en ce qui me concerne. Et même si mon père me manque énormément, sa mort m'a permis de le poursuivre.

Un profond silence s'abattit sur la pièce. Caroline avait ouvert la double porte cintrée qui donnait sur le salon où elle avait allumé un feu dans la cheminée. Une bûche craqua dans l'âtre. Le silence ne dérangeait apparemment pas Jack, et cela aussi plut beaucoup à Caroline.

— Quel est votre rêve ? questionna-t-elle.

Il hésita.

— J'ai... un certain nombre de talents. J'en ai acquis plusieurs dans l'armée, d'autres sont innés. J'aimerais mettre ces talents à la disposition d'une catégorie de personnes différente des clients de mon père. Ses clients avaient déjà les moyens d'assurer leur sécurité par ailleurs. S'ils faisaient appel à ses services, c'était essentiellement pour des questions de prestige. Personnellement, j'aimerais mieux enseigner des techniques de self-défense à des gens qui en ont besoin, mais qui n'ont pas les moyens d'embaucher une équipe de sécurité professionnelle.

— C'est ce que vous avez l'intention de faire ici ? Ouvrir une… une école de self-défense ? À Summerville ?

— Je veux prendre un nouveau départ, acquiesça-t-il. J'étais passé ici avec mon père il y a des années, et l'endroit m'avait plu. J'ai toujours gardé dans un coin de ma tête l'idée de m'installer ici définitivement.

— Il existe des endroits pires, concéda Caroline, juste avant qu'une rafale de vent ne fasse trembler les vitres du salon. Sans parler du merveilleux microclimat dont nous jouissons toute l'année, précisa-t-elle avec un sourire malicieux.

— J'avoue que je n'avais pas prévu d'arriver en plein blizzard.

— Je m'en doute. Summerville est une ville agréable, mais je préfère vous mettre en garde contre ses hivers rigoureux. Les météorologues ont prédit qu'il serait exceptionnellement long et froid, cette année. J'espère que cela ne vous fera pas fuir ?

Caroline ne lui posait pas cette question de façon désintéressée. S'il décidait de partir, elle le regretterait. C'était un locataire agréable et le loyer qu'il lui verserait régulièrement serait le bienvenu.

Jack s'était cependant raidi, comme si elle l'avait insulté.

— Je peux vous garantir qu'un peu de froid ne me fera pas fuir, répondit-il doucement en la regardant dans les yeux. C'est un projet que je caresse depuis des années.

Caroline le regarda terminer sa troisième assiette de pommes de terre rôties sans rien dire. Il engouffrait une incroyable quantité de nourriture avec une tranquille résolution.

— Ce repas était excellent, je vous en remercie.

— Je suis ravie qu'il vous ait plu. Pour un réveillon de Noël, il m'a semblé naturel de me donner un peu plus de mal que d'habitude. Et j'ai aussi prévu un menu spécial pour demain, ajouta-t-elle avant de tapoter ses lèvres avec une serviette empesée qu'elle réservait aux grandes occasions. Mais je préfère vous prévenir que ce ne sera pas aussi somptueux tous les jours.

Il prit une profonde inspiration, cherchant visiblement une réponse appropriée à cette déclaration, et Caroline fut un instant distraite par la vision de ce torse qui se soulevait. Ses pectoraux se dessinaient nettement sous son pull. À en juger d'après les poils noirs et drus de ses avant-bras, il devait avoir le torse velu. L'image de son torse nu jaillit soudain dans son esprit et une violente bouffée de chaleur la saisit.

Cela lui ressemblait si peu qu'elle en fut déconcertée.

— Je ne suis pas difficile à satisfaire, dit-il finalement. Pendant sept ans, je me suis contenté des MRE, les repas tout prêts de l'armée, et ils ont le goût d'une pâtée pour chiens périmée mixée avec du caoutchouc. La consistance aussi, d'ailleurs.

— Ma foi, répliqua-t-elle d'un ton amusé, j'ignore tout de ces repas dont le seul nom évoque une arme de destruction massive. Mais je pense pouvoir vous assurer sans risque de mieux vous traiter que l'armée ne l'a fait.

— Je n'en doute pas un instant, Caroline, répondit-il en plongeant son regard dans le sien. C'est un traitement que je suis impatient de subir.

Il avait dit cela d'un ton parfaitement neutre, poli même. Son langage corporel n'avait rien eu de suggestif non plus. Son regard était resté rivé au-dessus de son cou. Le sous-entendu de ses propos n'en demeurait pas moins évident. Des hormones sexuelles se mirent à tourbillonner dans l'atmosphère, avec une telle intensité que Caroline sentit ses poumons se vider entièrement.

Son désir viril s'élevait avec une telle puissance qu'elle pouvait pratiquement distinguer les ondes qui émanaient de lui au-dessus de la table étincelante. Caroline s'était déjà sentie désirée, mais c'était la première fois qu'elle ressentait cette attirance magnétique.

Elle aurait dû dire quelque chose de léger pour détendre l'atmosphère, mais rien ne lui vint à l'esprit. Elle n'arrivait même pas à détacher son regard du sien. Ses yeux sombres étaient si fascinants qu'ils lui faisaient l'effet d'un coup de poing à l'estomac.

Caroline mit une bonne minute à réaliser que ce n'était pas uniquement à cause de lui. Elle aussi ressentait ce désir. Il y avait si longtemps que cela ne lui était pas arrivé qu'elle ne l'avait pas tout de suite identifié. Et Jack Prescott était tellement différent des hommes qui l'avaient attirée par le passé, qu'elle n'avait même pas pensé qu'elle puisse le désirer.

Caroline avait toujours été attirée par des hommes spirituels, sophistiqués et diserts. Des hommes qui appréciaient la littérature et le théâtre, et qui avaient un point de vue ironique sur la vie. Le peu qu'elle avait vu de Jack Prescott prouvait qu'il était tout le contraire de cela. Le ton sérieux sur lequel il s'était exprimé était à la limite de la sévérité. Il ne semblait pas sophistiqué ni disert. Certes, il avait voyagé, mais ses voyages l'avaient amené dans des lieux reculés où le maniement des armes est bien plus utile que la connaissance des trésors que recèlent les musées locaux.

Tel était le constat que faisait son esprit. Mais son corps n'en tenait aucun compte. Il était submergé par un puissant débordement hormonal, déclenché par… la *virilité* tout aussi débordante de Jack Prescott. Penser que son corps ne s'intéressait absolument pas à ce qu'il disait, aux livres qu'il avait pu lire ou à ses opinions politiques, avait quelque chose d'humiliant.

Si son cœur battait plus vite et si sa respiration s'était accélérée, c'était parce qu'il était le plus beau spécimen masculin qu'elle ait jamais vu. Elle avait les genoux tremblants à la seule vue de ses mains – grandes, élégantes, tannées, puissantes – et sa voix grave et profonde déclenchait des vibrations au creux de son ventre.

Ce n'était pas une bonne chose. Jack Prescott était son locataire. Il allait lui verser un loyer supérieur aux prix moyens du marché, pour vivre dans une demeure certes splendide, mais peu confortable. Elle ne pouvait se permettre de se sentir fébrile à l'idée de lui adresser la parole, ni l'autoriser à surprendre le regard admiratif dont elle couvait la largeur de ses épaules ou la taille de ses biceps.

Caroline devait se ressaisir *immédiatement*. Redonner un tour impersonnel et cordial à leur relation, celui qui était de mise entre un propriétaire et son locataire.

— Encore un peu de rôti ? demanda-t-elle en plaquant un sourire poli sur ses lèvres.

— Non, merci, répondit-il sans sourire.

Il n'avait pas détaché son regard du sien.

— J'espère que vous avez gardé un peu de place pour le dessert. J'ai préparé une mousse au chocolat. Je peux la servir au salon avec le café, si vous voulez.

Jack s'immobilisa davantage, pour autant que cela fût possible, et la sonda du regard comme si elle venait de prononcer quelque chose de fascinant.

— Cela me plairait beaucoup, oui.

Il se leva avant elle, avec une aisance et une souplesse stupéfiantes, et tira sa chaise lorsqu'elle se leva à son tour. Caroline se dit qu'aucun homme ne l'avait jamais traitée avec autant d'égards.

— Allez-y, dit-elle en désignant le salon. Je vous rejoins avec le café et le dessert.

Quand elle réapparut avec un plateau, Caroline trouva Jack accroupi devant la cheminée, lui tournant le dos. Il avait disposé une nouvelle bûche dans l'âtre et attisait les braises avec le tisonnier. Des étincelles s'élevèrent dans le conduit et une bûche se fendit dans une explosion de flammes rouges qui projeta un halo écarlate autour de sa silhouette, d'autant plus massive qu'il était ramassé sur lui-même. Il se redressa et pivota vers elle.

— Laissez-moi faire, dit-il en s'avançant pour lui prendre le plateau des mains.

Le feu s'élevait, régénéré, de grandes flammes s'enroulant autour des rondins de bois. Une agréable chaleur se répandait déjà dans le salon, accompagnée du craquement des bûches.

Caroline s'assit sur le canapé pour siroter son café et, comme souvent dans les moments difficiles, entreprit de dresser mentalement la liste des aspects positifs de sa vie. Elle était en bonne santé. L'échéance bancaire de janvier était couverte. Quant à celle de février... elle y songerait le moment venu. Jack avait apparemment l'intention de rester. Il ne lui donnait pas l'impression d'être du genre à prendre la fuite devant une chaudière capricieuse. Il lui permettrait peut-être de tenir jusqu'à la fin février. Peut-être pas. Si elle avait appris quelque chose au cours des six dernières années, c'était de ne jamais vendre la peau de l'ours avant de l'avoir tué. Et de tirer le meilleur parti des choses en entretenant des pensées positives. Elle s'y était activement employée.

Entretenir des pensées positives ne marchait malheureusement pas toujours. Demain, ce serait Noël, date anniversaire du jour où le monde tel qu'elle l'avait connu s'était écroulé.

Il y avait tant de souvenirs de Noëls heureux dans cette pièce. Papa, maman, Toby, la musique, les rires et la lumière des bougies. Elle se souvenait d'un réveillon de Noël avant l'accident. Toby devait avoir… quoi ? sept ans ? C'était au tout début de son histoire avec Sanders – une longue histoire faite de ruptures suivies de réconciliations à n'en plus finir – et elle l'avait invité à passer le réveillon chez elle. Ses parents étaient tombés sous le charme des excellentes manières de Sanders et de sa conversation, digne d'un adulte. C'était avant qu'ils aient appris à mieux le connaître. Par la suite, son père l'avait tenu dans le plus parfait mépris. Mais ce soir-là, ils étaient tout sourires.

Caroline, elle… était aveuglément amoureuse de lui. Si aveuglément qu'elle lui avait fait don de sa virginité quelques mois plus tard.

En cette veille de Noël, maman avait rempli la pièce d'une multitude de bougies. Sa mère adorait la lueur des bougies. Elle en allumait à chaque occasion, parfois même simplement parce qu'elle en avait envie.

Le souvenir de cette soirée la réchauffait encore à des années de distance. Elle se rappelait le vif mélange des odeurs – le Diorissimo de maman, la cire chaude des bougies, le feu de cheminée, les gâteaux et les scones de la cuisinière, l'Earl Grey et le bourbon de papa. Le parfum entêtant du bonheur et des fêtes.

Elle avait joué du piano et ils avaient chanté des cantiques de Noël. Elle avait joué…

— … jouer un morceau ?

Caroline s'extirpa de ses souvenirs. Son locataire était assis à côté d'elle. Elle avait senti l'air remuer près de son épaule, et le canapé avait ployé sous son poids quand il s'était penché en avant pour reposer sa tasse sur la table basse. Les tasses de son service à café avaient beau être de proportions parfaitement normales, la sienne semblait minuscule dans sa main. Contrairement aux autres mains d'homme qu'il lui avait été donné d'observer, celles-ci étaient fascinantes. Elles étaient immenses, extrêmement bronzées, comme celles d'un homme qui travaille dehors, mais leur forme était parfaite, avec de longs doigts à la fois élégants et puissants. Ses ongles étaient nets, mais contrairement à ceux de Sanders, ils n'avaient visiblement jamais connu les soins d'une manucure.

Mon Dieu, voilà que ça la reprenait. Ses pensées dérivaient hors de son contrôle. Jack Prescott venait pourtant de lui poser une question.

— Je vous demande pardon ?

Jack désigna le piano d'un hochement de tête. C'était un homme robuste – un soldat. Cela lui donnait sans doute la patience nécessaire pour ne pas rouler des yeux devant cette femme à moitié givrée qui se laissait emporter par le flot de ses rêveries.

— Je vois que vous avez un piano. J'imagine que vous en jouez. J'aimerais beaucoup vous entendre jouer un morceau.

Non ! Plutôt mourir ! fut la première réponse qui lui vint à l'esprit, et elle dut serrer les dents très fort pour la réprimer.

Elle ne pouvait pas jouer. Elle ne s'était pas mise au clavier depuis la mort de Toby. Elle était encore en deuil. Ses souvenirs étaient trop vifs, la douleur trop cuisante…

— S'il vous plaît, ajouta-t-il de sa voix patiente.

L'idée de jouer du piano la rendait vaguement nauséeuse, mais comment refuser ? Jack ne pouvait pas deviner le sacrifice qu'il exigeait d'elle. Si elle refusait, il risquait de la prendre pour une folle.

Ou, pire encore, pour une hôtesse dénuée de savoir-vivre.

Elle sentit son regard sombre et pénétrant posé sur elle et leva les yeux vers lui. Leurs regards se croisèrent un instant, puis elle baissa le sien sur ses mains. Elle brûlait d'envie de sentir le contact réconfortant des touches, mais s'était juré qu'elle ne jouerait plus.

C'était épouvantable.

Caroline eut subitement l'impression de se retrouver au bord d'un précipice si profond que si elle décidait d'y plonger, elle ne pourrait plus revenir en arrière. Si elle faisait un seul pas, elle serait aspirée dans un abîme de perpétuel désespoir et ne serait plus qu'un fantôme cerné d'autres fantômes, se lamentant éternellement sur son sort. Mais si au contraire elle partait dans une autre direction, elle se donnerait les moyens de reconquérir sa vie et pourrait envisager quelque chose qui ressemblerait presque à un avenir.

Elle devait prendre une décision. Elle en était capable. Elle avait appris à surmonter bien des obstacles au cours des six dernières années. Jour après jour.

Elle réussit à produire un sourire, et souhaita de toutes ses forces que Jack ne voie pas à quel point ce sourire était faux.

— Mais certainement, répliqua-t-elle, la gorge nouée.

Elle se leva et se dirigea résolument vers le piano. Il y avait de fortes chances pour qu'il se soit désaccordé au cours des deux derniers mois. Dieu savait qu'il y avait eu suffisamment de variations de température à l'intérieur de la maison pour que le bois ait gauchi. S'il était désaccordé, elle aurait l'excuse rêvée pour ne pas jouer.

Elle s'arrêta devant le grand piano droit et déroula une gamme rapide. Les notes s'élevèrent dans la grande pièce, claires et justes. Le piano était parfaitement accordé.

Il ne lui restait plus qu'à affronter son sort.

Le dos raide, elle s'assit sur le tabouret. Lorsque Jack alluma les bougies fichées dans les chandeliers de cuivre, elle se tourna vers lui, extrêmement surprise.

— C'est tellement joli, avec cette lumière, expliqua-t-il après avoir soufflé la longue allumette qui servait à allumer le feu dans l'âtre.

Caroline soupira. Oui, c'était joli.

— Que souhaitez-vous m'entendre jouer? demanda-t-elle en levant les yeux vers lui. Y a-t-il un cantique de Noël que vous appréciez particulièrement?

— Non, pas de cantique, par pitié. Les aéroports ne diffusaient que cela ces deux derniers jours, soupira-t-il en ouvrant la partition qui se trouvait devant elle. Pourquoi ne pas jouer cela?

Caroline se figea. Cela, c'était la partition du *Fantôme de l'Opéra* qu'elle avait joué pour Toby pendant ses deux dernières semaines de vie. Tout, mais pas ça.

Un cantique de Noël aurait été simple. Elle en aurait choisi un qui n'évoque que des souvenirs d'école. Mais *Le Fantôme de l'Opéra*...

Caroline effleura les touches pour se familiariser avec le contact du bois et de l'ivoire. La musique avait toujours été son refuge, son havre de paix. Le fait qu'elle s'en soit si longtemps tenue éloignée révélait la profondeur de sa douleur.

Elle leva un regard hésitant et croisa celui de Jack. Sombre, ferme et pénétrant, comme s'il pouvait atteindre son âme et déchiffrer les émotions qui tourbillonnaient en elle. Cet homme avait connu la frayeur des champs de bataille. Comment pourrait-il comprendre la frayeur que lui inspirait un clavier?

C'était impossible.

Joue!

Caroline prit une profonde inspiration et égrena quelques notes de la main droite. Le rythme était trop discordant, trop lent, mais elle reconnut la mélodie.

Les premières mesures de *Pense à moi,* l'entêtante mélodie que Christine chante au fantôme, s'élevèrent. Cette chanson resterait éternellement gravée dans son cœur, tel l'hymne de la douleur de la disparition.

Sa main s'immobilisa et elle garda l'index longtemps appuyé sur le *fa,* se demandant si elle pourrait continuer.

Elle devait le faire. Non seulement par politesse vis-à-vis de son hôte, mais aussi pour elle-même. Pour sa santé mentale.

Caroline se redressa et sa main droite répéta les notes de la première mesure, plus vite, plus souplement, plus mélodieusement. Sa main gauche s'éleva pour apporter le contrepoint à la ligne mélodique. La mémoire des muscles avait été la plus forte. Les notes s'écoulaient sous ses doigts et la musique, aussi familière à son oreille que son propre nom, s'éleva.

Ne m'oublie pas…

Quand il avait assisté à la comédie musicale, Toby avait encore l'âge d'être transporté par tous ces mouvements de capes, ces lustres s'écrasant sur scène, ces bougies émergeant à la surface de l'eau, ce mystérieux bateau flottant sur le lac souterrain de l'Opéra. Il en bondissait encore d'excitation le lendemain matin en accompagnant Caroline à la gare avec ses parents. Elle se souvenait du moment où elle avait regardé par la fenêtre du compartiment avant que son train ne démarre pour Boston. Papa et maman lui avaient envoyé des baisers, Toby agitait la main. Une famille heureuse qui avait toute la vie devant elle.

C'était la dernière fois qu'elle avait vu ses parents.

La dernière fois qu'elle avait vu Toby marcher.

Pendant des années, il avait refusé d'écouter le CD de la comédie musicale. Caroline avait parfaitement compris. C'était un rappel trop cruel de ce qu'il avait perdu.

Et puis, d'un seul coup, il avait insisté pour qu'elle rejoue cette musique pour lui. Encore et encore, tandis qu'il s'affaiblissait de plus en plus.

Toby savait qu'il allait mourir, réalisa-t-elle subitement en sentant ses cheveux se dresser sur sa nuque. C'était pour cette raison qu'il lui demandait sans arrêt de jouer cela. Toby avait senti la mort approcher, et il avait voulu entendre la musique qui lui rappelait l'époque où la famille était heureuse et unie, l'époque où il était encore un garçon plein de vie.

Elle baissa la tête, ses mains remuant d'elles-mêmes sans qu'elle ait besoin de songer aux notes. La mélodie délicate emplissait la pièce, son esprit et son cœur. Ses mains flottaient sur le clavier et la musique jaillissait du plus profond de son âme.

... promets-moi, je t'en supplie...

Elle était si complètement absorbée par l'entêtante mélodie qu'elle ne savait plus qui elle était. Elle avait oublié le grand homme aux yeux sombres près d'elle, qui l'observait.

... que tu penseras parfois à moi...

Doucement, tout doucement, la chanson s'acheva sur une dernière note, dont l'écho retentit longuement avant de s'éteindre. Ses mains glissèrent du clavier pour retomber sur ses genoux.

Caroline baissa la tête. Une mèche de cheveux retomba sur son épaule.

Un courant d'air glacial traversa soudain la pièce, agita les feuillets de la partition, et un frisson parcourut sa colonne vertébrale. La chair de poule couvrit sa peau. Elle releva les yeux, surprise, lorsque la flamme vacillante des bougies palpita une dernière fois avant de se noyer dans la cire fondue. Les lourdes tentures de la fenêtre se soulevèrent brièvement, puis retombèrent.

Tout ceci fut extrêmement fugitif et cessa presque avant même d'avoir commencé. L'air était redevenu parfaitement immobile. En dehors des chandelles mortes qui laissaient échapper un filet de fumée, plus rien ne bougeait.

Quelque chose avait traversé la pièce et était aussitôt reparti. Jusqu'à sa mort, Caroline resterait persuadée que l'âme de son frère s'était envolée à cet instant précis, enfin libérée de la prison de chair qu'elle haïssait tant. L'âme de Toby l'avait entendue jouer une dernière fois et avait quitté ce monde.

Caroline venait de jouer le requiem de Toby.

Son frère était définitivement parti. Et elle se retrouvait seule.

Une grosse larme roula sur sa joue et s'écrasa si lourdement sur une touche du piano qu'elle éveilla un fantôme de note.

Jack n'avait pas bougé, mais quelque chose dans l'immobilité de l'air la fit se retourner. Il se tenait auprès d'elle, une de ses grandes mains posée sur le piano, et l'observait tranquillement. Elle n'avait pas la moindre idée de ce qu'il pouvait penser.

Sans doute qu'elle était complètement folle.

Caroline fut submergée par le chagrin et la solitude. Elle devait trouver le moyen de faire exploser la gangue de glace qui l'enfermait. Elle avait besoin de chaleur et de contact humain. Elle avait besoin de sentir les mains de quelqu'un sur elle. Personne ne l'avait touchée depuis la mort de Toby.

Elle scruta les prunelles obscures de ce parfait inconnu, et les mots les plus vrais qu'elle ait jamais prononcés franchirent sa gorge nouée.

— Je ne veux pas rester seule ce soir, murmura-t-elle.

5

Sierra Leone

L'œil humain ne voit que ce qu'il s'attend à voir. Deaver savait cela et, comme tout bon soldat, le mettait souvent en pratique. Nombre de tactiques militaires sont basées sur les leurres et la diversion.

Quand un homme blond d'un mètre soixante-dix-huit pour quatre-vingt-cinq kilos, portant des lunettes de soleil, traversa d'un pas confiant le centre de détention des Nations unies, vêtu d'une tenue de camouflage parfaitement repassée, son badge d'identification épinglé sur sa poitrine et son casque bleu vissé sur la tête, personne n'y regarda à deux fois. Il s'agissait forcément d'un des cinq cents soldats du camp.

C'était le soir. La moitié des effectifs étaient en patrouille de routine. Sans armes, les imbéciles.

Deaver n'arrivait toujours pas à croire que des soldats des Nations unies circulent désarmés. Sur ordre de leurs supérieurs. Les observateurs militaires et les garants de la paix devaient impérativement montrer leur neutralité. Axel aussi avait trouvé cela stupide. Deaver eut une bouffée de sympathie pour ce type.

Cela ne faisait que deux jours qu'il était sans arme, mais il avait l'impression que cela durait depuis une éternité. Deaver n'osait imaginer ce qu'on devait ressentir quand on accomplissait toute une période de service ainsi.

Mais ce n'était pas son problème. Il allait se tirer de là, exactement comme Axel s'apprêtait à le faire.

Un vrombissement de pales d'hélicoptère emplit l'air du soir. Deaver se dirigea rapidement vers la source du bruit, se retenant à grand-peine de courir.

Dans la lumière du crépuscule, il distingua la silhouette familière d'un Huey qui atterrissait sur un héliport improvisé, délimité par la forêt environnante. Le pilote se posa en douceur, juste au milieu du cercle, et resta dans le cockpit, les mains sur les commandes. Il avait visiblement l'intention de repartir le plus vite possible. Il s'était posé dans la semi-obscurité pour accroître ses chances de survie. Le trajet depuis Freetown l'avait obligé à survoler un territoire qui était aux mains des rebelles, or on ne pouvait abattre un avion ou un hélicoptère avec un lance-roquettes qu'en plein jour.

Des hommes vêtus de jeans et de sweat-shirts à manches coupées sautèrent lestement de l'hélicoptère et commencèrent à décharger des caisses. Ils travaillaient silencieusement et efficacement. En moins de cinq minutes, une pile de caisses s'éleva sur le sol.

Deaver rejoignit les hommes.

— Où est-ce que vous allez, après ? cria-t-il pour se faire entendre malgré le bruit du rotor et du moteur.

C'était un excellent imitateur, et il avait suffisamment parlé avec Axel pour reproduire à la perfection sa légère pointe d'accent finlandais. Un des hommes s'interrompit une seconde pour lui jeter un coup d'œil curieux.

— On retourne à Lungi, lui cria-t-il en réponse, avant de prendre une caisse des mains de l'homme qui se tenait derrière lui pour la passer à celui qui était devant.

Parfait. L'aéroport international de Lungi : sa porte de sortie. S'ils repartaient tout de suite, il pourrait attraper le vol de vingt et une heures. Il poserait le pied sur le sol américain avant que qui que ce soit ait seulement pensé à se demander si Axel était bien rentré chez lui.

— Je suis de permission, expliqua-t-il. Mon avion décolle demain matin de Lungi. J'étais censé faire la route avec le convoi, mais je l'ai loupé à cause de mon commandant qui m'a fait remplir tout un tas de paperasse, ajouta-t-il en roulant des yeux furieux.

L'homme était un sous-officier. Les sous-officiers du monde entier savent que les commandants sont tous des abrutis.

— Vous pouvez me prendre à bord ? Sinon, je vais rater mon avion.

L'homme s'interrompit et regarda derrière lui.

— On décharge deux cents kilos de matériel, alors ce n'est pas la place qui manque. Je pense que c'est faisable. Attendez un instant.

Il grimpa dans le cockpit, et Deaver le vit parlementer avec le pilote. Celui-ci redressa la tête et dévisagea Deaver. Ses grosses lunettes de pilote le faisaient ressembler à un insecte. Finalement, après l'avoir longuement scruté, il lâcha quelques mots et l'homme descendit du cockpit. Il leva le pouce à l'intention du pilote et approcha la bouche de l'oreille de Deaver.

— Le pilote est OK, cria-t-il. On sera à Lungi dans une heure.

Bingo !

Deaver s'empressa de grimper dans la cabine et se prépara à aborder la première étape du voyage qui lui permettrait de retrouver ses diamants et sa nouvelle vie.

— Je ne veux pas rester seule ce soir.

Les mots flottèrent dans le silence de la pièce. Une bûche se rompit et retomba dans l'âtre avec un sifflement dans un tourbillon d'étincelles.

Jack tendit la main vers elle, hésita un instant, puis essuya doucement du pouce la larme qui roulait sur la joue de Caroline. Elle ne bougea pas, ne cilla même pas, se contentant de l'observer. Sa peau était douce comme du satin et représentait une telle tentation qu'il écarta sa main.

Sa main *tremblait*.

Jack avait reçu la formation impitoyable des tireurs d'élite. Il avait été sniper pendant trois ans. Un sniper doit avant toute chose posséder une coordination œil-main exceptionnelle et une patience à toute épreuve. Jack ne perdait jamais son calme. *Jamais*. Il était resté en embuscade derrière un rocher, couché sur le ventre et le doigt sur la détente, plaçant son œil devant la lunette et l'écartant à une demi-heure d'intervalle, pendant trois jours et trois nuits dans l'espoir d'attraper Mohamed Khan, ne buvant qu'un litre d'eau et sans faire ses besoins. Sa main n'avait pas frémi une seule fois et quand il avait tiré, il avait atteint sa cible du premier coup. Khan s'était écroulé comme une masse, une balle de calibre 50 logée dans l'arête du nez, un des rares points du corps garantissant une mort instantanée. Une balle, un mort. Tel était le mantra du sniper.

Jack se contrôlait en permanence. Un comportement qui lui avait plus d'une fois sauvé la vie.

Le tremblement incontrôlé de ses mains le terrifia. Il ne pouvait pas se permettre de perdre le contrôle. Pas ce soir. S'il perdait le contrôle, qui savait ce qu'il serait capable de faire à Caroline ? Il risquait de la posséder sauvagement, de lui faire du mal.

Cette idée le fit frémir.

Ses mains tremblaient de désir, et il dut serrer les poings pour ne pas l'attirer contre lui et la renverser sur le sol. Chaque cellule de son corps vibrait d'envie de la posséder, et ce n'était pas parce qu'il venait d'observer six mois d'abstinence. Non, c'était comme s'il n'avait jamais eu de relation sexuelle de sa vie. Comme si le désir longtemps retenu rompait soudain la digue, faisant bouillonner son sang.

Pas question de la toucher tant qu'il serait dans cet état. Sers-toi des mots, s'ordonna-t-il.

— Je ne vous laisserai pas toute seule, Caroline. Venez avec moi.

Il plaça une main sous son coude heureusement couvert de soie noire, et l'aida à se lever du tabouret de piano. Elle se redressa, ses grands yeux bleu argenté rivés aux siens.

Ne gâche pas tout, se répéta-t-il.

Il fallait impérativement qu'il reprenne pied. Quand il avait descendu l'escalier pour la rejoindre dans la salle à manger, le spectacle qui était apparu devant ses yeux lui avait donné l'impression que l'on s'était immiscé dans le repli le plus secret de son esprit pour l'en faire jaillir. Un repli tellement secret qu'il ignorait lui-même avoir un jour conçu cette vision fascinante.

Au centre de la salle à manger éclairée par de grands chandeliers, se tenait Caroline, le bras tendu pour allumer la dernière bougie, la lueur des flammes donnant à son teint une pâleur d'ivoire. Elle était plus belle que dans ses rêves les plus fous. Sa chevelure blond vénitien relevée artistiquement au-dessus de la nuque mettait en valeur la courbe de son cou, et son élégante robe noire semblait avoir été spécialement conçue pour faire ressortir la finesse de sa taille et la blancheur crémeuse de ses épaules. Jack n'aurait jamais osé rêver que Caroline l'attendrait un jour avec un doux sourire dans la salle à manger de Greenbriars – et pourtant il était bel et bien là, et Caroline aussi.

Mais lorsqu'elle l'avait invité à passer au salon... Dieu du ciel ! C'était comme si la roue de la fortune effectuait un tour complet. La vie avait été si brutale pour lui au cours de ses dix-huit premières années. Le jour où il s'était tenu derrière cette fenêtre, Jack avait touché le fond. Mais il était désormais *de l'autre côté,* à l'intérieur.

Douze ans auparavant, Jack, qui s'appelait encore Ben, n'était qu'un garçon mi-humain mi-bête, mourant de faim et vêtu de haillons, qui dévorait des yeux un monde qu'il n'arrivait même pas à concevoir. Il n'osait pas imaginer pouvoir vivre un jour avec ces êtres d'un autre monde qu'il contemplait à travers une vitre en grelottant sous la neige. Ils étaient à ses yeux des créatures mythiques évoluant dans un décor somptueux.

Mais la roue de la fortune avait tourné en sa faveur. Le colonel l'avait trouvé, adopté, et lui avait donné tout ce que son âme affamée désirait : amour, discipline, objectifs. Le pauvre garçon sans le sou avait même fini par devenir riche.

Et cette roue de la fortune avait poursuivi sa course jusqu'à le faire plonger dans le monde merveilleux de ses rêves.

Il était passé de l'autre côté de la fenêtre. Il n'était plus le mendiant qui presse son nez contre la vitre, il était l'homme qui partage sa soirée avec Caroline.

Prudemment, s'appliquant à ne toucher que son coude recouvert de soie, il l'attira vers lui, n'osant pas bouger lui-même. Il se faisait l'effet d'un bâton de dynamite. Un seul faux mouvement et l'explosion se déclencherait.

C'était elle qui devait s'approcher de lui. Ce qu'elle faisait, d'ailleurs. Tout en le dévisageant de ses grands yeux inquiets, elle obéit à son geste et s'avança jusqu'à ce que ses pieds se retrouvent entre les siens et que la pointe de ses seins effleure son torse.

Jack n'avait pas la moindre idée de ce qu'elle pouvait penser. Elle ne donnait pas l'impression de se consumer de désir pour lui. Elle semblait plutôt triste et perdue. Il devait absolument trouver le moyen de changer son humeur, car ce n'était pas ce qu'il attendait d'elle.

Lentement, prudemment, il se pencha et effleura ses lèvres des siennes. Sa bouche était aussi froide que celle d'une statue de marbre. Il s'écarta, parcourut son visage du regard, puis reposa ses lèvres sur les siennes, un peu plus fermement. Le regard inquiet de Caroline resta rivé au sien. Finalement, elle battit des cils et ferma les yeux.

Sous le fin voile d'ombre à paupières, Jack aperçut le délicat réseau de veines bleutées affleurant sous sa peau. Il effleura ses paupières de ses lèvres, et lorsqu'il déposa un baiser sur sa tempe, une mèche de cheveux soyeux frôla sa joue.

Sa peau avait légèrement tiédi. La statue de marbre se métamorphosait lentement en être humain. Il embrassa à nouveau ses lèvres, qu'il écarta juste assez pour en tester la saveur de la pointe de la langue.

Sa bouche avait un goût paradisiaque – chocolat et café, relevés d'une pointe du vin qu'ils avaient bu au dîner. Jack aurait pu s'enivrer de cette saveur. Il releva la tête.

— Oh, souffla Caroline, comme si elle ne s'était absolument pas attendue à ce baiser.

La pointe de sa langue darda entre ses lèvres et passa sur sa lèvre inférieure.

À cette vue, Jack sentit son sexe palpiter, se dresser. Son érection n'avait nulle part où se loger et luttait vainement pour se développer sous la toile rugueuse du jean. C'était effroyablement douloureux.

Il n'avait encore jamais ressenti une telle excitation de sa vie, mais Caroline… Caroline hésitait visiblement, alors que c'était elle qui avait prononcé la formule qui avait incité Jack à agir. Elle avait dit : « Je ne veux pas rester seule ce soir. »

Elle n'avait pas dit : « Je veux que tu arraches mes vêtements, que tu me jettes par terre et que tu me possèdes furieusement. »

Jack n'avait pas droit à l'erreur. S'il gâchait cette soirée, il n'aurait pas de seconde chance. S'il se montrait trop violent, s'il lui faisait peur ou s'il la blessait de quelque façon que ce soit, elle le rejetterait définitivement. La force de Caroline, c'était sa fierté. Une fierté aguerrie qui lui avait permis de survivre à tous les drames. Elle ne tolérerait pas d'être rudoyée sous son propre toit.

Scrutant attentivement son regard, Jack approcha à nouveau son visage du sien. Il trouva les lèvres de Caroline entrouvertes, et leur baiser fut plus tendre. Mais quand il rencontra sa langue, il recula aussi vivement que son sexe s'était tendu. Il avait failli jouir dans son pantalon.

S'il n'arrivait pas à se calmer, il courait à l'échec.

Il effleura sa joue du bout des doigts, émerveillé par le velouté de sa peau, puis inspira à fond et dit ce qui devait être dit.

— Caroline, je sais que c'est trivial, mais je n'ai aucune protection sur moi. Je n'ai pas eu de relations sexuelles depuis six mois et je n'ai rien apporté. Je vous en supplie, dites-moi que vous avez quelque chose ici.

Caroline cligna des yeux, comme si elle émergeait d'une transe.

— De protection ? Qu'est-ce que vous voulez… Oh !

Sa main recouvrit ses lèvres.

— Excusez-moi. Des préservatifs, évidemment ! Ma foi, non, je n'en ai pas non plus. Cela fait plutôt six ans que six mois, en ce qui me concerne… Cela remonte à si longtemps que j'ai dû oublier comment faire. Si vous changez d'avis, enchaîna-t-elle en reculant légèrement sans le quitter des yeux, je comprendrais parfaitement.

— *Non !*

Il avait presque crié, et Caroline sursauta. Jack sentit la sueur couler dans son dos.

— Non, répéta-t-il plus doucement, luttant pour conserver un ton calme. Écoutez, nous pouvons très bien nous passer de cap… euh, de préservatif. Je ferai attention.

Du moins je l'espère, ajouta-t-il mentalement.

Il avait toujours exercé un parfait contrôle sur son corps, mais à cet instant précis, ce contrôle ne tenait qu'à un fil.

Caroline garda le silence un moment. Elle se livrait à un puissant débat intérieur et Jack lui laissa le temps de le résoudre.

— Vous paraissez en bonne santé, dit-elle finalement.

Il cligna des yeux.

— Je le suis.

Sa santé vigoureuse ne demandait même qu'à jaillir de son pantalon.

Les joues de Caroline avaient légèrement rosi.

— En fait, euh… j'ai subi un grand stress cet automne. Mon frère était très malade et je me faisais tellement de souci que j'en oubliais parfois de manger…

Elle s'interrompit et ses jolies lèvres se refermèrent brusquement quand elle réalisa qu'elle était en train de raconter sa vie.

— Toujours est-il que mon médecin m'a prescrit la pilule, conclut-elle. Il n'y a donc aucune contre-indication à ce que nous…

Ce qu'elle avait l'intention de dire se perdit dans sa bouche. Jack avait pris son visage entre ses mains pour l'embrasser. Passionnément, cette fois. Sa langue léchait avidement celle de Caroline, s'imprégnait de la saveur à laquelle il n'avait fait que goûter, et il inclina la tête pour prendre complètement possession de sa bouche.

Les mains de Caroline encerclèrent ses poignets tandis qu'il continuait à l'embrasser, presque désespérément. Jack laissa couler une de ses mains au niveau de sa taille souple et l'attira fougueusement contre lui. Elle eut un léger mouvement de recul lorsque son ventre entra en contact avec son érection. Les yeux clos, Jack interrompit leur baiser à contrecœur. Il aurait voulu prolonger ce baiser éternellement.

Si cela n'avait tenu qu'à lui, ils seraient restés à l'endroit précis où ils se trouvaient. Il l'aurait renversée sur le plancher sans même prendre la peine de la déshabiller. Il aurait déchiré son collant et sa culotte pour plonger son sexe dans sa fente, aussi moite et accueillante que sa bouche…

Jack laissa échapper un grognement et rouvrit les yeux pour contempler son visage adorable. Ses lèvres s'étaient épanouies sous la passion du baiser et le rose de ses joues s'était accentué. Les mains de Jack avaient malmené sa coiffure et ses cheveux se répandaient à présent en boucles chatoyantes sur ses épaules. Sa chevelure avait les mêmes teintes rouge et or que les flammes qui crépitaient dans l'âtre.

Ils allaient faire l'amour. C'était certain. Il allait faire l'amour à Caroline. Jack n'avait jamais eu de rapports sexuels non protégés de sa vie, et il était dans un tel état qu'il allait sûrement mourir de délice rien qu'en la pénétrant.

— La chambre, murmura-t-elle en levant les yeux vers lui.

La chambre. Le moyen le plus rapide de l'atteindre était de la porter dans ses bras. Il la souleva aisément et s'abstint héroïquement de courir jusqu'à l'escalier.

Jack avait fait beaucoup d'alpinisme dans les rangers et disposait d'un sens de l'équilibre prodigieux. Pourtant, il sentit ses genoux faiblir. C'était incompréhensible. Caroline était aussi légère qu'une plume, bien plus légère que l'équipement qu'il était entraîné à charrier sur son dos en tout cas. C'était comme si une fièvre s'était emparée de son organisme, le laissant faible et chancelant.

S'il tombait alors qu'il la tenait dans ses bras, il se couvrirait de ridicule. Il avait intérêt à atteindre sa chambre au plus vite.

Il grimpa les marches deux à deux et tourna à droite dès qu'il atteignit le palier. Heureusement que la porte de sa chambre était ouverte, sinon il l'aurait défoncée à coups de pied, ce qui n'aurait sans doute pas constitué la meilleure des entrées en matière pour une nuit d'amour.

Jack s'arrêta au bord du lit et la déposa doucement à terre en la faisant glisser le long de son ventre. Caroline perçut certainement son érection au passage. Son sexe palpitant avait eu un soubresaut au contact du corps de la jeune femme. Un soubresaut si violent que la ville entière avait dû le sentir. Les vagues de désir qui émanaient de son sexe devaient même brouiller les ondes radiophoniques.

Que ressentait Caroline ? Il n'aurait su le dire. Debout face à lui, elle observait la plus parfaite immobilité, aussi passive qu'une poupée de collection.

Pour la première fois de sa vie, Jack regretta que les femmes ne ressemblent pas davantage aux hommes. Si Caroline avait possédé l'équivalent féminin de son phallus, il aurait eu une idée précise de ce qu'elle ressentait, du désir qu'il lui inspirait.

Mais les femmes sont ainsi faites. Leur corps est secret et leur désir invisible, dissimulé au plus profond des replis de leur chair.

Pour prendre connaissance de l'étendue de ce désir, il lui faudrait immiscer ses doigts entre ses cuisses…

Et s'il découvrait qu'elle ne le désirait pas, que ferait-il ? Jack devinait qu'elle serait étroite. Une femme qui n'a pas eu de rapports sexuels depuis plusieurs années l'est forcément.

Cela risquait de compliquer les choses.

Jack savait que la nature avait été généreuse avec lui. Il n'en tirait aucune fierté particulière, c'était simplement une réalité. Une réalité qui l'obligerait à se montrer plein de prévenance. Mais il était dans un tel état d'excitation qu'il n'était pas certain d'y parvenir.

Le simple fait de la regarder dans la pénombre de la chambre, lui nouait la gorge d'émotion. Il avait laissé la lumière du couloir allumée et c'était comme s'ils s'étaient trouvés sous l'eau, au fond d'un océan.

La carnation de Caroline était ce qui sautait aux yeux quand on la rencontrait pour la première fois. Non seulement l'ivoire rosé de sa peau, mais le feu doré de sa chevelure et le bleu argenté de ses yeux forçaient l'admiration. Elle était en cet instant privée de toute couleur, et sa silhouette se découpait à la lueur crépusculaire de la chambre dans un dégradé de gris qui ne déparait en rien sa beauté, mettant au contraire en relief sa peau pâle et lisse et la délicatesse de sa constitution. Son regard presque incolore était posé sur lui.

À quoi pensait-elle ? Il n'aurait pu le dire. Ses traits étaient aussi immobiles que ceux d'un portrait peint.

Il la tenait par les épaules et sentait la délicate structure de ses os sous la soie noire de sa robe. Il passa les mains derrière son dos et baissa la fermeture de la robe. Le glissement métallique retentit dans le silence de la chambre. Jack s'appliqua à la défaire doucement, cherchant vainement à décrypter ses émotions. La fermeture franchit le niveau de sa taille, et Caroline demeura immobile lorsqu'il écarta la robe dans son dos.

Jack posa la paume de ses mains au creux de ses reins. Sa peau était tiède. Il l'incita à se rapprocher d'une légère pression.

Sans le quitter des yeux, elle obéit. Elle renversa la tête en arrière pour lever les yeux vers lui et quand Jack baissa les siens, il s'émerveilla du cadeau que lui faisait la vie. Ses prunelles n'étaient plus du tout bleues, mais argentées dans la pénombre, et il se serait volontiers noyé dans cette clarté lunaire. Sa bouche était légèrement entrouverte et sa respiration rapide. Il sentait le souffle de son haleine sur sa gorge. Elle se rapprocha encore imperceptiblement de lui sans qu'il ait eu besoin de l'y inviter.

Il pencha la tête, puis s'immobilisa lorsque sa petite main se posa sur son torse.

— Qu'y a-t-il ? demanda-t-il, presque paniqué.

S'apprêtait-elle à le repousser ? Si elle faisait cela, il allait hurler à la lune. Tout son corps brûlait de désir. Renoncer était impensable. Si elle se refusait à lui en cet instant précis, elle lui infligerait une blessure si cruelle qu'il en garderait éternellement les stigmates.

— Comment saviez-vous où se trouvait ma chambre ? s'enquit-elle d'une voix douce.

Jack sentit son sang se figer dans ses veines.

Ce genre d'erreur tactique peut se révéler mortelle sur un champ de bataille. Jack s'était parfois infiltré dans des endroits dangereux auprès d'ennemis plus dangereux encore. Rester fidèle au personnage pour lequel il se faisait passer était une question de vie ou de mort. Le moindre faux pas, la plus infime incohérence, et le rideau tombait sur la mort du héros.

Il écarta doucement la main de Caroline de son torse. Sa question avait fait bondir son cœur dans sa poitrine et il espérait qu'elle ne l'avait pas perçu.

Pour se tirer de ce mauvais pas, il devait impérativement trouver le moyen d'irriguer son cerveau. Il approcha la petite main de Caroline de ses lèvres et la baisa délicatement. Chaque fois qu'il touchait sa peau, il était presque choqué de découvrir sa douceur.

Ses yeux étaient fixés sur lui. Elle ne souriait pas et attendait sa réponse.

Jack plaqua un pâle sourire sur ses lèvres.

— À l'odeur.

Elle battit des cils.

— Pardon ?

— J'ai un odorat très développé.

C'était vrai. Il pouvait déceler des explosifs presque aussi efficacement que les labradors de l'armée. Il fit courir son pouce depuis sa pommette jusqu'à son cou. Il pencha la tête, l'embrassa derrière l'oreille et renifla.

— Tu sens bon, murmura-t-il en la tutoyant spontanément pour faire cet aveu. Comme un jardin de roses. Je me suis laissé guider par mon nez. Toute la maison est imprégnée de ton parfum, mais dans la cuisine et la salle à manger, il est mêlé à des odeurs de nourriture et dans le salon, à la cire d'abeille et au feu de bois. Dans ta chambre, en revanche, on ne sent que toi. Je me suis arrêté devant cette porte parce que c'était là que ton odeur était la plus forte.

Sa réponse lui avait plu. Son tutoiement aussi, apparemment. Elle eut un sourire incertain.

— C'est joliment dit. Je me demande si les militaires ne devraient pas utiliser leur flair plutôt que leurs boussoles pour s'orienter.

Il fit courir le dos de son index sur son menton délicat, puis sur l'encolure de sa robe.

— Ils le font. Les militaires sollicitent énormément leur odorat. C'est pour cette raison que j'interdisais à mes hommes de fumer quarante-huit heures avant de partir en mission.

Il effleura du bout du nez la peau exquise de son cou, derrière l'oreille.

— J'avoue cependant que je n'ai jamais rien senti d'aussi délicieux que ton parfum, quand j'étais dans l'armée.

Cette fois, il sentit ses lèvres former un vrai sourire contre sa joue. Elle inclina légèrement la tête, comme pour l'inciter à l'embrasser dans le cou. Jack réalisa qu'elle avait dû percevoir son érection et qu'elle avait eu un peu peur. L'entendre plaisanter l'avait sans doute rassurée.

Si Caroline n'avait pas été son fantasme depuis toujours, si elle avait été moins belle, Jack aurait pu exercer un meilleur contrôle sur lui-même. S'il avait été un gentleman accompli, il aurait pris tout son temps avec elle. Ils se seraient assis sur son lit pour bavarder, afin qu'elle se détende. Il l'aurait apaisée. Il aurait consacré un long moment aux préliminaires et l'aurait aimée tendrement. Voilà ce qu'il aurait fait s'il avait été un gentleman.

Malheureusement, Jack n'avait rien d'un gentleman. Le colonel lui avait inculqué les bonnes manières, mais ce n'était qu'un léger vernis. Par nature, Jack était un prédateur.

Son père biologique avait été un ivrogne, méchant et brutal. Étant donné ses goûts en matière de femmes, il y avait de fortes chances pour que sa mère ait été une prostituée de bas étage. Si le colonel était parvenu à lui inculquer quelques notions de courtoisie, le sang de son père n'en coulait pas moins dans ses veines.

Jack n'avait aucune expérience en matière de retenue auprès d'une femme. Il ne savait pas comment on fait la cour à une femme du monde et n'avait jamais eu l'occasion de coucher avec l'une d'elles. En présence de toute autre femme que Caroline, il l'aurait déjà renversée sur le lit et serait passé à l'action.

Il fit courir ses mains le long de son dos, puis remonter sur son buste pour en envelopper ses seins. Caroline sursauta. Sa bouche était si proche de la sienne qu'il sentait son souffle haletant sur ses lèvres.

— Nerveuse ? chuchota-t-il.

— Un peu, confessa-t-elle après s'être éclairci la gorge.

— Détends-toi.

En moins d'une seconde, il dégrafa son soutien-gorge, recouvrit son sein d'une main et en caressa doucement l'aréole du pouce. Son cœur s'affolait sous sa paume.

— Tu as peur ?

— De toi ? répliqua-t-elle en inclinant légèrement le buste en arrière pour le regarder dans les yeux. Non.

Un soupir de soulagement franchit ses lèvres.

— Tant mieux. Parce que je te promets que je ne te ferai aucun mal.

— Je sais, répondit-elle avec un petit sourire timide.

Jack fit glisser sa robe vers le sol en même temps que son soutien-gorge.

Caroline était presque nue. Elle ne portait plus qu'une petite culotte noire, des bas à revers de dentelle noirs et des escarpins à talons aiguilles noirs. Elle offrait une vision fantasmatique. Au fil des ans, Jack s'était dit que le souvenir qu'il entretenait d'elle était trop beau pour être vrai, mais en réalité, son souvenir ne lui rendait pas justice.

Elle était si magnifique que son cœur se serra douloureusement. Pâle, parfaite, si délicate qu'il avait presque peur de la toucher. Quelque chose dans son regard dut l'alarmer, car la lueur d'anxiété ressurgit dans celui de Caroline. Elle ne chercha pas à dissimuler son corps de ses mains, mais ses épaules se voûtèrent comme si elle en avait l'intention. Jack devait absolument dire quelque chose pour la rassurer.

— Tu es trop belle, murmura-t-il avant de grimacer. Enfin, ce n'est pas exactement ce que je voulais dire, excuse-moi…

Caroline sourit.

— Merci. Ce n'est peut-être pas une formulation très élégante, mais l'intention est charmante.

Le désirait-elle ? Jack devait en avoir le cœur net.

Il s'agenouilla devant elle, plaça son pied minuscule sur sa cuisse et fit lentement rouler son bas le long de sa jambe. Il eut fugitivement conscience de vivre un instant puissamment érotique, susceptible de rendre n'importe quel homme fou de désir.

Ses jambes étaient longues, fines sans être maigres, et ses chevilles plus graciles que toutes celles qu'il avait vues. Bientôt, Caroline se retrouva vêtue de sa seule petite culotte.

Elle avait des pieds adorables. Pâles et joliment cambrés. Jack eut soudain envie d'embrasser ses orteils un à un. De les sucer. De faire courir sa bouche sur la cambrure de son pied. De mordiller délicatement sa cheville.

Non, se dit-il. Il ne pouvait pas commencer par ses pieds. Il exploserait avant même d'avoir atteint ses genoux.

Il fit remonter sa main le long de sa jambe et rapprocha son visage de son ventre qu'il effleura du bout du nez tandis que ses doigts s'immisçaient entre ses cuisses. Sa main entama alors un lent va-et-vient pour l'inciter à écarter les jambes.

— Offre-toi à moi, chuchota-t-il contre son ventre.

Caroline retira son pied de sa cuisse et écarta légèrement les jambes. Jack passa un bras derrière son dos pour l'aider à conserver son équilibre.

Une senteur de musc et de rose s'élevait de son entrejambe, le parfum de Caroline mêlé à l'essence de son désir. Jamais une odeur ne lui avait paru aussi accueillante. Il inséra délicatement un doigt en elle et faillit gémir de soulagement.

Caroline était moite. Pas assez pour le recevoir, cependant. Et elle était vraiment très étroite. Son doigt était enserré en elle comme dans un étau, humide et doux. Il le fit doucement aller et venir, puis le retira et humecta sa fente. Son sens du toucher guidait ses gestes, car son regard était rivé sur le visage de Caroline. Quand son doigt effleura son clitoris, elle laissa échapper un soupir et sa bouche s'arrondit sur un O.

— Tu aimes ça ? s'enquit-il en la caressant prudemment.

Elle lui paraissait si fragile et délicate. Il effleura à nouveau son clitoris et les jambes de Caroline se mirent à trembler imperceptiblement. S'il n'avait pas eu les mains sur elle, Jack ne s'en serait sans doute même pas aperçu.

— Oui, chuchota-t-elle dans la pénombre. J'aime ça.

Jack se releva, grimaça de douleur lorsque son sexe frotta contre la toile rêche de son jean, puis traça un chemin de baisers depuis ses seins jusqu'à son cou. De petits baisers tendres et rassurants, aussi légers que des flocons de neige.

Le doigt qu'il avait laissé en elle lui permit de *sentir* ce qui plaisait à Caroline. Comme il s'y était attendu, elle appréciait particulièrement la douceur. Chacun de ses baisers accentuait la moiteur de son sexe, et il fut bientôt en mesure d'y faire aisément glisser son doigt. Quand il l'effleura derrière l'oreille du bout du nez, elle soupira et se mit à accompagner le va-et-vient de son doigt d'ondulations du bassin. Caroline s'ouvrait enfin à lui.

Jack porta la main qui reposait sur sa taille à son cou et enfouit les doigts dans les mèches soyeuses et parfumées de sa chevelure. Ses boucles retombèrent en cascades sur son poignet. Il l'embrassa tendrement, et elle soupira contre ses lèvres, s'anima sous ses caresses, se rapprocha de lui. Elle ne manifestait pas vraiment le désir de se mettre au lit et de passer à la suite. Elle se contentait de savourer son baiser et ses caresses.

Était-ce là ce que faisait un gentleman ? Il embrassait éternellement sa partenaire sans jamais lui faire l'amour ? Jack avait l'impression qu'un jet de vapeur s'élevait de son entrejambe. Il avait du mal à respirer, comme si des sangles encerclaient son torse, vidant l'air de ses poumons.

Le seul élément positif, c'était que Caroline appréciait ses baisers. Jack caressait sa langue de la sienne et il sentit une légère palpitation enserrer son doigt.

Ses seins seraient-ils aussi sensibles ? Jack maudit la nature de ne lui avoir donné que deux mains. Il aurait voulu pouvoir caresser les replis de son sexe, sentir sa nuque ployer sous ses doigts et disposer d'une troisième main afin de caresser ses seins. Écarter sa main de son entrecuisse était impensable, aussi se résolut-il à lâcher sa nuque.

À contrecœur, car la caresse de ses cheveux sur ses doigts le bouleversait. Il l'attira plus encore contre lui, comme pour lui demander silencieusement de ne pas écarter sa bouche de la sienne.

Caroline lui obéit et ne recula pas lorsque son baiser se fit plus ardent.

Jack recouvrit son sein de sa main et en apprécia la fermeté soyeuse. Petit, il s'adaptait parfaitement à sa main. Ce contact suffit pour que Jack Prescott cesse d'être l'homme qui n'appréciait que les fortes poitrines et se convertisse au culte des petits seins impertinents au galbe parfait, couronnés de délicates aréoles roses.

La pointe de son sein était-elle déjà durcie ? Un seul moyen de le savoir. Il encercla le mamelon de son pouce et sa texture veloutée le plongea dans l'extase. Il sentit le sexe de Caroline se contracter autour de son doigt et elle gémit dans sa bouche.

Tremblant, Jack écarta sa main de son sein et interrompit leur baiser. Caroline ouvrit les yeux pour le contempler d'un air surpris.

— Déshabille-moi, murmura-t-il.

— D'accord, murmura-t-elle en réponse.

Jack ne savait pas pourquoi ils murmuraient ainsi. Peut-être à cause de la pénombre de la chambre, ou parce qu'ils étaient à l'abri du blizzard qui faisait rage à l'extérieur, ou simplement à cause de l'intensité des sensations qui faisaient vibrer la pièce.

Caroline approcha de son ventre une main hésitante. Jack réprima un grondement impatient. Le dos de ses doigts effleura son érection quand elle fit sortir le bas de son pull de son jean, et ils sursautèrent en même temps. Caroline écarta vivement les mains, comme si elles étaient entrées en contact avec quelque chose de brûlant.

Jack contracta son entrejambe de toutes ses forces pour éviter un regrettable accident.

— Désolée, haleta Caroline en se mordant la lèvre.

Jack fut incapable de lui répondre. Il était au bord de l'orgasme. Si elle effleurait encore son sexe, il se ridiculiserait à tout jamais.

— Il vaut mieux que je m'en charge.

Le corps emperlé de sueur, il recula d'un pas et croisa les bras devant lui pour retirer son pull. Une seconde plus tard, il baissait sa braguette, puis faisait glisser pantalon, caleçon, chaussettes et bottes d'un même mouvement.

Son sexe enfin libéré jaillit glorieusement, et Caroline écarquilla les yeux. Jack suivit son regard.

Il ne pouvait pas lui reprocher sa réaction, tant son sexe l'effraya lui-même.

Il était d'un rouge sombre, énorme, aussi dur qu'une massue, parcouru de grosses veines en relief et couronné d'une goutte translucide. Jack ne lui permit pas de le contempler davantage. Il prit son visage entre ses mains, fit un pas en avant et l'embrassa à pleine bouche, passionnément, s'appliquant à la faire reculer jusqu'au lit. Quand ses jambes touchèrent le matelas, il la souleva dans ses bras pour la déposer au milieu du lit et s'allongea sur elle.

Sentir son corps sous le sien le bouleversa. Il suivait son instinct, incapable de stratégie ni même de la moindre pensée cohérente. Du genou, il lui fit écarter les cuisses. Le visage de Caroline blotti entre ses mains, il l'embrassait, puissamment, follement.

Il ne pouvait plus attendre. Il écarta encore ses jambes pour qu'elle s'offre entièrement à lui et la pénétra d'une vigoureuse poussée. Son sexe s'immisça dans les replis de sa chair brûlante, et cette résistance ne fit qu'accroître son excitation. Un long frisson courut en lui comme une décharge électrique et, une seconde plus tard, il jouissait en elle à longs traits, le corps tout entier parcouru de soubresauts.

C'était irrépressible. Il n'y pouvait strictement rien. Tous les muscles de son corps étaient contractés et des grondements bestiaux accompagnaient l'éruption de son sexe. Il était incapable de penser clairement mais, au plus profond de son esprit, il réalisa qu'il risquait de la mordre dans son excitation et il écarta son visage du sien pour l'enfouir dans le nuage de sa chevelure. Le violent parfum de roses qui assaillit ses narines prolongea ses spasmes. Il n'en finissait plus de se répandre en elle, le corps secoué de tremblements et de grognements sauvages, il se vidait de sa semence jusqu'à la dernière goutte. Il plaquait fermement ses hanches, enfonçait ses orteils dans le matelas et la besognait furieusement pour la posséder aussi profondément qu'il le pouvait, persuadé que son corps allait voler en éclats, le cœur battant à coups redoublés, aussi haletant que s'il venait de franchir la ligne d'arrivée d'un marathon.

La sueur qui s'écoulait de son corps le collait à elle.

Il mit une éternité à se calmer. Quand il retrouva son souffle et ses esprits, son cœur se serra.

Il était affalé comme une masse sur Caroline, alors qu'il pesait au moins deux fois plus lourd qu'elle.

Son endurance légendaire l'avait abandonné. Ce soir, il venait de se comporter comme un puceau de quinze ans. Il n'avait même pas tenu une minute. Il avait joui dès qu'il l'avait pénétrée. Son orgasme explosif avait tout effacé, mais il lui restait cependant une certitude. Une certitude épouvantable.

Caroline n'avait pas joui.

Il avait tout gâché.

6

Summerville

Elle l'avait cherché.

Écrasée sous le poids de Jack, Caroline essayait de respirer sans faire siffler ses poumons. Il pesait une tonne. Elle avait besoin d'oxygène et d'espace. Comment y parvenir ? Devait-elle pousser légèrement ses épaules pour lui faire comprendre qu'il devait s'écarter, ou bien risquait-il de trouver cela grossier ?

Combien de temps faut-il attendre, au terme d'un rapport sexuel, avant de serrer son partenaire dans ses bras pour faire un câlin ? Jack aimait-il les câlins ?

Il ne donnait pas cette impression. Il avait affiché une expression sévère et n'avait pratiquement pas desserré les lèvres de la soirée. Les gens qui apprécient les câlins sont bavards et chaleureux. Jack faisait peut-être partie de ces hommes qui s'écartent de leur partenaire et se lèvent aussitôt le devoir accompli. Caroline les considérait comme les plus tristes des amants. Ceux qui ne laissent derrière eux que solitude et mélancolie. Elle en avait malheureusement connu quelques-uns.

Ce que Caroline appréciait le plus dans la sexualité, c'était l'intimité. Cette sensation, l'espace d'un bref instant, de ne pas être complètement seule. Elle aimait toucher et être touchée, les mots tendres murmurés à l'oreille, même s'ils n'étaient vrais que sur le moment. Un peu de chaleur humaine, c'était toujours mieux que rien.

C'était ce qu'elle avait attendu de Jack, même si elle avait su qu'il y aurait d'abord un rapport sexuel. Elle n'avait jamais tellement apprécié cela, mais le dernier en date remontait à si longtemps qu'elle ne se souvenait plus très bien de ce que c'était. Ce qu'elle aimait beaucoup, en revanche, c'était ce qui venait juste après. Rester tranquillement allongée dans l'obscurité, entre les bras d'un homme, à écouter son battement de cœur réconfortant.

Celui de Jack battait à toute allure. À en juger d'après ses tremblements et ses grognements, son orgasme avait dû être fulgurant. Il était également aussi brûlant qu'un radiateur. Ce rapport sexuel express aurait au moins eu l'avantage de la réchauffer. Jack Prescott était une immense couverture électrique, très lourde et très velue.

Caroline posa une main sur son épaule en se demandant si elle aurait le courage de le repousser.

Le contact de sa peau sous ses doigts la troubla. Son corps était tellement compact qu'il n'offrait aucune prise. Le muscle de son épaule était aussi dur que l'acier. Elle le caressa doucement, et eut la surprise de le sentir saisir sa main pour la porter à ses lèvres. Il embrassa d'abord la paume, puis le dos de sa main, comme si, au lieu d'être nus, leurs corps emboîtés l'un dans l'autre, ils s'étaient trouvés dans une salle de bal.

Elle remua légèrement et…

— Tu es toujours, euh…

— Dur ? suggéra-t-il.

Sa bouche était à deux centimètres de son oreille, et sa voix grave, si proche qu'elle eut l'impression de l'entendre parler dans sa tête, la fit tressaillir.

— C'est normal, poursuivit-il. Je suis loin d'en avoir fini avec toi.

Il se hissa sur un coude et baissa le regard vers elle. Ses traits étaient flous dans la pénombre. Seul le blanc de ses yeux et de ses dents lui permettait de deviner son visage. Il cueillit son visage entre ses grandes mains et se pencha pour l'embrasser tendrement.

Doucement, comme un amoureux qui embrasse une fille pour la première fois. C'était un câlin d'après l'amour, à la différence près qu'ils étaient encore en train de faire l'amour. En quelque sorte. Fiché en elle, son sexe était parfaitement rigide, mais il ne bougeait pas. Ses baisers étaient à la fois doux et profonds, ses lèvres glissaient aisément sur les siennes. Caroline s'abandonna à ce baiser le plus naturellement du monde, d'autant plus naturellement qu'elle pouvait enfin respirer.

Il écarta la tête et son regard transperça l'obscurité.

— Ça va ? murmura-t-il contre ses lèvres. Je ne t'ai pas fait mal ?

Caroline sourit et écarta une mèche de cheveux du visage de Jack.

— Tu as l'air de penser que je suis aussi fragile et délicate qu'un chou à la crème, répondit-elle en secouant la tête. Je t'assure que ce n'est pas le cas.

Jack cligna des yeux, et l'expression de son visage changea du tout au tout. Les petites rides d'anxiété qui cernaient ses yeux s'effacèrent, ses traits se tendirent et ses narines palpitèrent. La chaleur de son regard devint palpable.

— Si, c'est exactement ce que tu es, dit-il d'une voix sensuelle. Tu es un chou à la crème très appétissant, et j'ai bien envie de te manger. Je ne ferais de toi qu'une bouchée.

Cette déclaration ne laissait aucun doute quant à ses intentions, et une vision surgit dans le cerveau de Caroline sans qu'elle l'ait sollicitée. Elle se vit allongée sur un lit, la chevelure de Jack émergeant de son entrejambe, ses grandes paumes maintenant ses cuisses écartées. Une vision troublante. Non, pas troublante. Excitante. Sans aucun risque d'erreur. Les muscles de son vagin se contractèrent à cette idée et, aussitôt, elle sentit le sexe de Jack grossir et s'allonger en elle.

— Tu as envie que je te mange, modula-t-il de sa belle voix grave. Ça t'excite, hein ?

— Oui, je… je crois que ça m'excite, haleta-t-elle.

Les réactions de son corps l'empêchaient de réfléchir. À chaque pulsion du sexe de Jack, son vagin répondait par une contraction qui l'enserrait davantage.

C'était incroyable. Ça ne lui était encore jamais arrivé – ce lien intime, si intense qu'elle pouvait sentir son érection s'affermir à l'intérieur de son propre corps.

Caroline n'était pas seulement excitée à l'idée de ce que Jack Prescott allait lui faire, mais par *lui*. Au niveau rationnel, le poids de ses soucis et des souvenirs pénibles qu'éveillait la veille de Noël l'avait d'abord rendue réticente, mais son corps ne s'en était pas soucié et avait pris les devants, bien décidé à profiter de l'occasion qu'offrait la présence de Jack. À présent, elle réalisait qu'elle n'avait encore jamais ressenti une telle excitation.

Jack Prescott avait peut-être une expression sévère et ne semblait pas particulièrement porté sur les plaisirs de la conversation, mais le corps de Caroline s'en moquait complètement, parce que c'était l'homme le plus sexy du monde. Le plus… *viril* qu'elle ait rencontré.

Son corps tout entier était une source de plaisir bouleversant. Sa taille, ses muscles, l'épaisse toison sombre de son torse qui effleurait ses pointes de seins, son sexe aussi dur que l'acier fiché en elle…

Le simple contact de sa peau.

— J'aimerais t'aimer avec ma bouche, dit-il, mais pour ça, je serais obligé de me retirer et il faudrait braquer un revolver sur ma tempe pour m'y obliger.

Il fit glisser ses grandes mains sur ses flancs, empoigna ses hanches et se mit à remuer en elle. Ses poussées, lentes et profondes, déversèrent en elle un flot de chaleur.

— Non, murmura-t-il. Je garde ça pour plus tard. Quand j'arriverai à penser à autre chose qu'à *ça*.

Il fit basculer son bassin en arrière puis, d'un vigoureux coup de reins, la pénétra jusqu'à la garde.

Caroline le serra contre elle. Mais ses mains glissèrent sur les muscles lisses de ses bras sans y trouver le moindre point d'ancrage. Frustrée, elle les fit passer sous ses bras et les cala bien à plat sur ses deltoïdes. Le jeu intense de ses muscles se déploya sous ses paumes tandis qu'il allait et venait en elle.

Son corps ferme était une immense zone érogène, depuis ses jambes puissantes qui maintenaient les siennes écartées jusqu'à ses mains qui enserraient son visage pour l'embrasser. Tout en lui était si complètement différent d'elle que chaque caresse, chaque baiser était aussi exotique qu'un territoire inexploré.

Son baiser devint plus ardent, sauvage. Caroline sentit de nouvelles palpitations s'élever au creux de son ventre et sa gorge se noua. Jack percevait la moindre de ses réactions. Il devinait presque avant elle les réponses de son corps.

Il prit appui sur les avant-bras et souleva le torse, si large que le contour nettement défini de ses pectoraux emplissait pratiquement tout le champ de vision de Caroline. Elle admira ses biceps d'une dureté parfaite. Les mains la démangeaient de palper ces muscles puissamment sculptés. Elle effleura timidement son torse, et un long frisson le parcourut. Jack riva sur elle un regard brûlant.

— Regarde-nous, Caroline, ordonna-t-il doucement. Regarde ce que nous faisons ensemble.

Surprise, Caroline baissa les yeux et sentit ses cheveux se dresser sur sa nuque. Jamais elle n'avait contemplé un spectacle aussi érotique que la jonction de leurs corps. Sa peau d'une pâleur de rousse formait un contraste saisissant avec la peau cuivrée de Jack. Les muscles de son ventre se contractaient au rythme de ses lentes poussées. Leurs toisons se mêlaient quand le sexe de jack arrivait au terme d'un long glissement, puis quand il se retirait, il était luisant. C'était un spectacle fascinant, presque hypnotique. Si bouleversant qu'elle se sentit gagnée par une sorte de transe.

Toute idée de froid l'avait désertée. La chaleur s'élevait de son entrejambe comme si elle s'était trouvée devant une fournaise.

Caroline entamait la voluptueuse envolée vers le plaisir lorsqu'une goutte de sueur coula de la tempe de Jack et s'écrasa sur sa poitrine.

Elle en fut comme électrisée.

Il y avait un prix à payer pour cette union maîtrisée. Les muscles du ventre de Jack étaient tellement contractés qu'elle en distinguait parfaitement le relief. Caroline posa une main sur son dos et comprit à la contraction de ses muscles qu'il les bandait aussi puissamment que ses abdominaux. Il ressemblait davantage à une statue de marbre sombre qu'à un être de chair et de sang.

Quand elle réalisa la maîtrise qu'il exerçait sur son propre corps, Caroline bascula irrésistiblement dans le plaisir. Elle lança un cri aigu. Des contractions prodigieuses se déclenchèrent au creux de son ventre, enserrant le sexe de Jack dans un étau palpitant, et l'orgasme fut si violent qu'un tremblement la parcourut.

Jack laissa échapper un grommellement lorsqu'un fourmillement s'empara de ses reins. Il fit glisser ses mains vers ses cuisses et les souleva en les écartant largement, de façon qu'elle s'ouvre complètement à lui. Son vigoureux va-et-vient la maintenait sur la crête du plaisir, et Caroline connut le plus long orgasme de sa vie. Elle s'agrippait à lui comme on s'accroche à un arbre au milieu d'une tornade. Quand les pulsations du plaisir commencèrent à décroître et qu'elle fut sur le point de retrouver son souffle, Jack tourna la tête sur l'oreiller et approcha ses lèvres de son oreille.

— Encore, chuchota-t-il. J'en veux encore, Caroline.

Il glissa une main au creux de son dos et ses coups de reins la soulevèrent davantage. La base de son sexe frottait directement contre son clitoris. Des décharges électriques la transpercèrent alors qu'une jouissance à peine supportable la submergeait.

Pour la première fois de sa vie, Caroline ne fut plus qu'un corps, les sens uniquement tournés vers le tumulte qui le traversait.

Les membres tremblants, elle s'agrippait à lui, et sentait sous ses cuisses et ses bras le jeu puissant de ses muscles tandis qu'il la possédait comme personne ne l'avait fait avant lui. Les yeux clos, la tête renversée en arrière, elle se laissa porter par les vagues du plaisir jusqu'à ce qu'elles disparaissent.

Elle écarta bras et jambes et son souffle ralentit.

Jack s'immobilisa.

— Caroline ?

Son érection était toujours aussi ferme, mais il ne pouvait plus espérer la moindre participation de sa part. Tous ses muscles s'étaient affaissés, et elle avait visiblement du mal à garder les yeux ouverts.

Caroline sentit à travers une sorte de brouillard qu'il se retirait. Il s'allongea en la serrant dans ses bras et elle sombra dans un sommeil sans rêves, la tête calée au creux de son épaule.

Vol Air France 1240, au-dessus de l'Atlantique, en direction de Kennedy Airport

La VISA d'Axel lui permit l'achat d'un vol Air France en classe affaires pour traverser l'Atlantique. *Espace Première*. Le nom lui-même était classe.

Confortablement installé sur le siège extra-large dont le dossier se rabattait pour former une couchette, Deaver sirotait un excellent champagne sec et glacé. Du *vrai* champagne, pas l'espèce de mousseux tiédasse qu'on servait au bétail de la classe économique.

Brave Axel. Son nom et sa carte de crédit feraient le voyage jusqu'à Atlanta, où ils disparaîtraient de la surface du globe. Deaver leva sa flûte pour lui porter un toast. À la tienne, mon vieux.

Son regard balaya avec satisfaction l'épaisse moquette et les coloris élégants de la cabine. C'était la première fois de sa vie qu'il voyageait en classe affaires, mais il se jura que ce ne serait pas la dernière.

Deaver se détendit et commença à planifier les jours à venir. Il avait la tête claire et était en mesure d'envisager ce qui devait être fait avec une lucidité exceptionnelle.

Il flottait dans une bulle merveilleusement confortable, bien nourri, un plaid de pure laine vierge étalé sur les genoux. Un parfum de luxe flottait dans l'atmosphère. Pas le moindre soupçon de diesel ou de moquette sale qu'il avait toujours associés aux voyages en avion. Rien que les eaux de toilette coûteuses des autres passagers et l'odeur du bœuf en croûte qu'on leur avait servi à dîner, accompagné d'un excellent bourgogne, suivi d'une tarte au citron ponctuée de cognac Napoléon.

Pas étonnant que les riches fassent toujours le bon choix. Comment faire autrement quand de jolies hôtesses vous régalent de mets et de boissons raffinés, glissent des oreillers parfumés sous votre tête et vous enveloppent de douces couvertures ? On n'entendait même pas le bruit du moteur.

Deaver avait voyagé un peu partout dans le monde dans des avions-cargos, c'est-à-dire dans des conditions de confort aussi éloignées que possible de la classe affaires. Une liaison Ramstein-Djakarta particulièrement pénible lui revint en mémoire. Quinze heures de vol dans le froid, sanglé à un siège de métal soudé à la carlingue, avec des bocaux en guise de toilettes.

Plus jamais ça.

Deaver vida sa flûte.

— Encore du champagne, monsieur ?

Une hôtesse était aussitôt apparue pour le resservir avec un clin d'œil ponctué d'un sourire. Grande, blonde, de beaux yeux bruns en amande... Deaver était en mission, mais quand il aurait récupéré ses diamants, il ne laisserait pas passer un tel sourire sans réagir.

Il n'y avait que cinq autres passagers en première. Des hommes d'affaires qui s'apprêtaient à dormir. À travers les hublots, le ciel était à présent d'un noir d'encre. Repus, ils avaient fermé leurs ordinateurs portables, plié leurs journaux, retiré leurs chaussures et, l'un après l'autre, converti leur siège en couchette.

Deaver attendit que l'éclairage se tamise, que l'hôtesse disparaisse derrière son rideau et que les autres passagers s'endorment.

Alors seulement, il sortit de sa poche les photocopies d'une photo floue, d'un article de journal et d'une photo numérique. Les deux premiers documents avaient été maintes fois pliés et dépliés et n'apparaissaient pas très clairement, mais ils contenaient les informations dont il avait besoin.

Il contempla d'abord la photo numérique, prise à Freetown par l'un de ses hommes, Sam Dupont.

Sam était resté à la capitale pour faire le plein de munitions, et il s'apprêtait à les rejoindre à la base quand il était tombé sur Jack Prescott qui faisait le tour de la ville et qui l'avait interrogé à leur sujet. Sam avait pris une photo de Prescott, avant de regagner Obuja où Deaver et ses hommes l'attendaient. La présence de Prescott en Sierra Leone était une très mauvaise nouvelle, et Deaver avait avancé de vingt-quatre heures le raid sur le village.

S'il n'avait pas déniché le moyen de remonter le fleuve aussi rapidement, Prescott n'aurait trouvé que des ruines fumantes à son arrivée, et Deaver et ses hommes seraient tous vivants et riches.

Un flot de haine vengeresse envahit Deaver, qui traça un cercle du doigt autour de la tête de Prescott sur la feuille. Prescott lui avait pris ce qui lui appartenait et il le lui ferait payer. Cher. Mais pour ça, il devait d'abord le retrouver.

La coupure de presse qui figurait sur la deuxième photocopie était assez ancienne. Seules la photo et une légende incomplète y figuraient. Le titre du journal était également incomplet:... *ville Gazette*. Daté du 12 octobre 1995.

La photo représentait une jeune fille assise au piano dans une salle de concert. La légende tronquée disait: *Jeudi soir, Caroline Lake a donné un récital de piano à Williams Hall.*

L'autre photo était un portrait scolaire. Il existait des centaines de milliards de photos de ce genre aux États-Unis. La fille qui y figurait était la même que celle du journal.

Elle était d'une beauté à couper le souffle. Sur la photo du journal, ses longs cheveux pâles dissimulaient presque entièrement son profil. Mais la photo d'école la représentait de face et la première fois qu'il l'avait vue, Deaver avait cligné des yeux pour s'assurer qu'il ne rêvait pas.

Avec sa somptueuse chevelure blond vénitien, elle faisait penser à une version rajeunie de Nicole Kidman. Avec des traits plus doux.

1995. Le cliché remontait à douze ans. Évidemment, en douze ans, la fille pouvait avoir pris trente kilos, perdu ses cheveux et ses dents. Elle pouvait aussi être morte d'un cancer. Avoir pondu un lardon par an. Des tas de choses pouvaient arriver en douze ans.

Deaver s'en fichait complètement. Mais cet empaffé de Prescott, lui, ne s'en fichait pas. La photo de cette fille était la première chose qu'il regardait en se levant le matin et la dernière avant de s'endormir. Quand on fait un truc pareil, c'est qu'on est obsédé.

Deaver avait vu des tas de femmes entrer et sortir du lit de Prescott sans que ça lui fasse ni chaud ni froid. En tout cas, il n'avait jamais gardé la photo d'aucune d'elles en guise de porte-bonheur. Il n'était attaché à rien, pour autant que Deaver ait pu en juger.

Il ne contemplait les photos de celle-ci que lorsqu'il était certain d'être seul. Mais Deaver n'était pas né de la dernière pluie, et il savait brancher une webcam mieux que personne. Il avait même réussi à griller Prescott en train de se branler la photo dans une main, son bazar dans l'autre.

Il avait photocopié les deux documents à tout hasard. Comme une sorte de garantie. Dès qu'il avait posé les yeux sur Prescott, il avait deviné qu'il valait mieux avoir quelque chose qui lui permette d'exercer son ascendant sur ce type. Comme toujours, son intuition avait été bonne.

Prescott avait ses diamants, et Deaver voulait les récupérer. Ils étaient *à lui*.

Une fois qu'il l'aurait retrouvé, placer un couteau sous sa gorge pour lui faire avouer où il avait planqué les diamants ne serait pas difficile. Le problème, c'était que Prescott, comme tous les agents des forces spéciales, avait été inoculé contre la torture.

C'était un coriace. Il était parfaitement possible que son cœur lâche avant qu'il ait craché le morceau.

Mais tout le monde a une faiblesse, et Deaver connaissait celle de Jack. Un type qui se branle devant la photo d'une fille pendant douze ans a forcément des sentiments pour elle. Et serait sans doute d'accord pour l'échanger contre vingt millions de dollars en diamants.

7

Summerville

Depuis six ans, Caroline se réveillait chaque matin de Noël le visage couvert de larmes. Elle ne gardait pas le souvenir d'avoir pleuré durant la nuit, mais elle s'éveillait les joues humides et les yeux gonflés, aussi oppressée que si une énorme pierre avait reposé sur sa poitrine.

Pas ce matin-là. Elle avait dormi profondément, bien au chaud dans son lit, alors qu'elle baissait toujours le thermostat de la chaudière pour la nuit.

C'était souvent le froid qui la tirait du sommeil, mais pas ce matin-là.

Ce matin-là, elle avait beau être entièrement nue, elle était réchauffée jusqu'à la moelle des os.

Elle émergea lentement, par étapes successives, un niveau de conscience à la fois. Quand elle eut pleinement réalisé qu'elle venait de passer une merveilleuse nuit d'amour dans les bras d'un amant fabuleux, et que c'était justement lui qui était à l'origine de la chaleur inhabituelle qui régnait sous les couvertures, un lent sourire s'épanouit sur ses lèvres.

Elle n'aurait jamais pensé qu'il lui fût possible de sourire un matin de Noël, mais elle souriait bel et bien !

Sa situation n'avait pas changé. Cela faisait deux mois qu'elle avait perdu le dernier membre de sa famille. Elle croulait sous une telle montagne de dettes qu'elle mettrait un demi-siècle à s'en sortir, et sa maison tombait lentement en ruine.

Rien de tout cela n'avait changé, mais elle ne s'en souciait plus. Sans qu'elle sût pourquoi, elle était soudain capable de tenir toutes ces pensées déprimantes à distance, comme si elles n'avaient constitué qu'un nuage noir s'étalant sur la ligne d'horizon d'un ciel d'été.

Ce matin-là, elle était heureuse.

— J'ai entendu, gronda une voix sous son oreille.

Une grande main glissa dans ses cheveux et de longs doigts massèrent délicatement son crâne. L'autre main reposait au creux de ses reins.

— Tu m'as entendue sourire ? demanda-t-elle, charmée par cette idée.

— Mmm, mmm.

La grande main glissa sur son dos et suivit naturellement la courbe de ses fesses. Cette caresse titilla aussitôt ses terminaisons nerveuses.

Caroline n'avait aucune idée de l'heure et ne s'en souciait pas le moins du monde, mais à en juger d'après la lumière d'un gris de pierre qui filtrait à travers la fenêtre, on était probablement aux premières heures d'une journée de neige. Elle recouvrait d'une couche épaisse les branches du chêne qui se trouvait devant la maison ainsi que le rebord de la fenêtre. Un silence total régnait à l'extérieur. Pas une voiture ne passait.

Ils auraient pu être les seuls êtres humains de la planète.

— Joyeux Noël, murmura doucement Jack.

— Joyeux Noël, répondit-elle à voix basse.

C'était son plus beau matin de Noël depuis des années et plus les secondes s'écoulaient, plus il se révélait joyeux.

La main de Jack, qui recouvrait à présent complètement ses fesses, glissait lentement sur sa peau. Cette simple caresse avait sur elle un effet incroyablement sensuel.

Mon Dieu ! La main de Jack s'immisçait à présent par-derrière et ses doigts découvraient la moiteur de son entrejambe. Une subtile pression, et ses jambes s'écartèrent spontanément. La cuisse de Jack s'inséra entre les siennes, de façon à garantir à sa main le libre accès de son sexe.

Son index s'ingénia habilement à humecter sa fente du nectar de son désir. Il procédait avec tant de délicatesse qu'elle eut tout le temps de comprendre le sens de sa manœuvre. L'idée de lui résister effleura fugitivement son esprit, mais elle l'écarta. Lui résister n'aurait pu se justifier que par la folie.

Les caresses de Jack eurent sur elle l'effet d'un coup de fouet sensuel. Entre ses cuisses, sa main l'excitait savamment, éveillant délicieusement son corps au désir. La main qui recouvrait l'arrière de son crâne descendit pour entamer un massage entre ses épaules et sa nuque. Jack devait posséder une solide connaissance de l'anatomie humaine, car une sensation de relaxation totale la submergea.

Sa main l'effleurait à peine, et pourtant, c'était comme si elle avait le pouvoir d'atteindre ses muscles en profondeur, de les dénouer, de déceler les points de stress et les dissoudre. Tout en intensifiant le feu dévorant de son entrejambe.

Un gémissement manqua lui échapper lorsque son index la pénétra pour la caresser avec une douceur affolante.

Il semblait parfaitement maître de lui. Comment faisait-il ? Caroline avait l'impression de se dissoudre dans son propre désir. Alors que son cœur battait follement et qu'elle ne commandait plus son souffle, Jack paraissait calme et détendu. Elle percevait les battements de son cœur contre son oreille – lents, réguliers, rassurants.

Entre ses cuisses, la caresse de son doigt était tout aussi lente et régulière. L'excitation qu'elle déclenchait avait progressivement pris le pas sur la sensation de bien-être que dispensait son autre main, quand il enserra délicatement sa nuque pour la faire remonter contre son torse. Il s'empara de sa bouche d'un long baiser intense, et Caroline sentit un délicieux miel tiède irriguer ses veines.

D'un subtil mouvement de jambes, il l'amena à le chevaucher et l'extrémité de son sexe pressa contre sa fente.

— Tu n'as qu'un mot à dire si tu ne veux pas, souffla-t-il contre ses lèvres.

Son sexe ne la pénétrait pas encore, mais la pression qu'il exerçait l'excitait prodigieusement.

Si elle ne voulait pas ?

— Je veux… soupira Caroline.

La bouche de Jack recouvrit la sienne.

Sa langue s'insinua entre ses lèvres au même rythme que son sexe, prenant tout son temps pour la caresser au fur et à mesure de sa progression. Caroline s'immergea complètement dans cette sensation qui n'en finissait pas. Elle avait presque oublié la longueur de son sexe. Elle aurait dû trouver cela douloureux – les préliminaires ayant été des plus succincts – mais elle se révéla parfaitement disposée à le recevoir.

Bientôt, il fut entièrement en elle et il s'immobilisa, se contentant de l'embrasser, explorant sa bouche à loisir.

Caroline laissa échapper un soupir contre ses lèvres et remua de façon à l'accueillir plus profondément encore, enfouissant une main dans sa chevelure, l'autre prenant naturellement appui sur son torse. La main de Jack enserra plus fortement sa nuque tandis que son baiser s'intensifiait.

La position qu'il lui avait fait adopter permet généralement à la femme de contrôler les événements, mais Caroline ne contrôlait rien du tout. Elle n'avait rien besoin de faire, pas même de penser. Elle n'avait qu'à rester dans ses bras et se laisser posséder.

Il exerça une légère pression de la main au creux de ses reins en soulevant les hanches, son outil d'acier tiède progressant avec la régularité d'un métronome. Le temps déserta l'espace de la chambre, leurs halètements et le grincement du lit emplissant seuls le silence.

Au bout de ce qui pouvait aussi bien être dix minutes qu'une heure, l'angle de ses caresses se modifia, s'approfondit et s'accéléra. Le plaisir qui avait pris possession du corps de Caroline se concentra au creux de ses cuisses en un éclair de chaleur. La prise des mains de Jack s'affermit sur ses hanches tandis que ses poussées se faisaient plus rapides et vigoureuses.

Le grincement du lit s'accrut, le rythme s'accéléra. Jack ne se retirait plus autant d'elle qu'au début. Ses assauts faisaient bouillonner son sang dans ses veines. Un gémissement remonta dans la gorge de Caroline et franchit ses lèvres, l'incitant à mordiller doucement la langue de Jack.

Cette réaction involontaire le fit passer à la vitesse supérieure. Un soubresaut traversa son corps et un grondement remonta dans sa poitrine. Le jeu des muscles d'acier de son ventre et de ses cuisses tandis qu'il la besognait la bouleversa.

La chaleur qui émanait de la jonction de leurs corps et qui se répandait en elle était si intense qu'elle parvenait tout juste à respirer. Elle écarta ses lèvres des siennes et ouvrit brièvement les yeux, puis les referma et de minuscules étincelles jaillirent sous ses paupières. Jack l'observait avec une telle intensité, à travers ses yeux mi-clos, qu'elle n'avait pas pu le supporter, comme si son regard pouvait transpercer son âme.

Il releva la tête pour embrasser son cou et la mordilla. Cette subtile morsure déclencha la jouissance de Caroline, qui laissa échapper une exclamation de surprise.

Jack adapta ses poussées au rythme de ses contractions et s'ingénia si bien à prolonger son orgasme qu'elle eut l'impression de chevaucher éternellement la crête du plaisir. Avec un rugissement, Jack la serra contre lui, fiché au plus profond de sa chair, et explosa.

Caroline rouvrit les yeux. Le visage de Jack était contracté et il serrait les dents pour retenir un cri tandis qu'il se répandait en elle à longs traits brûlants. Jamais encore elle n'avait ressenti une chose pareille – comme si sa jouissance était aussi la sienne – et l'orgasme de Jack déclencha en elle de subtiles contractions précédant le renouvellement de son extase.

Jack le sentit et prolongea son plaisir.

Caroline laissa sa tête retomber doucement sur son épaule. Les mains de Jack se détendirent, elles aussi, et reprirent spontanément leurs lentes caresses, visant plus à l'apaiser qu'à l'exciter.

Lorsqu'il se retira, l'ombre d'un sourire glissa sur les lèvres de Caroline. Le sexe de Jack semblait disposé à poursuivre, mais il devrait se passer de sa participation, se dit-elle, gagnée par les brumes du sommeil.

— Caroline ?

— Mmm ?

Elle n'avait absolument pas envie de parler. Tout ce qu'elle désirait, c'était rester mollement allongée sur lui, bercée par la caresse de ses mains dans ses cheveux.

— Il a neigé toute la nuit. Il faut que je dégage l'allée, sinon ça va geler.

— Non, marmonna-t-elle. Plus tard.

Il voulait sortir du lit ? Caroline se lova plus étroitement contre lui.

— Crois-moi, ma douce, je préférerais rester au lit avec toi, mais il faut vraiment le faire.

Il déposa un baiser dans ses cheveux. Puis il écarta les couvertures le temps de sortir du lit et les rabattit immédiatement.

Aussitôt, le lit se refroidit. Jack cala soigneusement la couverture autour de ses épaules, sa main s'attardant un instant pour caresser ses cheveux, puis il passa dans la salle de bains.

Il en ressortit un instant plus tard, et la porte de la chambre se referma sur lui. Elle ne l'avait même pas entendu s'habiller. C'était l'homme le plus silencieux qu'elle ait connu.

Caroline aurait aimé le regarder s'habiller pour le voir nu à la lumière du jour. Son souffle se ralentit et elle sombra dans le sommeil comme dans les bras rassurants d'un ami.

Quand elle se réveilla, la lumière avait changé et l'aube s'était nettement dissipée. Caroline s'étira dans son lit, merveilleusement détendue. Ce petit surcroît de sommeil lui avait fait un bien fou. Elle en sortait régénérée et presque… heureuse.

Ne t'emballe pas, se morigéna-t-elle.

D'aucuns auraient pu dire qu'elle venait de commettre une erreur monumentale et devait s'attendre à de gros ennuis. Coucher avec son locataire était une mauvaise idée. Leur aventure ne pouvait pas durer, il y avait de fortes chances pour qu'il parte, et elle venait de troquer un excellent locataire contre une nuit d'amour. Une merveilleuse nuit d'amour, certes, mais là n'était pas la question.

Elle prit soudain conscience d'un bruit régulier. Un bruit qui venait du dehors.

Qu'est-ce que c'était ? Un raclement. Caroline rabattit les couvertures et plongea vers son peignoir accroché à la porte de la salle de bains, puis trottina sur la pointe des pieds jusqu'à ses pantoufles. Il faisait affreusement *froid*.

Elle se dirigea vers la fenêtre, mais ce qu'elle aperçut dans le miroir de sa commode la figea sur place.

Caroline scruta son reflet et se reconnut à peine. Ses cheveux formaient une masse rougeâtre indistincte autour de sa tête et partaient dans tous les sens. Elle était ébouriffée, défaite et... plus belle que jamais. Ses joues étaient roses et ses lèvres épanouies. Il y avait une légère marque sur son cou – un suçon. Mon Dieu ! Cela ne lui était plus arrivé depuis le lycée. Jack ne l'avait sans doute pas fait exprès, mais elle se rappelait clairement l'avoir senti sucer sa peau pendant qu'il jouissait.

Ce souvenir empourpra son visage. Elle pouvait encore le sentir en elle, et lorsqu'elle croisa son regard dans le miroir, Caroline se dit qu'elle ressemblait à une femme en train de faire l'amour.

Elle avait l'habitude de contempler son visage livide et crispé de chagrin. Ce matin-là, il lui aurait suffi de glisser une fleur à son oreille pour avoir l'air d'une touriste en vacances à Hawaï avec son amant.

Le raclement persistait. Caroline jeta un coup d'œil par la fenêtre et le vit, occupé à dégager aussi méthodiquement qu'efficacement la neige. Il avait trouvé la pelle dans le garage et avait déjà nettoyé l'allée jusqu'au trottoir. L'allée était très longue et la neige formait une couche épaisse. Il avait dû pelleter des tonnes de neige.

Il avait dégagé non seulement l'allée conduisant à la porte d'entrée, mais également celle du garage, sur laquelle il avait également répandu du sel.

Randy, le neveu de Jenna, aurait facilement mis cinq heures pour faire ce travail, et Caroline en aurait été pour trente dollars de sa poche.

Comme si un fil invisible les reliait, Jack s'interrompit subitement et leva la tête vers elle. Quand elle croisa son regard, Caroline eut l'impression de recevoir un coup de poing dans le ventre.

Elle leva la main pour le saluer.

Il méritait mieux que cela. Il venait de la débarrasser d'une grosse corvée sans même qu'elle le lui ait demandé. Caroline souleva la fenêtre à guillotine et passa la tête dehors.

— Merci ! Rentre vite, je vais te préparer un bon petit-déjeuner. Tu dois être gelé ! lança-t-elle, son souffle formant un panache de fumée autour d'elle.

Sa veste de jean n'était guère adaptée au climat, et il ne portait même pas de gants ! Caroline prit mentalement note de lui en offrir une paire pour le remercier. Si elle l'avait pu, elle lui aurait volontiers offert une veste doublée de fourrure, mais son budget étriqué ne lui permettait pas une telle largesse, et quelque chose lui disait que Jack n'aurait pas accepté. C'était visiblement quelqu'un de fier, qui n'aimerait pas qu'on lui rappelle qu'il n'avait pas les moyens de s'offrir une garde-robe d'hiver.

— Ferme cette fenêtre, tu vas attraper froid ! Je n'en ai plus pour longtemps.

Il attendit qu'elle ait refermé la fenêtre avant de se remettre à l'ouvrage. Caroline l'observa un moment à travers la vitre et admira ses gestes. Il déployait juste la force nécessaire, procédant avec autant de régularité que d'efficacité.

Le souvenir d'un autre moment où ses mouvements s'étaient révélés aussi réguliers qu'efficaces surgit dans sa mémoire, déclenchant une onde de chaleur si intense dans son corps qu'elle devint écarlate.

Caroline allait devoir apprendre à contrôler ses réactions. Cet homme n'était pas un imbécile. Il était perspicace. Sa peau révélait ses pensées et ses émotions aussi efficacement qu'une balise lumineuse. Il avait suffi qu'elle se souvienne de leur nuit d'amour pour perdre le contrôle. C'était incroyable.

Caroline était d'habitude parfaitement maîtresse d'elle-même en présence d'un homme.

Mais Jack n'était pas le moindre d'entre eux.

Elle allait devoir apprendre très vite à mieux dissimuler ses émotions car Jack n'allait pas tarder à rentrer, se dit-elle avant de filer sous la douche.

Une demi-heure plus tard, Caroline achevait de débarrasser la table de la salle à manger. Le souvenir de la nuit qu'elle avait passée dans les bras de Jack n'avait cessé de la hanter. Elle avait décidé de garder ses distances avec lui. Elle s'en sentait capable, tout à fait capable.

— Bonjour.

Oh, non. Un seul mot prononcé par cette belle voix grave, et elle sentit les muscles de son ventre se contracter et ses joues rosir. Jack était tellement silencieux qu'elle ne l'avait pas entendu entrer, ce qui était un vrai miracle étant donné que la porte du garage grinçait épouvantablement.

— Bonjour, répondit-elle en réprimant une grimace.

Sa gorge était nouée et son visage devait ressembler à un feu rouge.

Jack s'était immobilisé sur le seuil. La neige qui recouvrait ses vêtements commençait à fondre et à goutter sur le sol. Quand leurs regards se croisèrent, Caroline se sentit extrêmement mal à l'aise.

Que se passait-il ? Quel genre de lendemain matin allaient-ils affronter ? Un lendemain matin « merci pour cette nuit, je remonterai discrètement dans ma chambre après le petit-déjeuner » ? La nuit qu'ils avaient passée ensemble était-elle destinée à rester sans lendemain ? Ou bien étaient-ils sur le point d'entamer une… une *liaison* ? Pouvait-elle envisager cela avec un locataire ?

Mais lorsque les yeux de Caroline se posèrent sur ses mains bleuies par le froid, elle oublia aussitôt ce dilemme.

— Donne-moi ta veste, dit-elle en tendant la main vers lui. Elle est trempée. Tu dois être gelé ! Monte prendre une douche pour te réchauffer. Quand tu redescendras, je t'aurai préparé un bon petit-déjeuner.

Il avança calmement vers elle, si près qu'elle dut se faire violence pour ne pas céder à la tentation de reculer. Il esquissa un sourire. Son mouvement de recul ne lui avait pas échappé. Cet homme remarquait le moindre détail.

— Bonne idée, répliqua-t-il. J'avoue que je meurs de faim. Mais d'abord...

Il se pencha et l'embrassa sur la bouche. Il ne la touchait qu'avec sa bouche, source de plaisirs infinis. Malgré le froid qui émanait de ses vêtements, il semblait en mesure d'infuser en elle de la chaleur rien que par sa bouche. Sa langue caressait lentement la sienne, comme s'il avait l'intention de ne rien faire d'autre de sa vie.

Comme les romans et les films, les baisers connaissent des développements. Ils commencent généralement doucement, puis traversent une phase de crescendo et deviennent plus ardents, impliquant progressivement d'autres parties du corps. D'après l'expérience de Caroline, le développement naturel d'un baiser était une relation sexuelle, ou au moins sa promesse.

Caroline eut pourtant l'impression que ce baiser-là ne déboucherait nulle part. La langue et les lèvres de Jack revenaient sans cesse vers les siennes comme s'il avait l'intention de passer la journée à l'embrasser. Ce baiser évoquait ceux qu'échangent des amoureux au bord d'une rivière par un bel après-midi d'été, et ne ressemblait en rien à ceux de la veille.

Caroline se laissa spontanément aller et oublia tout le reste. Elle en oublia même qu'elle respirait et qu'elle s'était légèrement hissée sur la pointe des pieds pour atteindre ses lèvres.

Ce fut finalement elle qui passa à l'étape suivante, ou du moins qui chercha à le faire. Pour mieux goûter sa bouche, elle se hissa davantage et attrapa les pans de sa veste afin de garder l'équilibre. Mais quand ses mains entrèrent en contact avec la neige dont sa veste était couverte, elle reprit brutalement contact avec la réalité. Ils s'observèrent. Jack avait les pommettes rouges et ses lèvres étaient humides.

— Il faut vraiment que tu retires ta veste, dit-elle, troublée.

Jack s'en débarrassa et la lui remit. Il souriait.

— Je suis encore plus mort de faim que tout à l'heure.

Caroline demeurait figée sur place, sa veste aussi rigide qu'un bloc de glace pendant au bout de son bras.

— Caroline ? s'inquiéta-t-il.

Elle sursauta.

— Oh ! Euh... Monte prendre ta douche, lui ordonna-t-elle en faisant le geste de le chasser de sa main libre.

Jack inclina gravement la tête, tourna les talons et gravit l'escalier quatre à quatre.

Caroline le regarda s'éloigner. Elle n'aurait pas dû, elle le savait. D'autant qu'elle venait déjà de se noyer dans la contemplation de son sourire comme une idiote. Quand il se dépouillait de son expression sévère, il était vraiment très beau. Son cœur s'était mis à battre la chamade tandis qu'elle l'admirait.

Note personnelle, se dit-elle. Ne jamais faire rire Jack.

Elle ne tenait pas à faire une crise cardiaque.

Rien que de le regarder gravir souplement les marches... Mon Dieu !

Soucieuse de détacher ses pensées du merveilleux spectacle qu'il venait de lui offrir dans l'escalier, elle alluma la radio pour écouter les nouvelles. Le journal du matin était généralement déprimant à souhait. Mais ce jour-là, elle ne parvint pas à capter la station et se concentra sur l'élaboration du petit-déjeuner.

Lorsque Jack redescendit, elle s'était ressaisie. Pour y parvenir, elle s'était tenu à elle-même un petit discours moralisateur, lui rappelant ce qui arriverait à son compte en banque si Jack décidait de partir parce qu'il ne supportait plus que sa logeuse le dévore des yeux en permanence.

Elle avait également passé trois minutes à respirer profondément depuis le diaphragme en lâchant un *ommm* à chaque expiration, comme son professeur de yoga le lui avait recommandé. Elle se sentait donc parfaitement calme et détendue.

Cet homme avait beau lui chambouler l'esprit, Caroline était ravie de sa compagnie. Qu'aurait-elle fait de cette journée sans lui ? Sa comptabilité, s'efforçant de résoudre d'improbables équations dont le résultat laisserait apparaître un solde négatif. Sa lessive. Elle aurait lu le dernier Janet Evanovich et sauté le déjeuner, pour s'octroyer un plateau-repas devant la télé au dîner.

Après quoi, elle se serait couchée à neuf heures pour affronter une nuit peuplée de fantômes et de cauchemars. Puis elle se serait levée le lendemain matin et aurait une fois de plus trouvé le moyen de survivre à une longue journée de solitude.

Jack s'assit, et Caroline se mit en devoir de lui servir un petit-déjeuner gargantuesque. Pain fait maison toasté, accompagné de marmelade d'oranges et de confiture de myrtilles également élaborées par ses soins. Scones. Pancakes à la farine de sarrasin, omelette au fromage, bacon, biscuits à la farine complète, chapelet de saucisses et salade de fruits.

Jack attendit, les mains sagement à plat sur les genoux.

— Je t'en prie, dit Caroline, sers-toi.

— Pas tant que tu ne te seras pas assise.

Elle s'assit et le regarda empiler une tonne de nourriture sur son assiette.

— Tu prends ton café noir, je crois ?

Il hocha la tête et Caroline le servit, tout en se félicitant d'avoir craqué pour un paquet de café Leroy.

— C'est délicieux. Comment se fait-il que tu ne manges rien ? s'enquit-il en fronçant les sourcils.

— Je mange, se défendit-elle. Mais... pas autant que toi.

Tout en grignotant un toast, elle le regarda enfourner son quatrième. Elle avait dressé la table avec une jolie nappe de coton rouge vif qui se mariait à merveille avec la porcelaine blanche à liseré rouge. L'arôme du café chatouillait agréablement ses narines, mêlé à l'odeur du pain grillé et de la confiture, de l'omelette, du bacon et des saucisses. Un vrai petit-déjeuner de Noël. Elle sourit et sirota une gorgée de café.

— Je me disais qu'après un petit-déjeuner aussi copieux, on pourrait faire notre dîner de Noël vers six heures, qu'est-ce que tu en penses ?

— Cela me semble parfait, répondit-il en reposant sa tasse sur sa soucoupe sans le moindre tintement, avant de prendre sa main dans la sienne.

Il la porta à ses lèvres, l'effleura délicatement, puis releva les yeux vers elle.

— J'ai quelques idées sur ce qu'on pourrait faire d'ici là.

Le cœur de Caroline bondit dans sa poitrine. Jack n'avait pas souligné son propos d'un sourire suggestif, mais ce qu'il suggérait ne faisait aucun doute. Son regard était si ardent qu'il aurait fait fondre de l'acier.

Elle se retrouvait projetée à une telle distance de sa routine habituelle, assise à cette table le matin de Noël, sa main blottie au creux de la main de l'homme le plus sexy qu'elle ait jamais vu, l'esprit rempli de ce qu'ils avaient fait la veille... et pourraient refaire aujourd'hui.

Jack avait senti sa main tressaillir quand il avait prononcé ces mots. Caroline ne savait absolument pas quoi dire et ils restèrent à s'observer un long moment, enveloppés par le silence de la maison.

Le silence. Le silence de la maison. La maison était silencieuse. Absolument et *anormalement* silencieuse.

— Oh, mon Dieu, non ! s'écria-t-elle, toute pensée de fêter Noël dans son lit désertant aussitôt son esprit.

Elle savait ce que signifiait ce silence. Le chauffage produisait un bourdonnement sourd, un bruit de fond auquel on ne prêtait pas attention, mais qui était là en permanence. Le profond silence qui régnait dans la maison ne pouvait signifier qu'une chose : la chaudière s'était éteinte.

Caroline en eut les larmes aux yeux.

— La chaudière, murmura-t-elle. La chaudière vient de s'arrêter une fois de plus. Oh, Jack, je suis désolée...

Dans le meilleur des cas, Mack le sagouin ne se déplacerait pas avant lundi soir, ce qui signifiait qu'ils allaient passer trois longues journées dans le froid.

Il ne fallait pas plus de deux heures pour que la maison se refroidisse complètement. D'ici deux heures, les doigts glacés du monde extérieur en prendraient possession.

Ils allaient devoir s'emmitoufler d'épaisses couches de vêtements, ne laissant dépasser que leurs doigts et le bout de leur nez, ce qui n'empêcherait pas le froid de les gagner lentement et douloureusement. Ils seraient obligés de se blottir devant l'âtre de la cheminée, cuisant d'un côté et gelant de l'autre.

Caroline avait même dû un jour briser la glace dans la cuvette des toilettes pour se soulager.

Dire qu'elle avait eu la folie de s'imaginer que ce Noël serait différent des précédents.

Le sentiment d'allégresse qui l'habitait depuis son réveil s'envola. Tout lui avait semblé… changé. Elle s'était réjouie à l'idée de passer deux jours de détente en charmante compagnie. Au lieu de quoi, ils allaient devoir lutter pour rester en vie dans un froid polaire.

— Du calme, murmura-t-il en caressant doucement sa joue de son doigt.

Du calme ? Il en avait de bonnes. Peut-être était-il habitué au froid ? Ne lui avait-il pas dit la veille qu'il s'était battu dans l'Hindou Kouch ? Caroline avait assez de notions de géographie pour savoir que cette région se situait au pied de l'Himalaya. Cela pouvait expliquer son flegme.

Mais Jack n'était pas en mission dans une région oubliée où il est naturel de vivre à la dure. Il venait de s'acquitter d'un loyer d'importance et était en droit de s'attendre à un minimum de confort.

Après tant d'années passées à se débattre dans l'obscurité, Caroline avait eu envie de retrouver un peu de légèreté dans sa vie. Elle se faisait une fête à l'idée de flirter avec ce merveilleux spécimen d'homme et même, oui, de faire l'amour avec lui.

Elle avait eu l'intention de lui mitonner un délicieux dîner de Noël et d'opérer une descente dans la cave à vin des Lake. À quoi bon garder toutes ces bouteilles de syrah et de valpolicella dans une cave ? Au lieu de quoi, elle s'apprêtait à revivre le cauchemar qu'elle avait connu avec les Kipping. Gros pulls, échanges de sourires polis et bribes de conversation destinés à détourner l'attention de la réalité : une maison gelée.

Jack scruta longuement son visage, quitta la table et s'éloigna.

Il allait partir.

Caroline ne lui en voulut même pas.

— Jack ? coassa-t-elle pitoyablement.

Il se retourna.

Elle avait nourri tant de rêves puérils autour de cet homme. Joyeux Noël, tu parles ! Caroline se leva et réalisa qu'elle se tordait les mains. Elle s'empressa de les laisser pendre le long de ses flancs. La situation était extrêmement pénible, mais elle y était habituée, depuis le temps que durait son calvaire.

— Tu veux sans doute...

Sa gorge était si serrée qu'elle dut s'éclaircir la voix.

— Tu veux sans doute que je te rende ton argent ?

L'espace d'un instant, Jack la contempla d'un regard aveugle, comme s'il ne comprenait pas ce qu'elle avait dit, puis il fronça les sourcils.

— Pourquoi donc ?

— Parce que... Parce que tu vas passer le week-end de Noël dans une maison sans chauffage. Je comprends parfaitement que tu ne souhaites pas rester.

— Tu es perturbée, déclara-t-il.

Il tourna à nouveau les talons.

Chancelante, Caroline battit des cils.

— Mais... où est-ce que tu vas ?

— Chercher la caisse à outils dans le garage pour réparer cette satanée chaudière, rétorqua-t-il sans se retourner.

Aéroport international JF Kennedy

— ENP Security, j'écoute ?

Deaver se laissa aller contre la coque en plastique de la cabine téléphonique.

— Allô ? répondit-il en prenant l'accent nasal du Midwest. Je voudrais parler à Jack Prescott, s'il vous plaît. C'est de la part de Pat Lawrence. Dites-lui qu'on s'est croisés chez Intersec à Dubaï, l'année dernière.

Franchir la douane en tant qu'étranger lui avait fait un drôle d'effet, mais tout avait marché comme sur des roulettes. Les douaniers s'intéressaient davantage aux ressortissants du Moyen-Orient qu'aux Finlandais. La ressemblance de la photo du passeport d'Axel avait suffi pour qu'on le laisse passer.

Priorité numéro un : retrouver Prescott. Il devait assumer la direction d'ENP depuis la mort du vieux, et Deaver voulait savoir s'il était toujours en Caroline du Nord.

Il s'attendait à ce que la secrétaire lui demande de patienter. Il n'avait qu'une carte téléphonique, mais il était disposé à attendre.

— Je suis désolée, monsieur, répliqua-t-elle. M. Prescott ne fait plus partie de l'entreprise.

— Quoi ? Mais c'est ridicule ! Évidemment qu'il fait…

— ENP Security a été rachetée par Orion. Le nouveau directeur est M. Nathan Bodine. Bonne journée, monsieur.

La tonalité retentit.

Merde ! Deaver regarda le téléphone, la mâchoire crispée. Ce fils de pute avait vendu l'entreprise. Son père à peine enterré, ce bâtard s'était débarrassé de l'œuvre de toute une vie, du jour au lendemain. Évidemment, se dit-il, quand on a fait main basse sur une fortune en diamants, on n'a aucune raison d'aller bosser tous les jours.

Deaver composa rageusement un autre numéro. Celui du domicile de Prescott. Il l'avait relevé dans les fichiers d'ENP.

Huit sonneries. Il allait raccrocher quand un message se déclencha.

— Le numéro que vous avez demandé n'est plus attribué, lui annonça une voix féminine préenregistrée.

Non ! Prescott s'était carrément *tiré* ! Il avait pris ses cliques et ses claques et avait disparu dans la nature !

Deaver ne s'était pas attendu à cela. Prescott lui avait volé son argent et l'avait jeté aux chiens, mais il n'avait pas imaginé une seconde qu'il disparaîtrait avec.

Prescott n'était pas bavard et n'avait pas d'amis. Même s'il prenait le risque de se montrer à Monroe, Deaver n'obtiendrait aucun renseignement. Personne ne saurait où il était passé.

Mais Deaver le savait. Il était prêt à parier qu'il avait filé rejoindre cette fille, Caroline Lake. Mettre la main sur elle, c'était coincer Jack et récupérer les diamants.

Opération numéro deux : trouver une nouvelle identité et des armes.

Deaver connaissait un certain Drake qui vivait à Brighton Beach, dans l'État de New York. Du moment qu'on avait de quoi le payer, Drake pouvait vous fournir tout ce qu'on voulait. Il allait traîner à Manhattan, s'équiper de nouveaux papiers et commencer à chercher Caroline Lake sur Internet.

Il composa le numéro de Brighton Beach et attendit.

— Drake, répondit une belle voix de basse.

8

Summerville

— Caroline, remonte s'il te plaît, dit Jack en s'efforçant de parler gentiment alors qu'il avait envie de grogner d'exaspération.

Le sous-sol était froid et humide, et il lui faudrait encore au moins une demi-heure pour relancer l'engin que Caroline considérait comme une chaudière. Elle se tenait près de lui, soi-disant pour l'aider, alors qu'elle ne faisait pas la différence entre une clef à pipes et un crayon à sourcils, et elle grelottait. Le froid lui pinçait les narines et lui bleuissait les mains, même si elle les glissait sous ses aisselles quand elle croyait que Jack ne la regardait pas. Il ne supportait pas de la voir dans cet état.

— Non, répliqua-t-elle en claquant des dents. Ça va. Je préfère rester, au cas où tu aurais besoin d'aide.

— Tu sais ce qui m'aiderait ? rétorqua-t-il en reposant son tournevis avant de retirer le capot de la chaudière. J'aimerais que tu remontes là où il reste encore un peu de chaleur. Le bruit de tes dents me dérange. On dirait que tu joues des castagnettes.

— Pardon, répondit-elle en serrant les mâchoires.

Il soupira.

— C'était une plaisanterie, Caroline. Je reconnais qu'elle n'était pas très drôle...

Il contempla le corps dénudé de la chaudière et fit la grimace.

— S'il te plaît, remonte. Je ne supporte pas de te voir dans cet état.

— Si tu peux endurer ce froid, moi aussi. Je suis directement concernée par cette bataille. Les soldats ne sont-ils pas censés se serrer les coudes ? demanda-t-elle en tendant le cou pour inspecter les boyaux de la chaudière comme si elle fixait un ennemi de longue date. Voici donc les entrailles de la bête ? Elle n'a pas l'air bien méchante, quand on pense à tous les problèmes qu'elle cause.

Jack serra les dents. C'était la plus vieille et la plus déglinguée des chaudières qu'il ait jamais vues, et il n'en revenait pas que Caroline puisse faire confiance à cet engin pour se chauffer. Elle aurait dû atterrir dans une benne à ordures depuis plus de dix ans.

— Il faudrait changer le filtre.

Et le gicleur, et la pompe.

— Je sais, oui.

— Ça te reviendrait plus cher de la faire réparer que d'en racheter une neuve. D'autant plus cher qu'une chaudière neuve consommerait moins d'électricité. L'idéal, ce serait une…

— … chaudière à condensation, conclut-elle en même temps que lui. Je sais, Mack me l'a dit et répété. Que veux-tu que je te dise ? Je n'ai même pas de quoi payer un nouveau filtre, alors une chaudière… Un jour, peut-être, mais pas en ce moment.

Jack ne répondit rien. Dès lundi, il achèterait un nouveau filtre et le poserait quand elle aurait le dos tourné. Il aurait donné la prunelle de ses yeux pour lui acheter une nouvelle chaudière, mais il ne pourrait pas l'installer sans qu'elle s'en rende compte.

Il avait horreur de la voir ainsi, pâle et tremblante de froid, terrorisée à l'idée de rester sans chauffage. Pourquoi devrait-elle souffrir une seconde de plus alors qu'il avait tout l'argent qu'il fallait pour régler ses problèmes ? S'il s'était écouté, Jack n'aurait pas hésité un instant à déposer un million de dollars sur le compte en banque de Caroline, afin qu'elle n'ait plus jamais aucun souci financier. Dieu savait qu'il avait largement les moyens de le faire. Mais la soudaine apparition de cette manne aurait éveillé ses doutes.

L'idée était pourtant si tentante que Jack dut serrer les dents pour la refouler tandis qu'il démontait le filtre diabolique. Il le nettoya et le remit en place.

Caroline n'était pas faite pour cette vie-là. Elle n'était pas faite pour vivre dans une maison qui n'était plus qu'une coquille vide, aussi somptueuse fût-elle, dépouillée de ses tapis et ses tableaux, entre des murs aux peintures défraîchies, avec un chauffage qui menaçait de tomber en panne au cœur de l'hiver. Elle n'était pas faite pour les économies de bouts de ficelle.

Jack voulait voir disparaître le pli soucieux qui barrait perpétuellement son front et le voile de tristesse sur son visage. Il voulait la voir évoluer dans le confort, la couvrir de cadeaux. De jolies choses qui lui rendraient le sourire. Vêtements, bijoux. Tapis, tableaux.

Il aurait du mal à lui faire accepter son argent, mais il y arriverait. Il faisait partie de sa vie, désormais. Ils couchaient déjà ensemble et il avait l'intention de passer le week-end au lit avec elle. Faire l'amour serait le meilleur moyen de tisser entre eux des liens solides.

Caroline n'était pas une femme facile. Elle était aussi étroite qu'une vierge quand il l'avait pénétrée, si étroite qu'il avait bien failli en perdre la raison. Cependant, c'était lui qu'elle avait choisi au terme de six ans d'abstinence.

Jack savait qu'elle l'avait choisi parce qu'il s'était trouvé là au moment où elle avait eu l'impression de toucher le fond. Le chauffeur de taxi lui avait dit que ses parents étaient morts le jour de Noël. Son frère venait de mourir. Elle allait devoir affronter Noël toute seule pour la première fois de sa vie, et elle avait eu peur.

Cela ne le dérangeait pas qu'elle l'ait choisi sans qu'il ait eu besoin de la charmer. Jack se savait dépourvu de charme. Il s'était trouvé au bon endroit au bon moment. En tant que soldat, il avait appris à profiter de tous les avantages dont il disposait, qu'il s'agisse de la direction du vent, de l'obscurité, de la ruse ou de la force.

Il pousserait son avantage ce week-end en couchant avec elle et, lundi matin, Caroline serait à lui.

Elle lui appartenait déjà, mais elle ne le savait pas encore. Il prendrait d'elle un soin jaloux. Toute sa vie, Jack n'avait jamais désiré que deux choses. Donner satisfaction à son père. Et Caroline.

Elle sautillait discrètement sur place pour se réchauffer et son souffle formait un petit nuage autour de son visage. Jack se dit qu'il avait une drôle de façon de prendre soin d'elle.

— Caroline… commença-t-il.

— Non, l'interrompit-elle en claquant des dents. Je resterai ici jusqu'à ce que tu fasses redémarrer la chaudière ou que tu déclares forfait. Si tu la fais redémarrer, je te décernerai personnellement le prix Nobel.

— Mais il gèle à pierre fendre, ici !

— Je sais.

— Tu vas attraper la mort.

— Je sais.

— *Remonte !*

— Non.

Elle redressa fièrement son adorable menton. Jack se remit à l'ouvrage, bien décidé à venir à bout de la chaudière avant de se retrouver avec un cadavre sur les bras.

Un quart d'heure plus tard, il assujettissait la dernière vis et appuyait sur un bouton. Un voyant rouge s'alluma, et la chaudière démarra avec un vrombissement digne d'un paquebot s'apprêtant à traverser l'Atlantique.

Caroline en demeura un instant bouche bée.

— Mon Dieu, murmura-t-elle, les yeux écarquillés. Tu as réussi ! Tu l'as réparée !

— Eh oui.

Jack rangea soigneusement les outils tout en couvant la chaudière d'un regard méprisant. Il venait d'opérer une réparation de bric et de broc, mais si cette carcasse malfaisante s'avisait de lâcher avant lundi matin, il l'étriperait à mains nues.

Caroline s'élança vers lui pour le serrer dans ses bras et posa la tête contre son torse.

— Merci, murmura-t-elle en levant vers lui un regard éperdu de reconnaissance. Merci infiniment, Jack. L'idée de passer le week-end de Noël sans chauffage me plongeait dans l'angoisse.

Il plaça une main sur sa joue et l'autre sur sa taille, cherchant vainement ses mots. Une étrange émotion dont il ne connaissait pas le nom le submergeait, le laissant complètement désemparé.

Personne, aucune femme, ne l'avait jamais regardé de cette façon. Les femmes posaient habituellement sur lui un regard concupiscent, vénal ou indifférent. Jamais ce regard chaleureux et admiratif dont le couvait Caroline.

— Ce n'est rien, grommela-t-il.

Rien du tout. Jack voulait la couvrir de perles et de diamants. La choyer, la gâter et résoudre tous ses problèmes. Réparer sa chaudière n'était rien.

En guise de réponse, Caroline déposa un baiser sur son torse. Jack ne le sentit pas à travers son pull, mais son geste le stupéfia. C'était un geste… *affectueux*.

Il avait désiré cette femme pratiquement toute sa vie, et faire l'amour avec elle n'avait en rien émoussé son obsession. Jack était à l'aise avec la sexualité. C'était quelque chose qu'il connaissait. Ce qu'il avait lu dans ses yeux, en revanche, le déroutait.

Il devait impérativement remettre leur relation sur une base sexuelle pour ne plus avoir à affronter ces… choses qui roulaient dans sa poitrine comme des pierres brûlantes. Il se pencha vers elle pour l'embrasser. Mais elle tremblait.

— Ouste, dit-il sèchement.

S'il avait pu se donner des coups de pied aux fesses, il l'aurait fait. À quoi pensait-il en la laissant traîner dans cette cave humide et glaciale ? Il venait d'envisager brièvement de lui baisser son pantalon pour la posséder sur la chape de ciment glacée !

Qu'est-ce qui lui prenait ? Il n'aurait jamais traité une partenaire occasionnelle de cette façon, et la femme qu'il serrait dans ses bras était tout sauf cela, c'était *Caroline* !

Il plaça une main aux creux de ses reins pour la guider vers la cuisine. La température de la maison avait nettement chuté au cours de la demi-heure qu'il avait passée à réparer la chaudière. Cela ne le dérangeait pas, mais Caroline risquait de prendre froid. Un seul endroit où se réfugier : le lit.

Oh oui. Se glisser avec elle sous les couvertures et l'aimer. Se débarrasser de ce… désagréable picotement qui échauffait sa poitrine.

— On va dans ta chambre, décida-t-il.

Surprise, Caroline leva les yeux vers lui, rougit en découvrant la chaleur de son regard, sourit timidement et hocha la tête.

La chambre possédait de grandes fenêtres à simple vitrage, et la chaleur s'était complètement évaporée. Sur les vitres, la condensation avait gelé, traçant de grandes étoiles. Leur souffle formait des volutes blanches autour de leurs têtes. Déshabiller lentement Caroline comme il en avait envie était hors de question.

Il l'embrassa doucement, puis passa derrière elle et rabattit les couvertures.

— Glisse-toi là-dessous tout habillée.

Caroline se débarrassa de ses chaussures et s'allongea sur le lit sans le quitter des yeux. Elle avait laissé un large espace libre auprès d'elle, l'invitant clairement à la rejoindre.

Jack se déshabilla en scrutant son regard. Il y décela un frémissement de timidité, mais surtout un appel chaleureux.

Nu jusqu'à la taille, il eut un instant d'hésitation avant de se déshabiller entièrement, puis passa outre. Lorsqu'il se redressa, Caroline écarquilla les yeux.

Son regard lui suffit à deviner ce qu'il aurait découvert s'il avait baissé les yeux et s'il s'empressa de la rejoindre, ce ne fut pas parce qu'il avait froid. Savoir qu'il serait bientôt en elle suffisait amplement à le réchauffer.

— Tu ne penses qu'à ça, souffla-t-elle quand il eut rabattu les couvertures sur eux.

— Je n'ai pensé qu'à ça toute la matinée, admit-il en la recouvrant de son corps.

— Même quand tu réparais la chaudière? demanda-t-elle en réprimant un gloussement.

Son corps doux et tiède et la caresse satinée de sa peau l'empêchèrent de répondre immédiatement. Prenant appui sur ses avant-bras, il lui sourit, plus heureux que jamais.

— Non, pas à ce moment-là, reconnut-il. Mais avant. Et après. Et surtout maintenant.

— Je vois ça, oui.

Jack eut soudain envie de sentir ses mains sur lui. Il s'écarta pour s'allonger à côté d'elle, s'empara de sa petite main et enroula ses doigts fuselés autour de son sexe.

— Voir, c'est bien, murmura-t-il à son oreille. Sentir, c'est mieux. Sens comme j'ai envie de toi.

Ses doigts cherchèrent à s'écarter sous les siens, une seule fois, puis se refermèrent sur lui. Un flot de sang parcourut les veines de Jack pour se concentrer dans son sexe, et un sifflement franchit ses lèvres. La main de Caroline avait souplement coulé jusqu'à la base de son sexe avant de remonter lentement pour en caresser l'extrémité. Une perle de désir le couronna aussitôt. Caroline le sentit aussi bien que lui. Toute timidité envolée, un sourire de franche séduction étirait à présent ses lèvres.

Elle percevait la moindre de ses réactions, jusqu'aux contractions des muscles de son ventre contre le dos de sa main. Celle qui n'enserrait pas son sexe reposait sur son torse, juste au-dessus de son cœur, qui battait très fort.

D'habitude, Jack avait une horloge extrêmement précise dans la tête, mais depuis qu'il était entré dans la chambre, il avait complètement perdu la notion du temps. Le ciel était tellement maussade à l'extérieur, le silence si absolu, qu'il était impossible de deviner l'heure.

Il n'y avait plus qu'eux deux, et les bruits dont ils emplissaient la chambre.

La respiration haletante de Jack. Le froissement des draps. La chute sur le sol des vêtements de Caroline qu'il déshabillait sous les couvertures. Le grincement des ressorts.

Le léger râle d'extase de la jeune femme lorsqu'il la pénétra à peine pour s'assurer qu'elle était prête à le recevoir. Elle l'était. Sa fente moite incita Jack à remettre les préliminaires à plus tard, une fois qu'il l'aurait possédée. Une fois qu'il l'aurait possédée un millier de fois et se serait calmé. Pour l'instant, s'il attendait ne serait-ce qu'une seconde de plus, il risquait de se répandre sur son ventre. Son sexe retrouva sa place le plus naturellement du monde.

Oui, son sexe était à sa place entre les jambes de Caroline.

Elle l'accueillit avec reconnaissance. Bien que très étroite, son sexe glissa aisément dans sa fente brûlante. Il n'eut pas besoin de lui écarter les cuisses. D'elle-même, Caroline avait soulevé les jambes et les écartait largement, enfonçant les talons sur l'arrière de ses cuisses, les bras noués autour de son cou. Son dos se cambrait pour mieux l'accueillir, et Jack ressentit une telle sensation de volupté qu'il s'immobilisa pour savourer l'instant.

C'était si bon d'être là, fiché au creux de sa chair pulpeuse et moite. Il aurait voulu rester ainsi éternellement. Se retirer pour entamer un va-et-vient lui paraissait absurde quand sa chair enserrait aussi étroitement son sexe. Pas question qu'il interrompe cette extase.

Il enfonça les orteils dans le matelas pour surélever légèrement son corps et remua tout doucement en elle. De minuscules mouvements qui lui apportaient la friction qu'il désirait sans l'obliger à se retirer.

Son sexe s'insinua plus profondément en elle au gré de l'ondulation lascive de ses hanches. Caroline laissa échapper un cri, et ses petits seins parfaits se plaquèrent contre son torse lorsque ses reins se creusèrent davantage sous l'effet des prémices de l'orgasme. Ses contractions l'attiraient en elle, palpitaient délicieusement autour de son sexe. Elle jouit de tout son corps, ses bras et ses jambes l'encerclant étroitement, sa bouche cherchant la sienne, sa langue s'insinuant entre ses lèvres pour caresser la sienne au rythme des vagues du plaisir.

Sans bouger, juste parce qu'il était en elle, Jack éjacula longuement, tremblant de tous ses membres, le cœur battant à tout rompre. Des soleils aveuglants s'épanouirent sous ses paupières. L'orgasme était d'une telle intensité qu'il ne pouvait plus bouger et parvenait tout juste à respirer. Caroline gémissait dans sa bouche et le serrait contre elle de toutes ses forces, comme pour l'empêcher de partir. Il adorait la sentir s'accrocher ainsi à lui, même si c'était inutile. Pourquoi serait-il parti ? Chaque cellule de son corps débordait d'un plaisir douloureusement aigu ; non, il n'aurait pas pu partir.

Leurs baisers ardents se muèrent en caresses languides, les muscles de Caroline se détendirent progressivement et un long soupir franchit ses lèvres.

Sur une ultime pulsation, l'orgasme de Jack se dissipa également. Il s'affaissa sur elle, les muscles liquéfiés. Le visage enfoui dans sa chevelure, il sentit une de ses boucles rousses lui chatouiller le nez. Ses cheveux avaient un doux parfum de rose, et cette odeur se fraya un chemin jusqu'à la partie de son cerveau qui associait le parfum des roses à Caroline, et Caroline au sexe. Il durcit en elle et la jeune femme eut un rire étranglé.

— Attends un peu, bel étalon. J'ai besoin de reprendre des forces.

Jack sourit. Ils allaient recommencer. Bientôt. Si cela n'avait tenu qu'à lui, ils auraient fait l'amour trente-six heures d'affilée. Mais la rigidité de son sexe eut beau s'affirmer, il ne bougea pas d'un millimètre parce qu'il était très bien comme ça. Ce qu'il vivait à cet instant précis était presque aussi agréable que de faire l'amour à Caroline. Il n'avait encore jamais connu cela. Le contact de son corps, son odeur et, par-dessus tout, cette sensation d'évidente complicité.

C'était le seul élément parfait de sa vie imparfaite.

New York, Waldorf Astoria

Avec de l'argent, on obtient tout ce qu'on veut, même le jour de Noël. Deaver prit un taxi jusqu'à Chinatown et, grâce à Axel, fit l'acquisition d'une garde-robe complète jusqu'aux moindres accessoires. Deux excellentes contrefaçons de costumes Armani, un pardessus en cachemire, deux pantalons kaki, cinq chemises blanches, cinq autres en flanelle, deux pulls, dix caleçons de soie et dix maillots de corps assortis, deux paires de bottes luxueuses et une fausse valise Vuitton. Avec ça, il serait paré pour démarrer sa nouvelle vie dès qu'il aurait retrouvé la trace de Prescott.

Pour ce qu'il aurait à faire d'ici là, il s'était acheté deux costumes noirs bon marché, cinq chemises blanches infroissables, deux jeans, deux sweats et une parka à quarante dollars. Le tout tenait dans un sac de sport.

Il allait avoir besoin d'argent liquide. Il avait quarante mille dollars dans le coffre-fort de sa maison de Monroe, mais il ne pouvait pas courir le risque de s'y rendre.

Heureusement, il avait une carte de retrait correspondant à son compte bancaire des îles Caïmans ouvert au nom de Nicholas Clancy. L'argent qu'il y avait déposé provenait de la revente extrêmement lucrative d'anciennes armes de l'armée américaine à un groupe de rebelles d'Ossétie du Sud. La banque à laquelle il s'était adressé connaissait les besoins assez particuliers de ses clients, et sa carte l'autorisait à effectuer des retraits d'un montant de dix mille dollars par jour.

La carte de crédit d'Axel lui permettrait de régler la note de sa chambre au Waldorf. Deaver eut une pensée émue pour ce brave Axel.

Au Waldorf, tout n'était que luxe, calme et volupté, à commencer par le portier en livrée qui avait ouvert pour lui la portière du taxi. Deaver lui avait glissé cinquante dollars de pourboire de façon que la rumeur de sa générosité se répande parmi le personnel. Le portier, vêtu comme un général d'Europe centrale, remit la valise Vuitton et le sac de sport à un groom, avant de faire entrer Deaver dans l'immense hall de marbre.

Le Waldorf était l'endroit idéal pour s'adapter à la vie de luxe qui l'attendait. Dix minutes plus tard, on ouvrait pour lui la porte de sa chambre qui était trois fois plus grande que les baraquements dans lesquels il avait dormi à l'armée, et dix fois plus que la caravane dans laquelle il avait grandi.

Tapis de haute lice, meubles anciens brillants d'encaustique, immense lit à baldaquin, profonds fauteuils bordeaux, coupe de fruits exotiques et somptueux arrangements floraux... Le Roi-Soleil en personne se serait senti parfaitement à l'aise dans cette chambre.

Sa valise et son sac avaient été placés sur un support prévu à cet effet. Deaver pénétra dans la chambre dont la porte se referma sans bruit derrière lui et huma l'atmosphère. Hmm. Un parfum de luxe flottait dans la pièce. Un parfum de cire d'abeille, de draps frais et de fleurs.

Oui, le Waldorf serait le quartier général rêvé pour retrouver la trace de Prescott et récupérer ses diamants.

Deaver passa plus d'une demi-heure à se décrasser dans la salle de bains digne d'une star d'Hollywood, aidé en cela par une profusion de produits de toilette.

La nuit commençait à tomber quand il émergea rapidement de l'hôtel, vêtu d'un jean et de sa parka. Dès qu'il fut hors de vue, il héla un taxi. Il ne tenait pas à ce que le portier établisse un lien entre l'élégant homme d'affaires qui lui avait offert un pourboire royal et l'homme ordinaire qu'il était devenu. Lorsqu'il rentrerait, le portier aurait été remplacé par un autre employé et par la suite, le problème ne se poserait plus.

Vincent Deaver, le soldat dur à cuire, aurait à tout jamais disparu.

9

Summerville

Caroline se remettait lentement. Elle n'en revenait toujours pas. Elle venait d'avoir un orgasme alors qu'elle n'avait même pas vraiment fait l'amour. Le fait de le sentir en elle avait suffi à la faire jouir. Jack n'avait même pas bougé.

Avait-il découvert en elle une clef dont elle ignorait l'existence ? Caroline avait toujours été plutôt lente à jouir, assez lente pour que ses amants s'en plaignent, en tout cas. L'un d'entre eux, plutôt. Sanders. Caroline avait entretenu avec lui une liaison à rallonge, faite de ruptures suivies de réconciliations.

Elle savait que Sanders se considérait comme un amant accompli. Il se considérait également comme un œnologue éclairé doublé d'un fin gourmet, pour qui l'art n'avait aucun secret. Le fait que Caroline mette longtemps à jouir avait constitué une source de discorde entre eux, jusqu'à ce qu'elle développe le talent typiquement féminin du plaisir feint.

Avec Jack, elle n'avait pas eu besoin de feindre. Elle n'avait même pas eu le temps de sentir monter l'orgasme.

Incroyable.

Jack était retombé sur elle, inerte, mais elle sentait à présent ses muscles reprendre vie. Son sexe s'allongeait et durcissait en elle, et une délicieuse sensation de bien-être la submergea.

Elle fit glisser sa main sur l'arrondi de son épaule, caressa son dos et s'émerveilla de la densité de ses muscles, harmonieusement répartis de part et d'autre de la courbe crénelée de la colonne vertébrale. Elle en effleura la crête jusqu'au creux des reins, attarda ses doigts sur la touffe de poils drus qui les recouvraient, puis franchit la courbe d'une fesse dont la fermeté lui fit penser à une grosse pomme qu'elle aurait volontiers croquée. À défaut de quoi, elle se contenta d'enfoncer les ongles dans sa chair. La réponse de son sexe fut immédiate.

Un véritable réflexe pavlovien ! Caroline faillit en glousser de satisfaction. Jack était plus que disposé à lui répondre, apparemment. Chaque caresse de sa main éveillait un mouvement de son sexe, et quand elle l'embrassa dans le cou, elle découvrit que sa bouche avait le même pouvoir sur lui. Elle entreprit de le mordiller doucement. Jack sursauta, et son sexe en fit autant en elle !

Leurs corps menaient une véritable conversation. D'une caresse de la main, Caroline demandait : « Tu aimes ça ? » Et le corps de Jack répondait : « Oh, oui ! »

Il rapprocha son visage pour lui parler à l'oreille. Les vibrations de sa belle voix grave déclenchèrent en elle un long frisson.

— Je crains qu'on ne soit obligés de rester au lit jusqu'à ce que la maison soit réchauffée.

— Tu crois ? répliqua-t-elle du même ton faussement navré.

— Oui, dit-il en frottant le bout de son nez contre sa tempe. Et ça va sûrement prendre des heures, soupira-t-il en posant la main sur sa poitrine.

Caroline était elle aussi plus que disposée à répondre à ses caresses, car sa peau devint brûlante dès que sa main fut sur elle. Quand son pouce effleura la pointe d'un sein, la sensation de brûlure gagna aussitôt son entrejambe. La réponse immédiate du sexe de Jack lui fit l'effet d'une petite décharge électrique. Elle sourit et passa les bras autour de son cou.

— C'est possible, acquiesça-t-elle. Quelle malchance !

Le cou de Caroline ploya sous ses lèvres lorsqu'il en effleura les tendons délicats. Les subtiles morsures dont il le gratifia la plongèrent dans un pur délice.

— Mais alors... dit-il en lui mordillant tendrement l'épaule. Qu'est-ce qu'on va bien pouvoir faire en attendant ? Discuter ?

— Je ne peux pas...

Caroline s'interrompit pour reprendre son souffle. Jack venait de se retirer d'elle si complètement qu'elle avait senti l'extrémité de son sexe presser contre ses lèvres, avant qu'il n'exerce une poussée pour retrouver sa place. Elle laissa échapper un rire étouffé.

— Je ne peux pas parler quand tu fais ça !

— Quand je fais quoi ?

Il renouvela lentement sa manœuvre. Dehors... Dedans...

— Ça ! s'écria-t-elle.

— Parle-moi de ta famille. Comment étaient tes parents ?

Caroline était tellement distraite par le va-et-vient de son sexe qu'elle ne réalisa pas tout de suite ce qu'il venait de dire. Lorsque sa question fit sens, elle se raidit et plaqua les mains sur ses épaules pour l'immobiliser, frissonnante d'effroi. Elle ne pouvait pas parler de sa famille. Pas maintenant. Jamais.

— Non, dit-elle en cherchant vainement à repousser son torse d'acier.

Il revint en elle et s'immobilisa.

— Parle-moi, la cajola-t-il de sa belle voix grave. Le chauffeur de taxi qui m'a pris en charge à l'aéroport m'a dit que tu avais perdu tes parents à Noël, il y a cinq ans.

— Six. C'était il y a six ans, rectifia-t-elle, la gorge nouée.

Toutes les émotions de Caroline affleurèrent et elle se sentit soudain épouvantablement vulnérable. Le bouclier qu'elle érigeait habituellement autour d'elle avait disparu. Jack l'avait démoli avec ses baisers et ses caresses.

— Parle-moi, Caroline. Ça fait du bien de parler. Parle-moi d'eux. Comment était ton père ?

— Il était drôle, mais c'était une facette de sa personnalité qu'il ne montrait qu'à nous.

Les mots avaient franchi ses lèvres avant qu'elle ait eu le temps de les arrêter.

— Tout le monde le prenait pour un homme d'affaires terne, mais il avait un point de vue très ironique sur le monde. Il avait horreur de l'hypocrisie et des politiciens. Il se livrait à des imitations caustiques du gouverneur, mais seulement en famille. C'est son sens de l'humour qui m'a appris à prendre du recul par rapport aux événements. Je me souviens qu'un jour…

Elle s'interrompit. Une larme était apparue au coin de son œil. Jack l'essuya du pouce quand elle roula sur sa joue.

— Un jour… ? l'incita-t-il à poursuivre.

— Un jour, un candidat au Sénat est venu dîner à la maison, dans l'espoir de convaincre papa de lever des fonds pour lui. C'était un de ces hommes d'affaires exubérant et bête comme ses pieds. Il était persuadé qu'en tant qu'investisseur, papa était aussi obsédé que lui par les réductions d'impôts et les niches fiscales. Il était là, avec son affreuse épouse, à pérorer d'un ton pédant sur la société qu'il avait domiciliée aux îles Vierges pour ne pas payer d'impôts, et sur la façon dont il avait fait grimper artificiellement le cours des actions, détruisant cinq mille emplois au passage...

Caroline eut un petit rire à ce souvenir.

— Papa et maman ont échangé un regard, et ils se sont mis à lui parler de leur projet de donner tout ce qu'ils possédaient à des organisations caritatives avant de soi-disant partir vivre dans un ashram en Inde. Le candidat et son épouse étaient tellement horrifiés qu'ils ont filé avant le dessert. Papa et maman ont ouvert une bouteille de champagne après leur départ et l'ont bue devant la cheminée du salon. Je les revois encore en train de rire et de se faire des bisous dans le cou...

Caroline croisa le regard de Jack.

— C'est la première fois que je raconte cette histoire à quelqu'un.

Jack ne souriait pas, et les plis qui cernaient sa bouche semblaient plus profonds.

— Pourquoi as-tu gardé cette histoire pour toi ? Je la trouve très révélatrice de la personnalité de ton père. Quand tu racontes cette anecdote, on ne peut pas s'empêcher de l'approuver. Je crois qu'il m'aurait plu. J'aime les gens qui sont cohérents avec leurs principes.

— Peut-être.

L'idée était surprenante, mais pourquoi pas ? Peut-être qu'ils se seraient entendus. *A priori,* Jack était l'opposé de son père qui aimait vivre sur un grand pied, avoir ses aises et croquer la vie à belles dents en profitant au maximum de ce qu'elle réserve de plus luxueux.

Il aimait les vêtements élégants, la cuisine raffinée, les vins fins et les cigares cubains. Son père ne voyageait jamais qu'en première classe, descendait exclusivement dans des palaces et réservait toujours les meilleures places quand il allait au théâtre.

Jack, lui, était un soldat, un homme fruste, habitué à vivre à la dure. Il portait des vêtements et des chaussures usés, et l'avait si chaleureusement remerciée lors du dîner que Caroline en avait conclu qu'il n'avait pas dû manger à sa faim tous les jours. Pas grand-chose de commun entre les deux hommes, donc.

Mais son père avait détesté les vantards, les snobs et les truqueurs. Il avait tenu Sanders dans un profond mépris lorsqu'il avait appris à le connaître, même s'il s'était efforcé de ne pas le montrer au début.

Oui, Jack aurait peut-être plu à son père. Il ne cherchait pas à se faire passer pour ce qu'il n'était pas et n'essayait pas de l'impressionner en faisant de l'esbroufe.

— Et ta mère ? Comment était-elle.

— Merveilleuse. *Ah !*

Jack venait de changer d'angle et faisait quelque chose avec ses hanches qui l'amenait à effleurer son clitoris à chacun de ses va-et-vient, déclenchant un plaisir d'une intensité presque électrique.

— Dis-m'en un peu plus, insista-t-il en s'immobilisant. Elle était merveilleuse… Quoi d'autre ?

— Elle était très belle.

Caroline était si troublée qu'elle ne prit pas le temps de peser ses mots. Ils jaillirent spontanément.

— Elle était aussi belle dehors que dedans.

— Je sais, murmura-t-il en chatouillant son cou du bout de son nez. J'ai vu les photos au salon. Tu es aussi belle qu'elle.

Caroline sourit. Elle avait toujours apprécié d'être comparée à sa mère.

— Papa aimait l'exhiber. Il aimait la choyer, et lui offrir de jolies choses le rendait très heureux. Je crois que de son côté, maman décorait la maison pour lui faire plaisir. Avec Toby, mon petit frère, on les surprenait parfois en train de s'embrasser en cachette.

Je suis contente qu'ils soient morts ensemble. C'est sans doute ce qu'ils auraient souhaité.

Elle le regarda droit dans les yeux.

— Tu sais, après... après l'accident, personne ne m'a laissée parler de mes parents. Personne n'avait envie de m'entendre me plaindre ou évoquer des souvenirs. Les gens me répétaient, chacun à leur manière, que je devais « tourner la page ». Je crois avoir entendu décliner cette métaphore de toutes les façons possibles et imaginables. Comme si parler d'eux eût été faire preuve de mauvais goût. Dès que j'en parlais, leur regard se faisait impatient et ils se dépêchaient de changer de sujet. Je voulais seulement me souvenir d'eux, mais personne n'était disposé à m'écouter.

— Et Toby ? Comment était-il ?

Cette discussion était sans conteste la plus étrange que Caroline ait connue. Jack avait repris ses lentes poussées. C'était comme s'ils avaient mené deux conversations en même temps. Ou bien une seule conversation à deux niveaux. Un échange d'un érotisme torride en dessous de la ceinture et une conversation à haute voix, tout aussi profonde, au niveau supérieur.

— Toby ? Avant l'accident, c'était encore un enfant, tu sais. Un vrai petit polisson. Il faisait des tas de bêtises dont il se sortait toujours grâce à son sourire. On lui pardonnait, et il recommençait. Je lui ai même pardonné la grenouille qu'il avait glissée dans mon lit, qui a failli me faire mourir de peur.

Caroline observait le visage de Jack tandis qu'il l'écoutait. Personne ne l'avait jamais écoutée aussi intensément. Il semblait fasciné par ce qu'elle disait.

Quel enfant avait été Jack ? Un polisson ? Débordant d'énergie et malicieux ? Probablement pas. Plutôt silencieux et sérieux. Imaginer Jack enfant déclenchait pourtant en elle une troublante impression de déjà-vu. Comme si… Comme si Caroline l'avait vraiment connu enfant. Ce qui était ridicule.

— Après l'accident, il est resté trois mois dans le coma. Il n'a jamais retrouvé l'usage de ses jambes. Et pendant les six années qui ont suivi, il a enduré des souffrances atroces sans émettre la moindre plainte. Lui qui avait été si sociable, personne ne venait le voir. Les premiers temps, ses camarades d'école sont venus, mais ils n'ont pas supporté de le voir dans cet état. Toby était dans un fauteuil roulant et il était sujet à des crises affreuses. Personne n'avait envie de le voir. Ma meilleure amie m'a dit un jour qu'elle ne comprenait pas pourquoi je ne le plaçais pas dans un centre pour handicapés.

Caroline leva les yeux vers le visage sombre qui se trouvait tout près du sien, vers les grands yeux qui plongeaient en elle. Alors qu'elle parlait, il avait accéléré le tempo de ses poussées.

Caroline entama une lente chute libre vers l'orgasme, sans que cela déclenche pour autant le réflexe de cesser de parler.

— Toby a fait preuve d'un courage incroyable.

Des larmes emplirent ses yeux.

— À la fin, il ne pouvait pratiquement plus bouger du tout, mais il trouvait toujours le moyen de plaisanter. Il s'ingéniait à me faire rire. Je crois qu'au cours des deux dernières années, il savait qu'il allait mourir, mais il n'a jamais rien dit. Il était trop fier pour cela. C'était le plus brave de tous les petits soldats que j'aie connu et pourtant, chaque fois que j'invitais des amis à la maison, ils faisaient comme si Toby n'existait pas. Ou alors ils lui parlaient trop fort, comme à un sourd ou à un demeuré. Ils se comportaient comme si… comme si j'aurais dû avoir honte de lui, mais je… Oh, mon Dieu ! Oh, Jack ! *Oh !*

Caroline se mit à trembler de tous ses membres et l'orgasme la submergea, si puissant que les muscles de son ventre se contractèrent. Ce fut comme si le plaisir l'écartelait. Ses contractions ne s'étaient pas encore dissipées qu'elle enfouissait son visage dans le cou de Jack et fondait en larmes.

Le flot de ses larmes était aussi irrépressible que celui du plaisir. Un plaisir qui avait balayé ses défenses, la laissant à vif, vulnérable, accessible à la plus noire des tristesses.

Elle sanglota jusqu'à en perdre le souffle. Elle donna libre cours à son chagrin, à sa colère et à sa douleur. Elle pleura pour toutes les nuits où elle avait retenu ses larmes, afin que Toby ne devine pas qu'elle avait pleuré en découvrant son visage gonflé au matin. Elle se lamenta sur les trois vies merveilleuses dont l'interruption prématurée l'avait laissée toute seule sur le rivage de la vie.

Ses larmes coulèrent également parce qu'il lui semblait parfois qu'elle aussi avait franchi le fleuve qui sépare les vivants des morts. Combien de fois s'était-elle sentie morte à l'intérieur ?

Finalement, la gorge en feu, à bout de souffle, épuisée, Caroline cessa de pleurer : elle avait versé toutes les larmes de son corps.

Jack n'avait pas cessé un instant de la serrer dans ses bras, son sexe fiché en elle. Il n'avait pas cherché à lui parler, réalisant sans doute qu'elle était au-delà des mots. Des mots qu'elle n'avait par ailleurs que trop entendus.

Il faut tourner la page, Caroline. Il faut faire son deuil, Caroline. Il faut aller de l'avant, Caroline.

C'était vrai. Mais elle avait parfois l'impression d'être dans un trou noir, un puits sans fond et sans air, avec seulement un minuscule point lumineux tout en haut. Les mots que prononçaient les autres l'atteignaient à peine.

Jack savait qu'elle n'avait pas besoin de mots, et il lui donna quelque chose de bien plus puissant : le réconfort de son corps. Malgré les milliers de mots dont ses amis l'avaient abreuvée, pas un seul d'entre eux n'avait eu l'idée de la serrer dans ses bras et de la laisser pleurer tout son saoul, comme le faisait Jack.

Lentement, avec une telle tendresse que Caroline en aurait pleuré si elle avait encore eu des larmes, Jack se retira et roula sur le côté avec elle de façon à la placer au-dessus de lui. Elle laissa aller la tête contre son épaule. Une épaule trempée de larmes.

— Je suis désolée, balbutia-t-elle, sonnée.

Jack essuya son visage.

— Je comprends, répondit-il calmement. Ça va mieux ? s'enquit-il en massant doucement son crâne.

— Oui, dit-elle d'une voix mouillée.

Elle se sentait vraiment mieux. Comme si ses larmes lui avaient permis d'évacuer le flot de bile noire qui empoisonnait son organisme depuis si longtemps.

Jack essuya à nouveau son visage, et Caroline émit un petit rire étranglé.

— Je n'en reviens pas que tu aies pensé à prendre ton mouchoir avant de te mettre au lit.

— Ce n'est pas un mouchoir, répliqua-t-il d'un ton d'évidence. C'est le drap.

Caroline battit des cils.

— Je viens de pleurer et de me moucher *dans mes draps* ?

— Ce n'est pas bien grave. On les changera.

Comme elle aimait sa voix. Si grave, si calme. Une voix à mettre en bouteille et à vendre en pharmacie. Mille fois plus efficace que le Prozac.

Mais le plus doux de tout, c'était ce *on*. Un seul petit mot avait le pouvoir de changer tant de choses. *On* changera les draps…

Caroline réalisa que c'était la première fois, depuis la mort de ses parents, que quelqu'un acceptait spontanément d'assumer une corvée avec elle. Ses amis étaient toujours partants pour passer une soirée dehors, mais quand il s'agissait d'affronter un problème, elle se retrouvait seule. Changer les draps n'était qu'un détail, mais quelque chose dans le ton de sa voix lui soufflait que Jack resterait auprès d'elle pour affronter bien d'autres choses.

— Tu ne te serais pas détourné de Toby, dit-elle.

Ce n'était pas une question.

— Non, admit-il en affermissant la pression de sa main sur son crâne. Je ne me serais pas détourné.

Elle écarta la tête de son épaule pour l'observer.

— J'aurais aimé te rencontrer plus tôt.

Quelque chose – une vive émotion – passa sur le visage de Jack. Les plis qui encadraient sa bouche se creusèrent et ses traits se tendirent.

— J'aurais aimé être là plus tôt, moi aussi.

Brighton Beach

Brighton Beach, communauté de cent cinquante mille âmes, fait partie de Brooklyn. Ce quartier porte le surnom de Little Odessa parce que la majorité de ses habitants sont des immigrés d'origine russe.

Deaver trouvait cela amusant, car il avait vraiment rencontré l'homme qu'il allait voir à Odessa, en ex-URSS. Il avait connu Viktor « Drake » Drakovich à la fin des années 1980, à une époque où quiconque ayant deux yeux et un cerveau en état de fonctionner savait que l'Union soviétique vivait ses derniers instants.

La CIA ne l'avait pas compris – la CIA n'aurait pas été fichue de localiser son propre derrière – mais tous ceux qui se trouvaient à l'est de l'Elbe le savaient.

Drake était déjà le plus gros trafiquant d'armes international, à l'époque. Depuis sa base d'Odessa, il approvisionnait les moudjahidins d'Afghanistan à tour de bras. Deaver, lui, était un jeune soldat enrôlé dans les forces spéciales, chargé d'apporter de l'argent à Drake, par mallettes d'un demi-million de dollars à la fois. Il avait un jour calculé que le gouvernement américain avait remis au moins dix millions entre les mains de Drake.

En retour, le gouvernement en avait eu pour son argent. Drake était connu pour la qualité de sa marchandise. Il avait à son service quatre anciens armuriers de l'armée russe, et quand on lui achetait des armes, on était sûr de recevoir ce qu'on avait commandé en parfait état de marche, propre, huilé et prêt à fonctionner.

La carrière de Drake avait pris fin le 11-Septembre. En fait, elle avait pris fin le 10 septembre, à l'annonce de la mort du commandant Massoud. Deaver se trouvait à Odessa ce jour-là et il avait assisté, éberlué, aux préparatifs de départ de Drake, parfaitement calme et maître de lui-même.

— Il va y avoir du vilain. Je plie boutique, s'était-il contenté de répondre lorsque Deaver lui avait demandé ce qui se passait.

Le lendemain, Deaver avait compris que Drake avait vu juste. S'il avait persisté à approvisionner les talibans, le gouvernement américain l'aurait écrasé de toute sa puissance. Drake était un homme avisé dans le choix des conflits. Un mois plus tard, leurs routes s'étaient à nouveau croisées. Drake était établi à Ostende, en Belgique, d'où il fournissait Ashad Fatoy, le chef rebelle congolais. Quand il le pouvait, Deaver envoyait des clients à Drake, et il l'avait un jour prévenu que le Staatsveiligheid, l'agence de sécurité de l'État belge, s'intéressait à lui de très près.

À dater de ce 10 septembre, Deaver avait toujours gardé un œil sur Drake. Il savait que le Russe retomberait toujours sur ses pieds, et qu'il risquait un jour d'avoir besoin de lui. Ce jour était venu.

— Arrêtez-vous là, dit-il au chauffeur de taxi avant de lui remettre le prix de la course accompagné d'un pourboire de cinq dollars.

C'était le début de l'après-midi, mais le ciel était tellement chargé qu'on se serait cru le soir. Cinq minutes et deux pâtés de maisons plus tard, Deaver sonnait à la porte d'un immeuble de standing assez semblable à celui que Drake avait occupé à Odessa.

Peu importait le nom figurant sur l'étiquette, Deaver savait sur quel bouton appuyer. Celui du haut. Le *modus operandi* de Drake était toujours le même, que ce soit à Odessa, à Ostende, à Lagos ou aujourd'hui à Brighton Beach : peupler les étages inférieurs de femmes toutes plus belles les unes que les autres afin de ralentir d'éventuelles troupes d'assaut, et garder un hélicoptère prêt à décoller sur le toit, juste au-dessus de ses appartements.

Une caméra de sécurité pivota sur son support, et Deaver porta deux doigts à son front en guise de salut ironique. Il fallait franchir trois sas de sécurité avant d'atteindre Drake, et la fouille que lui firent subir au neuvième étage les deux vigiles en tenue de combat dura plus d'un quart d'heure. On lui permit alors de pénétrer dans un grand hall, où il attendit quelques minutes. Deaver ne douta pas un instant d'être soumis à son insu à un scan corporel.

Drake comptait de nombreux ennemis, et Deaver savait qu'il avait déjà été victime d'au moins cinq tentatives d'assassinat. Aucune d'elles n'avait eu la moindre chance de réussite. Drake était un homme extrêmement difficile à abattre.

La fouille au corps et le scan corporel ne le dérangeaient pas – il n'avait rien sur lui. Se présenter devant Drake armé de n'importe quoi de plus gros qu'un cure-dents aurait été de la folie pure. Il attendit donc patiemment la fin du protocole de sécurité.

Finalement, un autre garde du corps silencieux lui fit signe de le suivre. Ils parcoururent un long couloir au bout duquel se trouvait une porte blindée. Le garde du corps frappa à la porte, puis invita Deaver à franchir le seuil.

— Cher ami, l'accueillit Drake de sa belle voix grave depuis un point obscur de la pièce. Entre, je t'en prie.

Drake s'exprimait dans un anglais irréprochable. Il parlait tout aussi parfaitement français, allemand, hollandais, espagnol et arabe. En matière de négociations, il ne faisait confiance à aucun interprète.

Brun aux yeux noirs, Drake était un homme d'une force colossale sans pour autant avoir l'air d'un géant. Il était passé maître dans toutes sortes d'arts martiaux, mais se révélait plus redoutable encore dans le combat de rue. Il avait des mains immenses, calleuses, avec des doigts aussi gros que des vérins d'aviation. Ses pieds renforcés par une épaisse couche de corne étaient des armes tout aussi mortelles. Deaver l'avait vu un jour défigurer un adversaire d'un seul coup de poing et crever un punching-ball d'un simple effleurement du pied.

Drake était mortellement dangereux, mais il obéissait à un code d'honneur d'une rigueur plus dangereuse encore. Il ne revenait jamais sur une parole donnée et s'attendait à ce que chacun en fasse autant vis-à-vis de lui. S'en faire un ennemi équivalait à programmer son propre enterrement.

Drake lui désigna un fauteuil confortable.

Cette pièce avait visiblement été conçue pour satisfaire toutes ses exigences de confort. La façade neutre et les murs nus des couloirs que venait de franchir Deaver ne préparaient pas le visiteur à un tel luxe. Tapis épais, profonds fauteuils en cuir, buffet garni d'alcools coûteux et cave à cigares vitrée : tout était réuni pour le plaisir des sens.

La légende voulait que Drake reçoive chaque mois un chargement de cigares de la part de Fidel en personne, en remerciement d'un service rendu... dont Drake refusait évidemment de parler.

Deaver s'assit et poussa un profond soupir. Pour la première fois depuis qu'il avait quitté Obuja, il pouvait enfin se détendre complètement. Les sas, le souffle discret qu'avait émis la porte à l'épreuve des balles en se refermant et le luxe tranquille de la pièce créaient un sentiment de sécurité totale. Cela faisait près de vingt ans qu'ils travaillaient pour des camps techniquement opposés, mais Deaver était passé dans le camp de Drake, désormais, et ce qu'il voyait lui plaisait.

Près de son coude, il découvrit un verre en cristal à demi rempli d'un liquide ambré. Il le porta à ses lèvres, savoura une gorgée du single malt savamment vieilli et s'autorisa un claquement de langue appréciateur.

— Alors comme ça, dit-il en se tournant vers Drake, te voilà établi sur le sol américain. Pour toujours ?

— Eh oui, répondit celui-ci avec un haussement d'épaules. Me voilà désormais dans le ventre de la bête. On verra ce que ça donne. Pour l'instant, je ne me plains pas. Que puis-je pour toi ?

Deaver savait que le Russe avait horreur du bavardage. Il dirigeait un empire plus puissant que de nombreux pays émergents et était extrêmement occupé. Son temps était précieux. Mieux valait exposer d'emblée le but de sa visite.

— J'aurais besoin d'un ordinateur portable pour faire des recherches sur Internet. D'occasion, de préférence. Je m'en débarrasserai dès que j'aurai trouvé ce que je cherche.

Drake hocha la tête.

— J'ai ce qu'il te faut ici même.

— J'aurais également besoin d'une nouvelle identité qui tienne la route... disons un mois. Peut-être moins, mais je n'en sais rien encore. Pas plus d'un mois, en tout cas. Je dois retrouver quelqu'un. Quand ce sera fait, je quitterai définitivement le sol américain. Pour Monte-Carlo, ce serait l'idéal. J'aurais donc besoin d'un passeport étranger, avec un acte de naissance insoupçonnable à la clef.

— Considère que c'est chose faite, acquiesça gravement Drake. Un de mes hommes t'emmènera chez mon spécialiste. Il te remettra un permis de conduire américain plus vrai que vrai et un passeport maltais. Malte fait partie de l'Union européenne. Avec ce passeport et un pécule placé dans une banque monégasque, on te délivrera un permis de séjour sans problème. Dix ans sans faire de vagues et tu décroches la nationalité les doigts dans le nez. Autre chose ?

— Je le crains, oui. C'est un peu plus coton. J'aurais besoin d'une carte du FBI assortie d'un numéro de téléphone qu'on puisse appeler à tout instant et qui garantisse que je suis bien un agent spécial.

— Combien de temps ?

— Le temps qu'il faudra. Enfin, j'aurais besoin d'armes, à livrer sur place. Je préfère être clean dans l'avion.

Drake assurait la livraison des armes qu'il vendait dans le monde entier – une spécificité essentielle à la bonne marche de son trafic. Ses clients n'aimaient pas voyager « chargés ».

— Il te suffit de me dire ce qu'il te faut et où, répliqua tranquillement Drake.

— Un Beretta 92 avec holster d'épaule, énuméra-t-il en comptant sur ses doigts. Un Kel-Tec P-32 au cas où, et un M40 à lunette avec valise de transport et quatre boîtes de munitions. Tous propres, évidemment.

— Évidemment, répéta Drake en levant un sourcil – sa réputation professionnelle ne souffrait pas la moindre remise en question. Adresse de livraison ?

C'était la question à vingt millions de dollars.

— Je ne sais pas encore. Je te le dirai dès que je pourrai. Combien ça va me coûter ?

— Deux cent mille dollars, répondit aussitôt Drake.

Deaver réprima une grimace. C'était pratiquement toute sa fortune. Trouver Prescott devenait plus urgent que jamais. Deaver veillerait à le tuer lentement et douloureusement pour sa peine.

— Ça marche. Donne-moi tes références bancaires et je te fais un virement dans les vingt-quatre heures.

— Ce n'est pas urgent, précisa Drake. J'ai confiance en toi.

Il pouvait. Cette transaction laisserait un peu moins de dix mille dollars sur le compte de Deaver, mais l'idée de faire défaut à Drake ne lui serait même pas venue à l'esprit. Il connaissait le sort qu'il réservait aux mauvais payeurs.

De toute façon, une fois qu'il aurait retrouvé Prescott, il serait riche. Pas autant que Drake, mais... presque.

— Autre chose ?

— Non, c'est tout.

— Alors on s'est tout dit, déclara Drake en se levant. Mes hommes vont te conduire chez mon spécialiste qui te fournira rapidement tes papiers. Le téléphone assorti à ta carte sera valable un mois à dater de la livraison. Si tu as besoin d'une extension de garantie, ça te coûtera plus cher.

— Non, je pense qu'un mois devrait suffire.

Deaver était un excellent traqueur. Le meilleur. Il retrouverait Prescott avant la fin du mois.

— Alors c'est entendu, conclut Drake en tendant la main.

Deaver la prit dans la sienne. Elle était fraîche, sèche et ferme.

— Donne-moi l'adresse de livraison des armes dès que tu la connais.

Deaver hocha la tête. Drake ne fit pas un geste et n'appuya sur aucun bouton, mais la porte blindée s'ouvrit sur les deux gardes du corps chargés de l'accompagner chez le spécialiste.

— Au fait, ajouta Drake d'un ton parfaitement détaché une fois que Deaver eut franchi le seuil, quand tu auras récupéré tes diamants, n'hésite pas à me les montrer. Je t'en donnerai un bon prix.

La porte se referma sur le visage ahuri de Deaver.

10

Summerville

— Oh oui, c'est bon, mets-la-moi, ronronna-t-elle. Mets-la-moi toute.

— Il suffit de demander, ma belle, répondit Sanders en maintenant de ses mains les hanches de la femme pour lui donner satisfaction.

C'était plutôt agréable. Sa fente était plus qu'humide et elle glissait le long de sa queue avec enthousiasme.

Sanders n'arrivait pas à se souvenir de son nom. Karla, Kara, Karen. Quelque chose comme ça. Ils s'étaient rencontrés la veille au Zigzag. C'était le réveillon de Noël et le bar était plein à craquer. Elle s'était hissée sur le tabouret libre à côté du sien après que sa copine l'eut plaquée pour partir avec un type.

Ils avaient passé les vingt-quatre dernières heures à baiser comme des fous, ne s'interrompant que pour manger, prendre une douche et passer aux toilettes. Ne pas se souvenir de son nom n'était pas vraiment un problème. « Ma belle » faisait très bien l'affaire.

Kara-Karen renversa la tête en arrière, les yeux fermés, s'employant à faire coulisser sa fente le long de son sexe.

Sanders lui donnait une trentaine d'années. Mais les femmes qui ont des implants mammaires ne devraient jamais chevaucher leur partenaire. Tout son corps bougeait, à l'exception de ses seins qui donnaient l'impression d'être fichés sur son torse. Fasciné, Sanders les observa. À l'exception de ces deux masses arrondies qui donnaient l'impression qu'elle avait glissé des ballons remplis d'eau sous la peau de son buste, elle était maigre de partout. Deux ballons sur un bout de bois. Et la position renversée de sa tête rendait évidente la chirurgie plastique qu'elle avait imposée à son nez.

Non seulement à son nez, mais à... *tout son visage*. Dieu du ciel, il n'avait pas remarqué ça au Zigzag et ils étaient restés dans l'obscurité depuis. Elle avait peut-être plus de trente ans, finalement.

Après quelques minutes de va-et-vient énergique, elle laissa échapper un long cri guttural et les contractions de son sexe déclenchèrent l'orgasme de Sanders.

Un sourire gourmand étirant ses lèvres, elle s'allongea sur lui et cala sa tête au creux de son épaule.

— C'était génial, ronronna-t-elle.

L'odeur musquée de leurs corps atteignit les narines de Sanders. Beurk. Il était temps de se laver.

— Désolé, ma belle, mais je dois satisfaire un petit besoin naturel, dit-il en s'écartant pour quitter le lit et se diriger vers la salle de bains.

Il surprit son reflet dans le miroir de la commode et s'attarda un instant pour s'admirer. Les heures qu'il passait au club de gym portaient leurs fruits. Ventre plat et silhouette svelte... que venait malheureusement gâcher le préservatif usagé qui pendait au bout de son sexe. Sanders s'en défit.

Pas mal, se dit-il. Pas mal du tout, même. Les femmes ne se plaignaient pas, en tout cas.

Dans la salle de bains, il envoya le préservatif rejoindre les quatre autres qui se trouvaient au fond de la poubelle.

Il adorait sa salle de bains. Il avait consacré trente mille dollars à sa décoration et en était complètement amoureux. À côté de la douche, s'élevait une monumentale baignoire creusée dans un bloc de marbre qui pesait une tonne. Il avait fallu renforcer le plancher avant de la mettre en place.

Sanders entra dans la cabine de douche et se sentit inondé de bien-être à la vue des accessoires métalliques étincelants et de la faïence Valentino couleur crème. C'était une cabine de soins thalasso complète avec trente jets, sauna, masseur de pieds, musique et téléphone mains-libres intégrés.

Tout en se savonnant avec son gel douche Clinique pour homme, Sanders réalisa qu'il aurait voulu que la femme qui se trouvait dans son lit disparaisse avant qu'il soit ressorti de la salle de bains. Elle ne lui plaisait pas assez pour qu'il ait envie de passer du temps avec elle ailleurs qu'au lit.

Elle n'avait pas inventé l'eau chaude et sa voix de crécelle lui tapait sur les nerfs. C'était une bonne baiseuse qui ne rechignait pas à faire usage de sa bouche, mais Sanders avait eu un moment d'angoisse quand il avait baissé les yeux sur son sexe après la première pipe dont elle l'avait gratifié, et avait découvert son membre aussi noir que s'il était gangrené. Ce n'était que le rouge à lèvres noir gothique de Karla-Kara, mais il avait vraiment eu la trouille sur le moment.

Karla-Kara travaillait dans une agence de pub et ne parlait que de musiques qu'il n'avait jamais entendues, de films qu'il n'avait jamais vus et de bars où il n'avait jamais mis les pieds. C'était assommant.

Il avait envie qu'elle parte pour déguster tranquillement le pot de caviar de Crimée de contrebande et la bouteille de Dom Pérignon à deux cents dollars qui étaient dans son frigo. Autant donner des perles à une truie que de les partager avec Karla-Kara. Au Zigzag, il l'avait vue boire un soda à l'orange pour accompagner un club sandwich !

S'il s'attardait dans la salle de bains, elle finirait peut-être par comprendre et déguerpirait.

Mais Sanders n'y croyait pas trop. Il avait senti qu'elle avait l'intention de s'incruster. Mon Dieu, comme c'était irritant. Si seulement il avait pu appuyer sur un bouton pour se débarrasser d'elle. Et *bzzzz* ! Bye-bye, Kara-Karla !

Elle était bien au lit, mais assommante et vulgaire dès qu'elle en sortait. Sanders avait tiré d'elle tout le bénéfice possible. Il baissa les yeux sur son sexe pour observer sa réaction à l'idée de remettre le couvert.

Son sexe demeura obstinément flaccide. Le message était clair. En fait, l'idée de recommencer quoi que ce soit de sexuel avec cette *chose* était même vaguement déprimante. Qu'est-ce qu'il fichait avec un engin pareil le jour de Noël ?

Sanders savait avec qui il aurait voulu être. Mais il devrait attendre que Noël soit passé pour la mettre dans son lit. Pour la *remettre* dans son lit, plutôt. Et pas que pour une nuit.

Caroline Lake.

Le moment était venu pour eux deux, Sanders le sentait. Ils se tournaient autour depuis longtemps et il était temps de donner un tour sérieux à leur relation. Ils avaient rompu plusieurs fois. La première fois remontait à l'adolescence. Mais bon, Sanders allait partir étudier sur la côte Ouest et il ne pouvait pas se laisser tirer vers le bas par une petite fiancée de province, n'est-ce pas ? Même si elle était très mignonne, et même si sa famille était très riche.

Et puis Caroline était elle aussi partie étudier à Boston, à une heure de train de son université. Ils s'étaient revus et elle était devenue plus belle encore. Après quelques galipettes entre les draps, Sanders en était sérieusement venu à envisager de l'épouser, mais ses parents avaient choisi ce moment pour mourir dans un accident de voiture.

Tout projet de mariage était alors devenu impossible.

Robert Lake avait fait de mauvais placements avant sa mort. Entre les dettes de son père et les frais d'hôpital, Caroline avait frisé la faillite et n'avait survécu qu'en ouvrant cette ridicule petite librairie. Si on ajoutait à ce tableau déprimant le monstre grotesque qu'était devenu son frère, on ne pouvait pas reprocher à Sanders d'avoir pris la tangente.

Après son retour à Summerville, il avait souvent pensé à renouer avec Caroline, même si elle n'avait plus d'argent.

Caroline Lake offrait beaucoup d'avantages. Elle était belle, cultivée, et on pouvait l'emmener partout. Plus son cabinet d'avocat avait pris de l'ampleur, plus Sanders avait regretté l'absence de Caroline à ses côtés lorsqu'il recevait des clients importants. Son merveilleux talent social déteignait sur lui quand ils étaient ensemble. Les rares fois qu'il était parvenu à la convaincre de l'accompagner à des rendez-vous, sa cote avait vertigineusement grimpé.

Mais elle lui avait clairement fait entendre que la première, la deuxième et la troisième de ses responsabilités consistaient à prendre soin de Toby, reléguant Sanders à une lamentable quatrième position.

C'était tout simplement inacceptable.

Chaque fois qu'il y pensait, Sanders était tout simplement horrifié. Comment Caroline pouvait-elle préférer un handicapé qui se tordait de convulsions à *lui,* et à la vie qu'il était en mesure de lui offrir ?

Il savait qu'elle avait du mal à s'en sortir, mais c'était sa faute. Elle s'entêtait à garder ce tas de briques qui lui tombait sur la tête, et malgré ses conseils refusait de vendre.

Sanders avait discrètement demandé une estimation de Greenbriars à un expert et découvert, à sa grande stupéfaction, qu'en dépit de son état, la maison de Caroline valait plus d'un million de dollars. L'architecte était quelqu'un de très célèbre, d'après l'expert. Raison de plus pour vendre, s'était dit Sanders. Cette baraque avait plus de soixante-dix ans. Caroline sombrait lentement mais sûrement dans la pauvreté et courait à la ruine. Vendre lui aurait permis de retrouver le train de vie auquel elle était habituée. Mais il n'y avait rien eu à faire : Caroline avait fièrement relevé le bout de son nez lorsqu'il lui avait suggéré de vendre, préférant rester avec son handicapé de frère.

Sanders n'en revenait toujours pas.

Il lui aurait suffi de vendre cette satanée baraque et de placer Toby dans un foyer conçu spécialement pour les gens comme lui. Ils se seraient mis ensemble – *remis* ensemble, plutôt : Sanders ne laissait jamais passer une occasion de rappeler à Caroline qu'elle lui avait fait don de sa virginité – et tous ses problèmes auraient disparu. Il le lui avait fait clairement savoir de toutes les façons possibles.

Enfin, Toby était mort à présent, Dieu merci. Cette énorme ponction de ses finances avait disparu, sans parler de la répulsion qu'il inspirait. Aujourd'hui encore, le simple souvenir de Toby – ratatiné dans sa chaise roulante, le visage tellement couvert de cicatrices qu'il ressemblait à Freddie, ses mains rétractées comme des serres – suffisait à le rendre malade.

Sanders se souvenait clairement de son dernier dîner en tête à tête avec Caroline. Il l'avait emmenée chez Max, à Bedford. Cent dollars par tête, mais c'était amplement mérité.

Caroline était en beauté ce soir-là, dans son fourreau Versace. Sanders ignorait comment elle s'y prenait pour s'offrir des robes aussi coûteuses, mais le résultat était là. Elle avait une allure sensationnelle habillée comme ça, et toutes les têtes s'étaient retournées sur elle.

Le dîner s'était déroulé à merveille. Sanders avait senti qu'elle appréciait le décor élégant et les mets raffinés qu'on leur avait servis. Il avait commandé une bouteille de châteauneuf-du-pape à deux cents dollars qu'ils avaient lentement dégusté. Caroline était détendue. Tellement éblouissante qu'il n'arrivait pas à détacher les yeux de son visage.

Une telle femme méritait cette vie de luxe – au bras d'un homme comme lui.

Elle avait refusé d'aller chez lui après le dîner, aussi l'avait-il raccompagnée et avait-il accepté de boire un dernier verre en sa compagnie.

Son épouvantable frère n'était pas encore couché. Il regardait la télé dans le salon. Caroline avait offert un verre à Sanders tout en bavardant tranquillement, avant de servir un verre de lait à son frère. Il n'était pas fichu de boire tout seul. Elle avait porté le verre à ses lèvres, mais la moitié de son contenu s'était quand même répandue sur son pyjama. Toby tétait le bord de son verre plus qu'il ne buvait – la moitié de sa bouche n'était qu'un paquet de cicatrices – en produisant des bruits de succion répugnants. Quand il essayait de parler, les sons qui franchissaient ses lèvres étaient plus abjects encore, mais Caroline avait patiemment écouté le tissu d'âneries qu'il avait éprouvé le besoin de débiter.

Lorsqu'il s'était enfin tu, elle avait posé une main sur la sienne et cette vision avait failli révulser Sanders. Cette belle main pâle et élégante sur cette… *monstruosité*.

Sanders avait vidé son verre et pris congé en fulminant intérieurement.

Mais tout cela n'était plus qu'un mauvais souvenir. Toby était mort et Caroline était libre à présent.

Et toujours aussi pauvre.

— Chouchou ? gémit Karla-Kara. Maman a froid sans son bébé…

Sanders roula des yeux.

Il devenait sans doute trop vieux pour jouer à ça. La plupart de ses clients étaient mariés. Certains en étaient même à leur deuxième ou troisième mariage. Il s'attirait de plus en plus de regards intrigués quand il révélait son statut de célibataire.

Il lui fallait une épouse. Pas une de ces bimbos qui ne servent qu'au lit jusqu'à ce qu'elles vieillissent, ce qu'elles finissent toujours par faire, très vite. Non, une *épouse*. Une belle femme qu'il serait fier d'avoir à son bras et qui entretiendrait sa maison. Qui porterait ses enfants. De beaux enfants sains et intelligents.

Une seule femme convenait pour ce rôle. Caroline Lake.

Le mois dernier, on l'avait invité à Seattle pour lui présenter deux hommes d'affaires très actifs dans la sphère politique. Après avoir sondé son opinion sur plusieurs thèmes d'actualité sujets à controverse, ils lui avaient demandé si le fait de se présenter aux élections législatives de l'année suivante serait susceptible de l'intéresser. Ils ne lui avaient pas demandé de réponse immédiate, simplement d'y réfléchir.

Sanders était fait pour la politique. Il avait l'allure, l'intelligence, l'argent et surtout les relations requis pour s'intégrer idéalement à ce monde. Il en gravirait aisément les échelons. Membre de la Chambre des représentants, gouverneur, sénateur. Il pourrait même atteindre le sommet, pourquoi pas ?

C'était son destin.

Il avait passé l'âge des frasques sexuelles. Publiquement, en tout cas. Il était temps d'enterrer sa vie de garçon. Il lui fallait la sécurité d'une vie de famille, avec femme et enfants. Une épouse de politicien devait être photogénique, gracieuse et présentable. Caroline était tout cela, et bien plus encore.

Une épouse de politicien doit être loyale et forte. Si Sanders se faisait un jour pincer dans une situation compromettante avec une stagiaire, son épouse devrait prendre son parti et le couvrir. S'il existait une femme qui ne fuyait jamais ses responsabilités et d'une loyauté à toute épreuve, presque *trop* loyale, même, c'était bien Caroline.

Oui, elle était parfaite. Elle entretiendrait sa maison avec goût, ferait une hôtesse charmante, lui donnerait de beaux enfants et placerait toujours les intérêts de sa famille avant les siens.

Le moment était venu pour eux deux.

Toutefois, il garderait ses distances pendant le week-end de Noël. Caroline devenait maussade et pénible durant cette période. Et elle devait encore porter le deuil de Toby, même si n'importe quelle personne sensée se serait réjouie d'être débarrassée d'un tel fardeau.

Il lui laisserait le temps de tourner la page.

Lundi, il passerait la voir à la librairie et entamerait le processus de reconquête. Ce ne serait pas bien difficile. Caroline était désormais seule au monde et croulait sous les dettes. Elle devait s'ennuyer, aussi. Les gens avaient tendance à l'éviter. Elle ne se plaignait jamais, mais tout le monde connaissait sa situation. Personne n'aime les gens qui ont des problèmes.

Sanders serait la réponse à toutes ses prières. À Pâques ils seraient fiancés, en juin, mariés. Juste à temps pour présenter sa candidature aux législatives.

Dans l'immédiat, il fallait qu'il se débarrasse de Karla-Kara. Maintenant qu'il avait pris sa décision, sa présence allait l'empêcher de réfléchir à son avenir.

Il prit son téléphone portable personnel et composa le numéro de son portable professionnel. Quelques secondes plus tard, la sonnerie retentit dans la chambre.

— Chouchou ? Téléphone ! stridula Karla-Kara.

Sanders serra les dents. Sa voix avait sur ses nerfs l'effet d'une craie qui crisse sur un tableau noir. Il traversa la chambre, ouvrit son portable et l'approcha de son oreille.

— Oui ? répondit-il avant d'écouter le silence en fronçant les sourcils. Quand cela ?... Bowers est au courant ?... Hin, hin... J'imagine... C'est Noël, au cas où tu ne serais pas au courant... Hin, hin... Bon, bon, comme tu voudras, conclut-il d'un ton irrité.

Il referma son portable d'un claquement sec et ramassa les vêtements qui traînaient par terre.

— Désolé, ma belle, dit-il à la femme qui faisait la moue dans son lit. Urgence professionnelle. On passe me prendre au bureau dans une demi-heure et je m'envole pour L.A.

Sa culotte et son soutien-gorge de soie rouge étaient d'une propreté douteuse. Il les lui lança.

— Dépêche-toi de t'habiller. Je t'appelle un taxi.

New York, Waldorf Astoria

Deaver fit monter dans sa chambre le menu de Noël du Peacock Alley. Salade de homard du Maine, aloyau grillé, poêlée de champignons sauvages et une bouteille de valpolicella à quarante dollars pour arroser le tout. Une folie à cent cinquante dollars, pourboire inclus, qui les valait amplement, à porter une fois de plus au crédit de la générosité d'Axel. Deaver se promit de lui porter un toast.

Une fois que les serveurs eurent disposé les plats sur le somptueux bureau de chêne, se furent inclinés et eurent silencieusement quitté la chambre,

Deaver prit une profonde inspiration et savoura l'instant.

Tout était absolument parfait : la nappe et les serviettes empesées, la porcelaine de Chine, les couverts d'argent massif et les verres en cristal. Sans parler du délicieux fumet qui s'élevait des plats.

Deaver avait grandi sur un terrain de caravanes dans la banlieue de Midland, Texas. Il avait passé son enfance à manger froid, à même la boîte, des aliments que se disputaient les cafards. Il avait dix-huit ans et s'était déjà engagé dans l'armée quand il avait découvert que les fourchettes n'étaient pas toutes de la même taille et qu'elles ne servaient pas toutes à manger la même chose.

Mais cela remontait à bien longtemps, et il s'était découvert depuis un goût prononcé pour la vie de palace. Il était fait pour cette vie-là.

Une heure plus tard, il s'essuya la bouche avec l'immense serviette en tissu couleur pêche et émit un rot discret. Parfait. Un dîner absolument parfait. Le premier d'une longue série.

Le reste de sa vie serait à l'image de cette soirée. Décor luxueux, personnel, vin, nourriture… Ce soir, il ne manquait que les femmes. Il aurait des femmes en pagaille.

Mais pas maintenant. Non. Avant cela, une passionnante partie de chasse l'attendait.

Enveloppé dans l'épais peignoir de l'hôtel, il ouvrit l'ordinateur portable qu'il avait acheté à Drake et se connecta à Internet. La page d'accueil de Google apparut à l'écran. Il se laissa aller contre le dossier de sa chaise et réfléchit en contemplant l'écran lumineux.

Le colonel avait trouvé Prescott en janvier 1996, maigre à faire peur, à moitié mort de faim et de froid, dans une benne à ordures. Deaver avait passé cet hiver-là à se geler les miches en Bosnie. Lorsqu'il avait regagné sa base, le sort de Prescott était scellé. Le colonel l'avait adopté, il avait pris vingt kilos de muscles, il révisait pour passer son bac et avait hâte de s'engager dans l'armée.

Deaver l'avait détesté au premier coup d'œil. Le colonel ne jurait plus que par lui. Ce qui était assez compréhensible quand on savait que son véritable fils, Jack, n'avait été qu'une mauviette geignarde qui avait commencé à picoler à quinze ans et s'était débrouillé pour se tuer au volant d'une voiture volée à vingt ans, emportant avec lui une famille de quatre personnes.

Force était de reconnaître que le nouveau Jack n'avait aucun penchant pour la défonce, et le colonel voyait en lui une deuxième chance d'être père.

Lorsqu'il avait pris sa retraite et avait créé ENP Security, tout le monde avait pensé qu'il embaucherait Deaver pour le seconder. Après tout, cela faisait pratiquement vingt ans qu'il servait sous les ordres du colonel. Le poste lui revenait de droit, bordel.

Mais tout ce que le colonel lui avait offert, c'était un job pouilleux assorti d'un salaire minable, même si c'était le double de sa solde. Deaver s'était attendu à un poste de responsable avec actions dans l'entreprise à la clef, et il s'était retrouvé mercenaire salarié, aussitôt expédié dans un pays en guerre pour surveiller un pipe-line, avant d'atterrir en Sierra Leone pour assurer la sécurité d'exploitants miniers bedonnants.

Pendant ce temps-là, M. Jack Prescott avait quitté les rangers et s'était vu bombardé vice-président d'ENP Security du jour au lendemain.

Deaver en brûlait encore de dépit.

Mais ce n'était pas le moment de remâcher ça. Quand on est en mission, on doit se dépouiller de toutes ses émotions. Amour, haine, vengeance – tout cela pouvait tuer plus vite qu'une balle. Non, Deaver devait réfléchir à son plan étape par étape, logiquement et rationnellement.

Première étape : s'assurer que ce rat de Prescott avait bel et bien quitté le navire.

Une demi-heure plus tard, cela ne faisait plus aucun doute. Prescott avait vendu ENP Security à une société rivale et sa maison de Monroe à Rodney et Cathy Strong, respectivement expert-comptable et coach de vie.

Son abonnement téléphonique avait été résilié ainsi que tous les autres. Et aucune vente n'avait été réalisée au nom de Jack Prescott ni en ville ni à cent kilomètres alentour.

Deaver avait du mal à le croire, mais alors qu'il venait d'hériter d'une maison splendide et d'une société prospère, Jack Prescott avait tout vendu et disparu de la surface du globe. Il avait vendu jusqu'à sa voiture.

Histoire de souffrir davantage, Deaver pirata le compte en banque de Prescott et resta un moment à contempler l'écran de son ordinateur, livide.

Ah, le bâtard !

Deaver frappa le bureau en chêne du plat de la main, puis se leva et arpenta la chambre pour essayer de retrouver son calme.

En plus de ses diamants, ce fils de pute s'était fait la malle avec un chèque certifié de huit millions de dollars ! Deaver allait récupérer ses diamants et obligerait Prescott à virer ce fric sur son compte des îles Caïmans. Après, il lui casserait tous les os un par un et lui trancherait la gorge.

Et après ça, il tuerait la femme.

Il s'écoula plus d'un quart d'heure avant qu'il soit en état de se rasseoir, mais quand il le fit, il était parfaitement concentré.

Il vérifia toutes les agences de location de voitures de la ville et des villes avoisinantes. Prescott n'avait pas loué de voiture. Il n'avait quand même pas pris le bus ! Non, il avait pris l'avion pour aller… où donc ?

Une demi-heure plus tard, Deaver avait trouvé la réponse. Une carte de crédit établie au nom de Jack Prescott avait été utilisée pour l'achat d'un aller simple de Freetown à Seattle, via Paris, Atlanta et Chicago. Mais toujours pas la moindre trace de Prescott dans une agence de location de voitures.

Néanmoins, Deaver était à présent certain de deux choses. Un, Jack Prescott était dans le Nord-Ouest et deux, il n'avait pas pris la peine d'effacer ses traces.

Ce dernier point constituait une double chance pour Deaver. Si Prescott avait effacé ses traces, il n'aurait jamais pu le localiser. D'autre part, si Prescott ne l'avait pas fait, c'était parce qu'il ne s'attendait pas à être suivi.

Or, les attaques-surprises sont celles qui ont le plus de chances de réussir.

Voyons voir, pensa Deaver en affichant un plan de l'État de Washington. Où diable es-tu passé ? Au Canada ?

Ses yeux remontèrent vers le haut de l'écran. Le plan s'arrêtait à cent cinquante kilomètres au nord de Vancouver. Il laissa tourner cette idée dans sa tête, l'étudiant sous plusieurs angles.

Non. Son passeport était valide et il n'était pas en cavale. S'il avait voulu aller au Canada, il y serait allé directement.

Prescott se comportait depuis le début comme un homme en mission et il était allé directement là où sa mission l'appelait. Il avait liquidé tous ses biens pour foncer…

Droit sur la fille – qui était à présent une femme.

Trouver cette femme, c'était trouver Prescott. Deaver en était sûr.

Il sortit les photocopies qu'il avait regardées dans l'avion et les étala sur le bureau pour les étudier attentivement. Cette fois, elles allaient lui dire où était Prescott.

Il scruta les photos aussi attentivement qu'un soldat étudie un plan de terrain ; attentivement et jusque dans le moindre détail, parce que sa survie en dépend.

La photo devait dater de 1995 au plus tard, vu que Prescott n'avait jamais été lié à aucune femme après que le colonel l'eut pris sous son aile. L'obsession que cette femme inspirait à Prescott remontait forcément à 1995, voire avant. L'article de journal était daté du 16 octobre 1995 et la photo datait peut-être de la même époque.

Deaver scruta attentivement le portrait scolaire. Très posé, comme ils l'étaient toujours. Deaver n'en avait jamais eu. Son père refusait de gaspiller de l'argent pour la bobine de son rejeton alors qu'il l'avait sous les yeux tous les jours. Mais il se souvenait de celui des autres élèves de son collège. Pour la majorité d'entre eux, il s'agissait de leur premier portrait formel et ils affichaient tous un large sourire crispé – à moins d'avoir un appareil dentaire ou de trop vilaines dents. Les filles se maquillaient à la truelle et les garçons enfilaient une vraie chemise au lieu de leur T-shirt habituel.

Le sourire de la fille, lui, était parfaitement naturel. Comme si elle avait l'habitude d'être photographiée. Elle ressemblait à des millions d'autres collégiennes, même si elle était plus jolie que la plupart. Longues boucles blond vénitien. Dents régulières et impeccablement blanches. Sweater rose pâle et petit collier de perles ras du cou. Aucune indication de ce à quoi pouvait ressembler son corps, si ce n'est une impression générale de sveltesse.

Deaver reporta son attention sur la photo où elle était assise au piano, vêtue d'un sweater et d'une jupe longue qui laissaient deviner un corps parfait, alors que son visage était de profil.

Il regarda le haut de la page :... *ville Gazette*.

Bon, il avait déjà un État pour commencer : Washington. Pourquoi Prescott serait-il allé à Seattle, si ce qu'il cherchait se trouvait dans un autre État ?

Deaver afficha la liste des municipalités de l'État de Washington. Dix-sept villes. Quatre-vingt-douze municipalités. Quatre seulement se terminant en « ville ». Aucun journal intitulé *Gazette* n'y était publié.

Deaver se laissa aller contre le dossier de son siège et réfléchit furieusement.

Il était peut-être en train de perdre son temps. Caroline Lake avait été une jolie jeune fille et si elle était devenue une belle jeune femme, elle était certainement mariée depuis longtemps. Elle pouvait très bien être devenue Caroline Warner de Las Vegas, ou Caroline Yoo de San Francisco, ou Caroline Steinberg de New York.

Il ferait mieux de se focaliser sur Jack, qui n'avait pas pris la peine d'effacer ses traces. Ou même de se terrer dans cette chambre tant que la carte de crédit d'Axel le lui permettrait, jusqu'à ce que Prescott utilise à nouveau la sienne.

Sans trop y croire, Deaver tapa dans la barre Google la recherche *journal Gazette Washington 1995* et… Bingo ! La solution se matérialisa sous ses yeux. Stupéfait de sa découverte, il approcha son nez à deux centimètres de l'écran. Béni soit Internet ! Tout était là, noir sur blanc. La *Summerville Gazette*, torchon local d'une petite ville du même nom qui avait cessé de paraître en 2002, existait bel et bien en 1995.

Deaver plissa les yeux et se pencha au-dessus du clavier. Il tapa *Caroline Lake Summerville Washington* dans la barre Google et obtint dix résultats concernant une Caroline Lake, libraire à Summerville, qui organisait des séances de dédicaces et jouait du piano à l'église. Histoire d'être complètement sûr, il cliqua sur *images* et vit apparaître une quinzaine de photos de Caroline Lake. La Caroline Lake de Jack Prescott. Toujours aussi belle et... célibataire.

Jack Prescott était à Summerville. Il en aurait mis sa couille gauche à couper.

Deaver se mit à pianoter furieusement sur son clavier pour réserver une place sur le premier vol pour Seattle, et jura comme un charretier en découvrant qu'il ne pourrait pas y être avant vingt et une heures le lendemain. La plupart des vols étaient complets jusqu'après le Nouvel An, et le vol qu'il finit par dégotter mettrait douze heures pour aller de Newark à Seattle avec changements à Atlanta et Chicago. Il n'y avait rien de mieux.

Bon, l'essentiel, c'était d'être sur place lundi matin.

Il contempla une fois de plus la photo de Caroline Lake. C'était vraiment une très belle femme. Prescott serait encore là-bas lundi matin. Oh que oui. Le petit coco n'allait pas bouger d'une oreille.

11

Summerville

Le grand dîner de Noël que Caroline avait prévu de faire demeura à l'état de projet.

Après sa crise de larmes, elle avait sombré dans un profond sommeil, assez proche du coma. Quand elle émergea, elle était toute seule dans le lit. Dehors, il faisait nuit noire et elle ignorait combien de temps elle avait dormi.

Dans la chambre, la seule lumière provenait du couloir. Allongée sur le lit, Caroline regarda le plafond et tâcha de mettre de l'ordre dans ses émotions. Elles étaient tellement emmêlées qu'il était impossible de déterminer laquelle était la plus forte : honte, gêne ou soulagement ?

Elle avait un peu honte, mais pas tant que cela. Oui, elle avait un peu honte d'avoir pleuré sur l'épaule de Jack, un homme qu'elle connaissait à peine, même s'ils avaient fait l'amour ensemble. Elle était surtout gênée. Pleurer comme ça, non pas après, mais en plein orgasme, c'était extrêmement gênant.

Mais elle se sentait aussi immensément… apaisée. Comme si les larmes avaient lavé quelque chose de noir et sale en elle, la laissant défaite, vannée et vide – mais pas triste. La tristesse était partie. La tristesse avait été sa compagne de tous les instants ces dernières années et Caroline ne se reconnaissait plus elle-même, maintenant qu'elle avait disparu.

Elle se sentait reposée, régénérée et... affamée. Elle passa dans la salle de bains pour poser une compresse d'eau froide sur ses yeux, prit une douche rapide, enfila un jogging rouge cerise et quitta la chambre.

Jack apparut subitement au pied de l'escalier qu'elle n'avait qu'à moitié descendu. Elle ne l'avait pas vu ni entendu arriver.

Leurs regards se croisèrent, et Caroline sentit son cœur cogner dans sa poitrine.

Il la contempla de ses yeux sombres d'une façon aussi impersonnelle qu'un soldat cherchant à déceler les éventuelles blessures d'un camarade de tranchée. Visiblement satisfait de son inspection, son regard se fit chaleureux.

— Bonjour, dit-il d'une voix parfaitement posée.

— Bonjour, répondit Caroline d'une voix qui lui parut essoufflée.

Il la rejoignit, grimpant les marches deux à deux, et s'arrêta une marche en dessous d'elle, plaçant son visage presque au même niveau que celui de Caroline. Un visage fascinant – d'une virilité accomplie.

— Comment te sens-tu ? demanda-t-il, son regard fouillant le sien.

— Beaucoup mieux. Quoiqu'un peu gênée d'avoir pleuré sur ton épaule comme je l'ai fait.

— Tu n'as aucune raison de l'être, lui assura-t-il avec un demi-sourire, avant de soulever sa main pour la porter à ses lèvres et la poser sur son épaule. Considère que cette épaule est à toi.

C'était bon à savoir. L'épaule de Jack s'était révélée remarquablement solide. Caroline caressa le muscle ferme sous le tissu du sweat-shirt. Elle l'avait serré dans ses bras à plusieurs reprises, mais ses muscles d'acier l'impressionnaient toujours autant.

Sa main gambada légèrement sur l'arrondi de l'épaule et le souvenir de sa peau nue l'assaillit. Sans ses vêtements, la puissance de son corps était presque effrayante. Caroline n'avait jamais rencontré personne qui dégage une telle impression.

Elle l'observa et sa main glissa jusqu'à son torse. Ses longs cheveux bruns adoucissaient les traits de son visage quand il ne les attachait pas. Il n'était pas facile de lui donner un âge, mais Caroline avait l'impression qu'il devait être assez proche du sien. La peau de son visage était aussi tannée que celle d'un vieux loup de mer, et de fines cicatrices marquaient le coin de ses yeux.

Il s'était rasé ce matin-là – Caroline se souvenait d'avoir entendu le vrombissement de son rasoir électrique – mais un début de barbe bleuissait déjà son menton. Portait-il la barbe quand il était en Afghanistan ? Sur les images qu'elle avait vues à la télé, les gardes du corps du président étaient tous barbus.

D'où venait-il ? Jack Prescott. C'était un nom bien ordinaire pour un homme tel que lui. Sa peau et ses yeux étaient si sombres qu'il avait peut-être du sang hispanique, mais ses pommettes haut perchées l'incitaient à penser qu'il devait compter parmi ses ancêtres des Indiens d'Amérique.

Caroline aurait pu contempler son visage pendant des heures. Elle était fascinée. Elle n'avait jamais rencontré quelqu'un d'aussi extraordinaire et pourtant, chaque fois qu'elle l'observait, l'étrange sensation de déjà-vu ressurgissait.

Cette impression devait résulter de l'intimité de leur relation, elle ne voyait pas d'autre explication. Ils avaient court-circuité la phase où l'on fait connaissance, et elle s'était imprégnée de son image en faisant l'amour avec lui. C'était pour ça qu'elle avait la sensation de le connaître depuis toujours. Un effet de déjà-vu sexuel, en quelque sorte.

— Descendons, dit Jack en passant le bras dans son dos.

Caroline songea qu'il avait dû trouver étrange qu'elle le dévisage aussi longtemps. Pour se faire pardonner, elle allait préparer un dîner fabuleux.

— Qu'est-ce qui te ferait plaisir pour dîn...

Caroline s'interrompit subitement. Il manquait quelque chose. Ils descendaient l'escalier et il manquait quelque chose. Il aurait dû se produire un...

— L'escalier ! Tu as réparé la marche ! Oh, mon Dieu !

Elle pivota sur elle-même et, dans un élan de gratitude, passa les bras autour de son cou.

— Merci, Jack ! Oh, merci !

Cette réparation figurait sur la liste de ses urgences. En quatre cent soixante-seizième position sur la liste des choses à réparer de façon urgentissime. Mais elle savait qu'elle ne pourrait pas le faire tant qu'elle n'aurait pas un peu d'argent d'avance. Autant dire jamais.

Jack la serra contre lui.

— Si j'avais su que tu réagirais comme ça, j'aurais réparé tous tes escaliers. Ils craquent tous un peu. Mais j'ai aussi réparé les étagères de la salle de bains, la rampe et le bouton de porte du bureau. Qu'est-ce que je gagne ?

Il la taquinait ! Caroline n'aurait jamais imaginé que Jack puisse la taquiner. Non seulement il la taquinait, mais il... Non, il ne souriait pas à proprement parler, mais ses yeux brillaient et un coin de sa bouche s'était relevé.

— Mon héros ! s'écria-t-elle en battant exagérément des cils.

Elle se hissa sur la pointe des pieds et déposa un baiser sur ses lèvres.

Jack se raidit. Elle sentit ses muscles se contracter, et ses grandes mains se plaquèrent sur ses omoplates pour l'attirer contre lui.

Sa bouche s'empara de la sienne.

Elle renversa légèrement la tête, le cœur battant follement, et se laissa complètement submerger par les délicieuses sensations qu'éveillait ce baiser.

Chaque caresse de sa langue déclenchait une pluie d'étincelles dans son corps, tout spécialement au creux de ses cuisses. Il cueillit son visage entre ses mains et l'inclina de façon à plonger plus profondément sa langue dans sa bouche. Sous ses caresses, Caroline sentit cette fois son vagin *palpiter*. Oh, mon Dieu, jamais encore elle n'avait ressenti un désir aussi puissant en embrassant un homme.

Elle s'écarta et scruta attentivement son visage, bouleversée par le pouvoir qu'il exerçait sur son corps. Elle avait apparemment le même effet sur lui. Sous la peau cuivrée, ses pommettes avaient distinctement rougi et contre son ventre, le sexe de Jack était aussi rigide qu'une colonne de marbre.

Caroline passa nerveusement la langue sur ses lèvres. Les yeux de Jack suivirent attentivement ce mouvement et elle l'entendit respirer très fort. Quand elle humecta à nouveau ses lèvres, son sexe pressa sur son ventre.

Qui gargouilla.

Surprise, elle leva les yeux vers lui en rougissant.

— Désolée, balbutia-t-elle, mortifiée.

Son corps formulait deux exigences parallèles. Elle avait aussi faim qu'elle avait envie de faire l'amour, et sa tête n'arrivait pas à suivre.

— C'est signe qu'il est temps que je prépare le dîner.

— J'ai une autre idée, répondit-il en déposant un baiser au coin de ses lèvres. Tu ne cuisines pas. On charge un plateau et on l'emporte au salon. J'allume un feu et on fait un pique-nique de Noël devant la cheminée.

Il se pencha à nouveau vers elle et fit glisser ses lèvres le long de son cou.

— Je ne veux pas que tu passes des heures dans la cuisine. Je veux que tu passes des heures avec moi.

Caroline eut l'impression de fondre. La caresse de ses lèvres avait sur elle autant d'effet que la caresse de ses mots. Comment quelque chose d'aussi simple pouvait-il la mettre dans un état pareil ?

— C'est une merveilleuse idée, Jack, mais j'ai fait flamber les dernières bûches hier soir. Si on veut faire du feu, il faudra que j'aille en ch...

— Tût-tût, l'interrompit-il en fronçant les sourcils. C'est moi qui irai chercher du bois au garage. Et après ça, on mange ! ajouta-t-il en la prenant par la main pour descendre l'escalier.

Caroline posa l'autre main sur la rampe et constata qu'elle tenait parfaitement bien. Jack la gratifia d'un petit sourire en coin.

— Tu as fait du bon travail.

— Oui, j'ai fait des études de réparateur de rampes d'escaliers. J'ai obtenu mon diplôme avec mention.

C'était peut-être vrai. Il avait bien un diplôme de réparateur de chaudière.

Caroline sentait qu'il avait un excellent niveau d'éducation. Il s'exprimait bien et le monde ne semblait pas avoir de secrets pour lui. Sans doute parce qu'il l'avait exploré jusque dans ses recoins les moins fréquentables.

C'était un ancien officier. Caroline était pratiquement sûre qu'il le lui avait dit. Les officiers sont diplômés du supérieur, non ? Qu'avait-il bien pu étudier ?

Caroline ressentit soudain une vive curiosité pour cet homme qui avait surgi de nulle part pour lui faire l'amour et tout réparer dans sa maison.

— Où est-ce que tu as fait tes...

Mais Jack traversait déjà la cuisine pour aller chercher du bois au garage.

— Dépêche-toi d'apporter de quoi manger. Moi aussi, je meurs de faim ! lança-t-il par-dessus son épaule.

Caroline entassa toutes sortes de bonnes choses sur deux grands plateaux – fromages, pain complet, pain de maïs, rosbif froid, jambon fumé, beurre, une tomate tranchée arrosée d'un filet d'huile d'olive, laitue et roquette, bâtonnets de carotte et de céleri accompagnés de sauce au yaourt épicée, olives à la grecque et deux tranches de gâteau au chocolat. Le temps qu'elle les apporte au salon, Jack avait remonté assez de bois pour garnir la cheminée pendant une semaine. Caroline avait horreur d'aller chercher du bois. C'était une corvée rude et salissante, mais Jack l'avait accomplie en un clin d'œil.

Elle avait du mal à regarder ce qu'il était en train de faire. Accroupi devant l'âtre, Jack allumait un feu. Son jean moulait ses cuisses musclées et les flammes cernaient son dos d'un halo écarlate, exactement comme la veille. Avec un peu de chance, Caroline jouirait de cet envoûtant spectacle tout l'hiver.

Ses mouvements étaient souples, gracieux. Il venait d'allumer une somptueuse flambée en un temps record.

Caroline recula et contempla, ravie, les mets qu'elle avait disposés sur la table basse. Elle alluma quatre bougies rouges qu'elle disposa aux coins de la table. Cela ressemblait à un vrai dîner de Noël.

Jack se redressa, se frotta les mains, posa les yeux sur la table, puis se tourna vers elle.

— C'est joli, dit-il.

— N'est-ce pas ? Je crois qu'il ne manque rien. Oh, si ! Le vin ! Je vais descendre en chercher à la cave.

— Je m'en occupe. Y a-t-il une bouteille que tu souhaites particulièrement ?

Son père débouchait toujours une bouteille de bordeaux à Noël.

— Remonte un bordeaux. Tu en trouveras sur le mur du fond. La cave est…

Il avait disparu avant qu'elle ait eu le temps de lui expliquer que la porte de la cave était à côté de celle de la cuisine.

Il faisait nuit dehors. La journée avait filé sans qu'elle s'en rende compte et c'était déjà le soir de Noël. La journée qu'elle avait tant redoutée depuis la mort de Toby était déjà presque finie.

Aucun bruit ne provenait de la rue. D'habitude, on entendait une voiture passer de temps en temps ou un chien aboyer. La paix dans le monde était peut-être enfin devenue une réalité ? Caroline alluma la chaîne des informations, mais l'écran était neigeux. Elle changea de chaîne. CBS, NBC, CNN, tout était neigeux.

Elle s'apprêtait à zapper sur les autres chaînes quand la télécommande disparut de ses mains et l'écran s'obscurcit.

— Je ne suis pas encore prêt pour le monde extérieur, dit Jack en posant la télécommande d'une main et en agitant une bouteille de vin de l'autre. Je crois qu'on devrait fêter Noël à l'écart de la rumeur du monde.

— D'accord. La télé ne marche pas, de toute façon. Il manque encore un tire-bouchon.

L'instrument requis apparut dans sa main comme par magie et Caroline éclata de rire. La bouteille émit un *pop* de bon aloi lorsqu'il la déboucha, et Jack leur en versa un demi-verre tandis que Caroline remplissait les assiettes.

Ils mangèrent avec un bel appétit, et il ne resta bientôt plus une miette de toutes les bonnes choses qu'elle avait apportées. La bouteille de vin était presque terminée. Le bordeaux était excellent ; Caroline n'aurait pas mieux choisi si elle était descendue à la cave elle-même.

Elle se blottit dans les bras de Jack avec un soupir d'aise, les orteils de ses pieds nus calés sur le rebord de la table basse. Dans l'âtre, les bûches crépitaient et sifflaient joyeusement.

Elle n'avait aucune idée de l'heure et ne s'en souciait pas. Elle renversa la tête en arrière contre le bras de Jack et leva les yeux vers l'homme grâce auquel elle venait de passer un merveilleux Noël.

— Où étais-tu pour Noël, l'année dernière ?

Jack finit son verre, le reposa délicatement sur la table, puis fit glisser le dos de son index le long du cou de Caroline, de haut en bas et de bas en haut.

— J'étais en mission en Afghanistan, où Noël n'existe pas. Et s'il existait, il n'annoncerait pas l'arrivée d'un jour de paix. Les seigneurs de guerre auraient été ravis de faire la peau à Habib un jour de fête du calendrier chrétien. Le jour de Noël s'est déroulé de façon identique aux deux cent vingt jours que j'avais déjà passés dans ce pays. Un service de douze heures, un plat de chèvre bouillie comme les autres jours, sans vin pour l'accompagner parce que l'alcool est interdit en Afghanistan, et la rediffusion d'anciens épisodes de *Lost*.

Il plaqua un baiser sur son oreille.

— Et toi ? Où étais-tu à Noël dernier ?

— Ici, soupira Caroline. Avec Toby.

— Qu'est-ce que vous avez fait ?

— Les deux premières années après l'accident, j'ai essayé d'inviter des gens à Noël. On était très déprimés ce jour-là, Toby et moi, et je pensais que ça nous remonterait le moral.

Caroline s'interrompit. Elle se souvint que la présence de Toby mettait les invités mal à l'aise. Elle avait beau les régaler d'un véritable festin, ils s'empressaient de prendre congé sitôt le café servi.

Quel douloureux contraste, en comparaison des Noëls précédents ! De l'époque où les festivités chez les Lake duraient plusieurs jours, où toutes les chambres d'amis étaient occupées, où on faisait bombance et où la maison retentissait d'éclats de rire.

— Et alors ? Ça s'est bien passé ? demanda-t-il en scrutant son visage, comme si sa réponse avait à ses yeux une importance capitale.

— Assez bien, oui. Au début, en tout cas. Toby contrôlait à peu près ses mouvements, les premières années. Mais quand son état physique s'est détérioré, notre popularité... a chuté. Au fil des ans, on a fini par fêter Noël tout seuls. Je décorais le sapin et je jouais des cantiques, on regardait la télé et on jouait aux échecs. Toby est... *était* un excellent joueur d'échecs. Je prenais une déculottée à chaque fois.

La main de Jack pressa vivement son épaule et Caroline leva vers lui un regard surpris. La lueur des flammes faisait danser de petits points lumineux dans ses yeux sombres.

— Je suis un piètre joueur d'échecs, mais j'aimerais m'améliorer rien que pour avoir le plaisir de te mettre une déculottée, murmura-t-il à son oreille d'une voix si caressante et sensuelle que Caroline en eut la chair de poule.

Le désir surgit en elle avec la violence d'une décharge électrique, qui se répercuta jusqu'au bout de ses orteils. Ce fut un miracle que ses cheveux ne se dressent pas sur sa tête, comme ceux d'un personnage de dessin animé qui met les doigts dans une prise de courant. Caroline avait cru que le vin lui avait échauffé le sang, mais aucun bordeaux au monde ne pouvait rivaliser avec l'ardent regard de Jack.

La chaleur se répandit dans tout son corps avant de se concentrer au niveau de ses seins et de son entrejambe. Il l'avait à peine touchée, ne l'avait même pas embrassée, et son corps s'apprêtait déjà à le recevoir.

Jack s'en rendit compte. Évidemment. Aucun détail ne lui échappait.

— D'un autre côté, chuchota-t-il en l'attirant tout contre lui, je n'ai peut-être pas besoin de te battre aux échecs pour ça…

Sa bouche s'empara de la sienne et il l'embrassa longuement. Souple et languide, sa main glissait de sa hanche à sa cheville, puis remontait lentement. Au troisième passage, elle s'immisça sous l'élastique du pantalon pour caresser ses fesses. Le contact de cette grande main tiède sur sa peau était très excitant et à chacun de ses passages, elle s'aventurait un peu plus loin, inexorablement, jusqu'à ce que ses doigts effleurent la zone la plus sensible de sa peau. Elle sentit son doigt glisser en elle à l'instant précis où sa langue s'enfonçait plus profondément dans sa bouche.

Son doigt la caressait doucement, savamment, et son pouce caressait son clitoris.

Le souffle de Caroline se bloqua dans sa gorge, et Jack s'immobilisa. En un clin d'œil, son jogging et sa culotte disparurent. Caroline n'avait pratiquement pas réalisé qu'il la déshabillait. Elle savourait son baiser et la caresse de ses doigts et, l'instant d'après, elle sentait la chaleur de la flambée sur la peau nue de ses fesses et de son dos.

Dans le même temps, il avait trouvé le moyen de se déshabiller, et Caroline ne comprenait pas comment il s'y était pris, car à aucun moment elle n'avait senti ses mains s'écarter d'elle.

— Prends-moi doucement, dit-il en l'installant à califourchon sur lui, plaçant les lèvres de son sexe au-dessus de son érection monumentale. Prends-moi en toi.

— D'accord, murmura-t-elle.

Jack exhala un soupir lorsque son sexe entra en contact avec sa fente humide, et il souleva la tête pour appuyer son front contre celui de Caroline.

Elle tenait son sexe entre ses mains, et il enfla sous ses doigts quand elle le fit lentement glisser sur sa fente.

— Encore, haleta-t-il d'une voix tremblante. Refais ça encore une fois.

Caroline vit une goutte de sueur couler le long de sa joue depuis sa tempe. Il ne faisait pourtant pas si chaud que ça. Ce qui le faisait trembler et transpirer ainsi, c'était le self-control qu'il s'imposait pour la laisser lui imposer son rythme.

Les poings violemment serrés sur le canapé, il réprimait son envie de la toucher.

D'une subtile ondulation des hanches, Caroline glissa de deux centimètres sur son sexe, puis remonta. Un grondement roula dans la gorge de Jack, mais il ne bougea pas. Son corps était tellement brûlant que c'était un miracle si de la vapeur ne s'en élevait pas. Son sexe était aussi rigide qu'une barre d'acier sous les doigts de Caroline.

Nouvelle glissade, nouveau soupir, plus proche du gémissement cette fois, et il laissa retomber sa tête sur le canapé, les yeux fermés. Le contrôle qu'il exerçait sur lui-même excitait violemment la jeune femme.

— Vas-y, je t'en supplie, dit-il d'une voix gutturale.

Caroline partageait ce douloureux désir. Les mains enserrant la base de son sexe, elle s'empala sur lui, s'absorbant dans la délicieuse sensation de son gland d'abord, puis de la longue colonne rigide de son sexe qui la pénétrait. Quand elle s'immobilisa, les poils rugueux de sa toison chatouillèrent la peau sensible de ses cuisses.

Elle rouvrit les yeux qu'elle avait fermés pour mieux savourer la sensation, et découvrit qu'il braquait sur elle un regard étincelant de désir. Sans lâcher son regard, Caroline s'inclina lentement pour effleurer sa bouche de ses lèvres. Tout dans son visage était dur : ses pommettes taillées à la serpe, le contour ferme de sa mâchoire, ses narines palpitantes. Tout, sauf sa bouche. Elle avait l'air aussi dure que le reste de son visage, mais était merveilleusement douce sous ses lèvres.

Elle l'incita à s'ouvrir et l'explora avec la langue. Lorsqu'elle entra en contact avec la sienne, un grondement remonta dans la poitrine de Jack et elle sentit son sexe vibrer en elle, comme s'il cherchait à s'étirer davantage.

Caroline ferma les paupières.

Elle n'avait jamais rencontré d'homme aussi fort que Jack Prescott, n'en avait même jamais *vu*. Il possédait une incroyable aura de puissance. Sur le plan physique, Caroline ne pouvait espérer se mesurer à lui, et pourtant, à cet instant précis, elle se sentait mille fois plus forte que lui.

Elle se faisait l'effet d'être la reine du monde, donnant des ordres à un guerrier disposé à honorer le moindre de ses désirs.

Elle caressa à nouveau sa langue et quand elle le sentit remuer en elle, elle se pressa contre lui. Le souffle de Jack jaillit dans une explosion silencieuse.

— Tu aimes ça ? demanda Caroline en faisant glisser ses mains dans ses longs cheveux, incurvant légèrement les doigts pour les tirer, pas assez pour lui faire mal, juste assez pour qu'il ressente un tiraillement.

— Mon Dieu, oui, marmonna-t-il d'une voix rocailleuse.

— Et ça ?

Elle se souleva légèrement sur les genoux pour remonter sur son sexe, puis retomba sur lui.

— Tu aimes ça ?

— Oui, oh oui ! haleta-t-il.

Caroline avait envie de le torturer un peu, d'explorer cette sensation de pouvoir qu'elle avait sur lui et qui était tellement excitante. Elle savait très bien qu'elle ne pouvait l'exercer que parce qu'il le lui avait volontairement cédé, mais la sensation n'en était pas moins délicieuse.

C'était compter sans la réaction de son propre corps. De légers frissons s'étaient déjà emparés de ses cuisses, son vagin se contracta une première fois, suivie d'une autre... La chute dans l'orgasme s'annonçait.

Caroline en prit joyeusement son parti et se laissa langoureusement glisser sur son sexe de haut en bas et de bas en haut. Elle perçut les tremblements de Jack. Ils s'accordaient exactement aux siens.

— Ça aussi ? chuchota-t-elle.

— Caroline... Je ne peux pas... Je suis désolé. Je vais...

Les poings qui étaient restés fermés sur le canapé s'ouvrirent, se posèrent sur ses hanches afin de l'immobiliser, et Jack reprit possession d'elle d'une vigoureuse poussée.

Caroline grimaça et il s'arrêta aussitôt, haletant. Ses grandes mains s'écartèrent de ses hanches.

— Je ne dois pas te toucher, souffla-t-il. Je ne veux pas te faire mal.

Caroline allait devoir reprendre les rênes de la situation.

Elle fit ployer son buste au-dessus de lui, noua les mains derrière son cou pour conserver son équilibre et fit lentement onduler ses hanches tout en lui mordillant le lobe de l'oreille.

Jack tourna la tête et s'empara voracement de sa bouche, ses hanches s'accordant au rythme de Caroline.

Il accéléra subtilement la cadence et elle se sentit complètement en phase avec lui. Un éclair de chaleur la submergea, suivi d'un autre et soudain, les contractions du plaisir se déclenchèrent, si intenses qu'elles en étaient presque douloureuses.

Un soubresaut parcourut le corps de Jack au même instant et il éjacula en elle à traits puissants.

Des gémissements s'échappèrent de leurs bouches scellées, et Caroline eut l'impression de respirer à travers les poumons de Jack.

Elle mit longtemps à s'apaiser, mais quand la tension de son corps se dissipa enfin, elle se laissa aller contre lui et blottit sa tête au creux de son épaule.

Le sexe de Jack était toujours fiché en elle, rigide. Caroline s'appliqua à la plus parfaite immobilité. Tant qu'il était en elle, le moindre mouvement risquait d'irriter sa peau hypersensible, sur la lame du rasoir d'une excitation tellement violente qu'elle faisait mal.

Jack le devina et n'essaya pas de recommencer à lui faire l'amour. Au bout de quelques minutes, il se contenta d'étendre le bras pour attraper le châle qui recouvrait le dossier du canapé et le rabattre sur elle, l'entourant ensuite de son bras.

Caroline se pelotonna plus étroitement contre lui, comblée et détendue.

Bien qu'alanguie de plaisir, elle avait une conscience aiguë de tout ce qui l'entourait. Les parfums exacerbés de leurs corps mêlés à la riche odeur du feu de bois. Le contact des muscles fermes du torse et du ventre de Jack lorsqu'ils respiraient. Ses cheveux soyeux qui caressaient sa joue. Un goût de sel sur les lèvres.

Mais elle avait surtout conscience d'une immense émotion qui la submergeait, lumineuse et entièrement nouvelle.

Elle mit plusieurs minutes à réaliser qu'il s'agissait du bonheur.

12

Summerville

Traverser le continent lui avait pris tout le dimanche, et quand son avion atterrit à l'aéroport de Seattle en pleine tempête de neige, Deaver venait seulement d'accomplir le premier pas du parcours qui lui permettrait de récupérer ses diamants.

Il avait deux nouvelles identités : Frank Dawson, représentant en matériel agricole originaire d'Iowa, et Darell Butler, agent spécial du FBI. Elles n'étaient pas très solides, mais Deaver n'avait pas l'intention de les utiliser plus d'une semaine. Deux au maximum.

Le passeport de Dawson lui permettrait de rejoindre les îles Caïmans. Une fois qu'il aurait récupéré ses diamants, il louerait une voiture pour aller à Tijuana, se débarrasserait du véhicule, s'envolerait pour l'aéroport international de Grand Cayman et réfléchirait sérieusement à l'offre de Drake.

Il avait été stupéfait que Drake soit au courant, mais il savait que le Russe ne devait sa fortune qu'à son intelligence. Drake ne se contentait pas de vendre des armes et des faux papiers. Ce qui se négociait le mieux, c'étaient les renseignements. Où qu'il soit, un flot d'informations affluait jusqu'à Drake en permanence, aussi régulièrement qu'un fleuve se déverse dans la mer.

Une demi-heure après son arrivée, Deaver était dans un entrepôt de la banlieue de Seattle et recevait tout ce qu'il avait commandé à Drake, assorti d'un petit stock de munitions supplémentaires – cadeau de la maison.

Trois heures plus tard, il gagnait Summerville au volant d'une voiture de location. Il avait réservé une chambre dans un Holiday Inn au nom de Darell Butler, et prévenu qu'il arriverait tard. Avant de s'y rendre, il avait quelque chose à faire.

Le plan de la ville qu'il avait étalé sur le siège du passager lui permit de localiser rapidement la maison de Caroline Lake. Elle était située dans le quartier chic où s'élevaient de somptueuses villas.

Il parcourut la rue et étudia attentivement la maison. C'était une des plus belles du quartier, gracieuse, tout en étant très grande. Pas de mur d'enceinte, rien qu'une butte enneigée traversée par une allée conduisant à la porte d'entrée. Elle avait été dégagée, ainsi que l'accès au garage.

Dix minutes plus tard, il repassa devant la maison en essayant de repérer un éventuel dispositif de sécurité, mais la lumière des réverbères n'était pas assez forte pour voir si les fenêtres étaient équipées de mouchards, ni à quoi ressemblait la serrure de la porte. Il aurait fallu s'approcher, ce qui aurait laissé des empreintes dans la neige. Si Prescott était là, il les remarquerait immédiatement.

La seule chose qu'il pouvait affirmer avec certitude, c'était qu'il n'y avait pas de caméra de surveillance.

La belle Caroline Lake était peut-être de nature confiante.

Un bon point pour lui. Jack Prescott était un homme difficile à briser. La confiante Caroline Lake serait le marteau qui permettrait à Deaver de l'écraser.

Satisfait de ce premier repérage, il prit la direction de son hôtel.

Demain, la dernière partie commencerait.

Lundi matin, Caroline observa le ciel pour tâcher d'évaluer le temps qu'il ferait. Il ne neigeait plus, mais un ciel gris ardoise à huit heures du matin n'augurait rien de bon.

Neigerait-il ? Elle n'avait pas pu consulter le bulletin météo. La radio et la télé étaient en panne, et remonter dans sa chambre pour faire une recherche sur Internet lui prendrait trop de temps. Elle n'était déjà pas en avance.

Elle devait aller travailler et Jack avait des choses à faire en ville. Il avait enfilé sa veste et semblait impatient de se mettre en route.

Caroline plaqua un sourire sur ses lèvres. Les lundis matin n'étaient jamais faciles, mais celui-là était plus difficile que les autres.

Si elle en avait été capable, Caroline aurait rembobiné le film de sa vie pour revivre le dimanche qu'ils avaient passé à faire l'amour. Enfin, *elle* n'avait fait que cela. Jack, lui, avait trouvé le moyen de réparer la fuite de la machine à laver et l'étagère de sa chambre, de huiler la porte du garage et dégager à nouveau l'allée. Pendant ce temps-là, il avait donné l'ordre à Caroline de rester assise devant la cheminée avec un livre et un plaid.

Lorsque Jack voulait quelque chose, il était impossible de le lui refuser. Il l'avait seulement autorisée à cuisiner et avait englouti tout ce qu'elle avait placé devant lui. Ils avaient fait l'amour devant la cheminée, sous la douche et plusieurs fois dans son lit, après quoi Caroline avait dormi comme un bébé.

Elle avait eu l'impression de vivre ce week-end dans une bulle magique, totalement coupée du monde et de ses tracas. Malheureusement, cette parenthèse enchantée se refermait, et Caroline allait devoir les conduire en ville sur une chaussée verglacée avec des pneus lisses et sans roue de secours.

— Il fait vilain, soupira-t-elle.

Jack consulta sa montre et fronça les sourcils. La sonnette de la porte d'entrée retentit.

— Pas trop tôt, marmonna-t-il en allant ouvrir.

Un jeune homme se tenait sur le seuil, tenant à la main un formulaire et un trousseau de clefs. Derrière lui, Caroline aperçut un gros 4×4 garé dans l'allée. Jack signa le formulaire et prit les clefs. Quand il referma la porte, il s'approcha d'elle et agita le trousseau sous son nez.

— Des pneus neufs ! s'écria-t-il avant de déposer un rapide baiser sur ses lèvres.

— Quoi ?

— Je l'ai loué pour la semaine, expliqua-t-il en désignant le 4×4 du pouce. Le temps d'acheter une voiture neuve. Conduire avec des pneus lisses par ce temps est vraiment trop dangereux. Je t'accompagnerai et je passerai te prendre à la librairie jusqu'à ce que le temps s'améliore.

Deux jours plus tôt, Caroline aurait objecté, ne serait-ce que par fierté. Mais elle avait failli les tuer vendredi, et elle préféra se taire. Jack l'aida à enfiler son manteau.

— Tu ne vas pas avoir froid, comme ça ? demanda-t-elle en montrant sa veste en jean.

— Je compte m'acheter des vêtements adaptés au climat aujourd'hui même.

— Le magasin de vêtements le moins cher est Posy's. Comme les soldes de Noël ont débuté, tu trouveras sûrement des affaires intéressantes. Tu peux aussi aller faire un tour à The Clothes Factory, sur State Street. C'est une boutique d'occasion et ils ont de belles choses. J'y vais souvent. Rien qu'à te regarder, j'ai froid, conclut-elle en serrant ses bras autour d'elle.

Jack posa sur elle son regard sombre et indéchiffrable.

— Je ne suis pas frileux, répondit-il doucement. Ne te fais pas de souci.

Souci. Caroline faillit soupirer. Sa vie n'était plus qu'une succession de soucis depuis si longtemps qu'elle avait oublié ce que c'était de ne pas en avoir. Elle leva les yeux vers lui.

— Je n'ai pas envie de sortir, murmura-t-elle.

Jack lui prit la main et la porta à ses lèvres.

— Je comprends, répliqua-t-il simplement.

Dehors, il faisait froid et le jour était blafard. C'était un autre monde. Un monde fait de problèmes et d'obstacles. À l'intérieur, Caroline se sentait en sécurité, rien ne pouvait l'atteindre.

Elle encercla la taille de Jack de ses bras et se laissa aller contre lui. Aussitôt, il l'enlaça. L'avantage de sa veste légère, c'était qu'elle lui permettait d'entendre le battement de son cœur, puissant et régulier.

Elle eut soudain l'impression que ce week-end n'avait été qu'un mirage. Elle avait peut-être inventé Jack Prescott de toutes pièces, parce qu'elle était seule et déprimée.

— Tu ne peux pas savoir ce que ce week-end a signifié pour moi, dit-elle en se blottissant contre lui.

Le bonheur qu'elle avait éprouvé se dissipait comme la fumée d'une cigarette dans l'atmosphère. L'idée de franchir la porte la terrifiait, comme si elle allait quitter un château enchanté pour affronter des tigres et des lions. Jack embrassa le sommet de sa tête avant de s'écarter d'elle.

— Soit on y va maintenant, soit on se recouche, déclara-t-il. C'est à toi de décider.

Présentée de la sorte, l'alternative méritait d'être étudiée. Que préférait-elle ? Passer la journée à la librairie où elle ne verrait sans doute pas plus de trois clients, à faire ses comptes et à attendre impatiemment l'heure de la fermeture, ou bien rester au lit avec Jack ?

Ce qu'elle préférait ne faisait aucun doute.

Mais Caroline avait le sens du devoir chevillé au corps, et elle avait rendez-vous avec Jenna à l'heure du déjeuner.

— Allons-y, soupira-t-elle.

Jack ouvrit la porte, posant la main au creux de ses reins.

— Pense à ce que tu me prépareras de bon à manger ce soir.

Caroline fit mine de lui décocher un coup de coude, et il éclata de rire.

Jack prit une longue inspiration. Il ne déposerait pas une importante somme d'argent sur le compte en banque de Caroline. Non, non et non. La tentation était si forte qu'il dut serrer les dents pour résister, mais il tint bon.

Il était dans une banque de Summerville. Peu lui importait laquelle – il avait choisi celle-ci parce qu'elle était située à côté d'un Starbucks, ce qui lui permettait de siroter un café en faisant la queue. L'essentiel, c'est que ce n'était pas la banque de Caroline.

Il savait dans quelle banque elle avait son compte. Il savait aussi combien d'argent s'y trouvait et connaissait le montant total de ses dettes. Il n'y avait même pas mille dollars sur son compte en banque, auxquels viendraient s'ajouter les mille dollars qu'il lui avait versés en paiement du loyer, et elle avait trois cent cinquante-quatre mille sept cent cinquante-neuf dollars de dettes.

Caroline était bien trop confiante. Elle gardait ses relevés bancaires dans le secrétaire du salon, à la portée du premier venu.

Connaissant sa situation, Jack avait délibérément choisi une autre banque parce que, autrement, la tentation de faire un simple virement sur son compte aurait été trop forte.

Un million ou deux. Trois millions, même, il n'était pas à ça près. Il avait plus d'argent qu'il ne lui en fallait pour vivre décemment jusqu'à la fin de ses jours, et il était disposé à faire disparaître les plis que les soucis avaient creusés sur son front.

Il s'en chargerait au moment opportun. Ce jour viendrait, mais il devrait attendre. Dans l'immédiat, son tour était venu de se présenter au guichet.

— Bonjour monsieur, que puis-je pour vous ? demanda l'employée, une jolie brune pleine d'entrain, qui ne chercha pas à dissimuler l'intérêt qu'il lui inspirait.

— Je voudrais ouvrir un compte en banque et louer un coffre.

— Certainement, monsieur, répondit la brune avec un sourire aguicheur. Si vous voulez bien prendre la peine de remplir ce formulaire. Souhaitez-vous déposer un chèque ou des espèces ?

— Un chèque certifié.

Jack remplit rapidement le formulaire sur lequel il indiqua l'adresse et le numéro de téléphone de Caroline, puis le fit glisser sur le comptoir en même temps que le chèque de plus de huit millions de dollars.

L'employée parcourut le formulaire d'un œil expert, puis jeta un coup d'œil au chèque, le prit en main, et vérifia que ses yeux ne l'avaient pas trompée. Quand elle les releva vers lui, son sourire s'était envolé.

— Attendez un instant, je vous prie, dit-elle en se levant.

Jack était disposé à attendre le temps qu'il faudrait, mais la jeune femme revint presque aussitôt, accompagnée d'un petit homme rondouillard. Le directeur de l'agence, selon toute évidence.

— Si vous voulez bien m'accompagner dans mon bureau, monsieur, dit l'homme en désignant une porte.

Il laissa Jack passer devant lui. La banque ne mettrait pas longtemps à vérifier la validité du chèque. Deux coups de téléphone plus tard, l'argent était déposé et Jack avait placé les diamants dans un coffre-fort.

Déposer la bourse en tissu dans la boîte métallique lui avait procuré un intense soulagement. Le contact des pierres était dur malgré le tissu, presque hostile. Ces petits cailloux froids étaient un véritable concentré de puissance néfaste. Jack les avait pris à Deaver parce qu'il ne supportait pas l'idée que quiconque puisse profiter du massacre qu'il avait été incapable d'empêcher, et parce qu'il ne restait plus un seul survivant du village à qui les donner. Quant à les remettre aux autorités de la Sierra Leone… Jack avait rarement rencontré une élite gouvernementale aussi vile et corrompue. Non, les diamants resteraient dans ce coffre jusqu'à ce qu'il puisse les remettre à l'organisme adéquat.

Lorsqu'il ressortit de la banque, il s'attarda un instant sur le seuil et un vent glacial s'engouffra aussitôt sous ses vêtements. L'hiver à Summerville faisait ressurgir bien des souvenirs dans sa mémoire.

Il remonta le col de sa veste et regagna le Starbucks. Il avait besoin de vêtements chauds, mais le besoin d'un autre café chaud était plus pressant encore.

Jenna entra au Front Page dans un tourbillon de neige, et une odeur de résine de pin se répandit aussitôt dans la librairie.

— Quel temps ! s'exclama-t-elle en s'approchant pour embrasser Caroline sur la joue et lui remettre une couronne de branches de sapin.

Caroline sourit et retourna la pancarte accrochée à la poignée du côté *FERMÉ*, comme elle faisait chaque lundi quand Jenna la rejoignait à l'heure du déjeuner. Du mardi au samedi, la librairie restait ouverte toute la journée, mais le lundi midi était exclusivement réservé à Jenna.

Les clients ne se bousculaient jamais le lundi, et ce lundi-là était pire que les autres. Jenna était la première personne à franchir le seuil du Front Page, et Caroline craignait fort qu'elle ne fût la dernière.

Elle tourna la couronne entre ses mains.

— C'est très joli, dit-elle. Merci.

La couronne était effectivement adorable, faite de branches de sapin délicatement tressées avec un ruban de soie rouge. Elle l'approcha de son nez et huma la merveilleuse odeur de résine de pin.

— Ce n'est pas moi qu'il faut remercier, mais Cindy, répondit Jenna en retirant plusieurs épaisseurs de vêtements qu'elle entassa sur un fauteuil.

Jenna était extrêmement frileuse et disait toujours que lorsqu'elle aurait fait fortune ou déniché un milliardaire à épouser, elle partirait vivre aux Bahamas.

— Elle l'a faite spécialement pour toi. Je suis très fière d'elle. Elle a trouvé les explications dans un magazine et y a consacré toute une soirée, précisa-t-elle en couvant la couronne d'un regard admiratif. Pas mal pour une petite fille de neuf ans, hein ?

— Pas mal du tout, opina Caroline en déposant précautionneusement la couronne sur une pile de livres ayant Noël pour thème. Elle se débrouille de mieux en mieux.

— Grâce à toi, répondit Jenna. Je ne te remercierai jamais assez de ce que tu as fait pour nous.

Caroline chassa ces paroles d'un revers de main et d'un sourire.

Jenna était sa meilleure amie depuis le collège. Elle s'était mariée avec son amoureux du lycée au lieu d'aller à l'université et avait eu deux enfants –

Mark, qui avait aujourd'hui douze ans, et Cindy, neuf ans. Le mariage et la maternité avaient si bien comblé tous ses vœux qu'elle s'était coupée du monde extérieur pour se réfugier à plein temps dans le cocon de la vie domestique. Quand les parents de Caroline étaient morts, Jenna s'était révélée incapable d'affronter la tragédie. Elle n'avait pas assisté à leur enterrement et n'avait pas répondu aux appels téléphoniques de Caroline.

Une réaction tellement commune que celle-ci ne lui en avait pas tenu rigueur. Bien des gens ont l'impression que le malheur est contagieux et, depuis l'enterrement de Toby, Caroline avait surpris plusieurs personnes qui changeaient de trottoir afin d'éviter d'avoir à lui présenter leurs condoléances. Personne n'aime les mauvaises nouvelles.

L'année précédente, en l'espace d'une semaine, le mari de Jenna était parti avec sa secrétaire et son père avait quitté sa mère qui souffrait de la maladie d'Alzheimer.

Jenna s'était retrouvée seule avec deux enfants et sa mère malade, sans argent ni travail. Elle s'était totalement effondrée et Caroline s'était portée à son secours. Mark et Cindy étaient venus vivre à Greenbriars, le temps que Jenna place sa mère dans une maison de repos et trouve un emploi dans une banque. Quand ils étaient arrivés chez Caroline, Mark et Cindy étaient traumatisés. Le petit monde rassurant dans lequel ils avaient toujours vécu venait de voler en éclats, et si Caroline et Toby étaient en mesure de comprendre une seule forme de détresse, c'était bien celle-là.

Jenna déposa un grand sac sur le bureau de Caroline et en sortit plusieurs boîtes en carton.

— Hmm, ça sent bon, dit Caroline.

Elle souleva le couvercle d'une des boîtes et attrapa un ravioli à la vapeur avec des baguettes en roulant des yeux gourmands.

— Attends d'avoir goûté au bœuf à la sauce de haricots noirs, fit Jenna en poussant une boîte vers elle. Il est tout simplement fabuleux. Et pour une fois, il ne me retombera pas directement sur les hanches. J'ai perdu au moins mille calories rien qu'en venant ici, avec ce froid !

Elles grignotèrent joyeusement, heureuses de partager ce moment de complicité.

— Heureusement qu'il y a la nourriture ! s'exclama Jenna en se laissant aller contre le dossier de sa chaise, raclant le fond de la boîte de ses baguettes pour attraper les derniers filaments de poulet qui y étaient collés. C'est encore mieux que le sexe !

Caroline sourit discrètement. Non, ce n'était pas mieux. La nourriture était un grand réconfort, mais elle venait de découvrir que le sexe permettait d'atteindre un degré de satisfaction nettement supérieur.

— À ce sujet… poursuivit Jenna en pointant ses baguettes sur Caroline. Raconte-moi tout, petite cachottière ! Comment se fait-il que tu ne m'aies pas encore parlé du beau ténébreux qui vit chez toi ?

Caroline arrondit les yeux.

Oh, mon Dieu ! Jenna possédait-elle une sorte de radar ? Caroline bougeait-elle différemment ?

— Je veux que tu me sentes en toi toute la journée, avait murmuré Jack à son oreille pendant qu'ils faisaient l'amour ce matin-là, et elle le sentait effectivement, au moindre de ses mouvements, la pointe de ses seins frottant contre son sweater lui rappelant la façon dont il les avait sucés.

L'espace d'un instant, son corps eut un flash-back du matin même, les membres écartelés sur le lit telle une vierge offerte au sacrifice d'un culte archaïque, regardant le sexe de Jack allant et venant en elle…

Caroline s'efforça de reprendre le contrôle de sa respiration. Elle devait impérativement se maîtriser : le simple fait de penser à Jack venait d'éveiller dans son corps les prémices de l'orgasme ! Elle prit une profonde inspiration.

— Si tu veux parler de mon nouveau locataire, euh...

— Jack Prescott, l'interrompit Jenna avec un petit sourire satisfait. Trente et un ans, ancien officier de l'armée de terre, et surtout très grand, très brun et très beau. *Et*... enchaîna-t-elle en faisant glisser ses baguettes sur le bureau, résidant actuellement 12, Mapple Lane, qui se trouve être l'adresse de... Greenbriars ! Raconte. Je veux tout savoir. Où et quand l'as-tu rencontré ? C'était forcément la semaine dernière, sinon tu m'aurais dit lundi dernier que tu voyais quelqu'un. Tu n'as pas perdu de temps, dis donc ! En moins d'une semaine, vous vivez déjà ensemble ? À cette allure, les bans ne vont pas tarder à être publiés ! Ce dont je me réjouis, tu peux me croire.

Caroline éclata de rire et secoua la tête.

— Ce n'est pas... Ce n'est pas ce que tu crois, déclara-t-elle en s'efforçant d'adopter un ton détaché, que venait traîtreusement contredire la rougeur qui s'était emparée de ses joues et de son décolleté.

Jenna ne fut pas dupe un quart de seconde. Elle n'avait jamais suspecté la moindre infidélité de la part de son mari, mais c'était l'exception qui confirmait la règle. Elle avait un flair redoutable pour déceler les aventures sexuelles du reste de la planète.

— Je veux dire que nous...

Caroline se mordit la lèvre. Elle ne savait même pas comment Jack considérait leur... leur quoi, d'ailleurs ? Leur aventure ? Leur week-end de passion ? Caroline espérait qu'il s'agissait d'autre chose, mais tant qu'elle ne savait pas ce que Jack en pensait, mieux valait éviter de crier sur les toits qu'ils étaient amants.

— C'est mon nouveau locataire. Il a surgi de nulle part la veille de Noël et je ne peux pas te dire à quel point j'ai été contente de le voir. Les Kipping venaient de partir, je me demandais comment j'allais m'en sortir sans l'argent du loyer.

— C'est ton *locataire* ? s'étonna Jenna en fronçant les sourcils. Mais c'est absurde ! Pourquoi voudrait-il louer une chambre chez toi ?

— Je sais que Greenbriars n'offre pas le summum du confort, répliqua Caroline d'un ton pincé, mais à ce prix-là, je doute qu'il trouve mieux à Summerville. Il venait tout juste d'arriver et il cherchait à se loger.

— Il aurait pu descendre au Carlton, non ? Ou au Victoria ?

Le Carlton était le plus ancien hôtel de Summerville, un bâtiment du début du siècle récemment rénové, et le Victoria, un cinq étoiles ultramoderne avec jacuzzi dans toutes les chambres.

— Tu es gentille, Jenna ! Une chambre au Carlton ou au Victoria lui aurait coûté quelque chose comme deux cents dollars ! À ton avis, pourquoi cherchait-il à se loger chez l'habitant ?

— Je l'ignore, marmonna-t-elle en secouant la tête avec perplexité. Peut-être parce qu'il voulait vivre chez toi.

Caroline soupira et leva les yeux au ciel.

— On ne s'était jamais vus ! Pourquoi aurait-il voulu habiter chez moi alors qu'il ne me connaissait pas ?

— Je ne sais pas. Mais je trouve étrange qu'on veuille louer chez l'habitant quand on peut se payer une chambre d'hôtel confortable. Ne le prends pas mal, Caroline, mais aussi somptueux que soit Greenbriars, les chambres que tu loues ne peuvent pas rivaliser avec les services et le confort du Carlton.

Jenna faisait-elle volontairement l'idiote ?

— Comment pourrait-il se payer le Carlton ? Tu sais ce que ça veut dire, une chambre à deux cents dollars ? Ça veut dire six mille dollars par mois. C'est un ancien militaire, Jenna. Où trouverait-il l'argent ?

— Mon Dieu, souffla Jenna en écarquillant les yeux. Tu n'es pas au courant.

— Au courant de quoi ?

Jenna ne répondit pas.

— Jenna, arrête de me faire peur. Au courant de quoi ? Qu'est-ce que je devrais savoir ?

— Je ne peux rien dire. Je suis tenue au secret professionnel.

Cette fois, Caroline eut vraiment peur. Si Jenna avait su que Jack Prescott était en réalité Jack l'Éventreur et qu'elle avait juré de garder le secret, elle n'aurait pas fait une autre tête.

— Jenna, dis quelque chose, s'il te plaît. Qu'est-ce qu'il a ? Qu'est-ce qui ne va pas avec Jack ? Il vit chez moi, Jenna. S'il a quelque chose qui cloche, je dois le savoir.

Jenna l'observa d'un air sombre un long moment, puis hocha la tête comme si elle venait de prendre une décision.

— D'accord.

Elle déglutit et posa la main sur celle de Caroline.

— Je vais te le dire, mais tu dois me jurer de garder le secret.

Caroline, les yeux écarquillés, la gorge sèche, acquiesça. Jenna se pencha vers elle en la regardant droit dans les yeux, d'un air tellement troublé que Caroline sentit son cœur se serrer dans sa poitrine.

— Je risque ma place si tu le dis à quelqu'un. Ne le répète surtout pas à Jack Prescott. C'est une faute professionnelle grave de parler d'un client à quelqu'un d'étranger à la banque, tu comprends ?

Caroline hocha la tête.

— Bon, alors voilà. Je ne sais pas pourquoi Jack Prescott veut louer une chambre chez toi, ni s'il te connaissait avant d'arriver. Mais s'il a prétendu n'être rien de plus qu'un ancien militaire, à ta place, je réfléchirais. Il n'a pas besoin de te louer une chambre, Caroline. Il pourrait acheter le Carlton, le Victoria *et* Greenbriars. Figure-toi que ce matin, il est venu ouvrir un compte et louer un coffre à la banque.

Elle s'interrompit.

— Et alors ? rétorqua Caroline. Ce n'est pas un crime, que je sache. Il a l'intention de s'établir ici, c'est parfaitement normal qu'il ait besoin d'un compte en banque, non ?

— Ça, pour en avoir besoin, il en a besoin. Caroline… souffla Jenna en fronçant les sourcils, il a déposé un peu plus de huit millions de dollars à la banque ce matin.

13

Deaver gara sa voiture à plus d'un kilomètre de la maison de Caroline Lake et fit le reste du chemin à pied. Il avait soigneusement étudié des plans et des photos-satellite de façon à éviter les artères principales.

Il aurait pu s'épargner un tel luxe de précautions. Le temps était tellement épouvantable qu'il n'y avait pas un chat. Ceux qui travaillaient étaient déjà partis, et les autres restaient calfeutrés chez eux. Dans un quartier résidentiel, on pouvait d'habitude s'attendre à croiser à tout moment ceux qui promenaient leur chien ou qui faisaient leur jogging, mais pas par ce temps.

La serrure de la porte d'entrée était une plaisanterie et, une fois qu'il fut à l'intérieur, Deaver comprit pourquoi. En dépit des proportions plus que respectables de la maison, il n'y avait que très peu de meubles, aucun tableau aux murs, pas d'équipement hi-fi ni audiovisuel haut de gamme, peu d'argenterie et aucun bibelot de prix. En gros, il n'y avait rien à voler.

Excepté vingt millions de dollars de diamants.

Deaver fouilla soigneusement la maison, pièce par pièce, en prenant soin de tout remettre en place. Cela ne lui prit pas beaucoup de temps car les pièces étaient presque vides. La femme semblait vivre seule, mais quand il atteignit le deuxième étage, Deaver révisa son jugement.

Un havresac qu'il reconnut immédiatement et une valise se trouvaient sur le plancher de la plus grande chambre de l'étage, ainsi que des vêtements d'homme. Bingo. Jack était bien venu retrouver la jolie Caroline et s'était immédiatement installé chez elle.

Joli coup, mon mignon, se dit-il. D'autant que tu me simplifies la tâche.

Il ne lui restait plus qu'à trouver la femme et à lui coller un flingue sur la tempe pour que Jack se mette à chanter.

Deaver fouilla avec soin le sac de Jack. Pas d'arme. Pas de diamants. Ce qui signifiait que Prescott circulait armé et qu'il avait planqué les diamants quelque part.

Deaver se redressa, le sang martelant ses tempes. Il était tout près du but. Il frappa du poing le dessus de la commode, puis passa la main sur la brosse de ses cheveux.

S'il ne remettait pas la main sur ses diamants en vitesse, avec quoi vivrait-il ?

Il était parfaitement possible que Jack ait caché les diamants dans la maison, mais ce type était un rusé et, pour les retrouver, Deaver aurait dû tout démolir. Cela prendrait du temps et Prescott risquait de revenir avant qu'il ait fini. D'autre part, s'il finissait avant son retour et qu'il ne trouvait rien, Prescott saurait que quelqu'un avait suivi sa trace.

Deaver réfléchit. Prescott pouvait-il avoir laissé les diamants dans la maison de cette femme ? Connaissait-il une cachette introuvable – même par cette femme qu'il n'avait pas revue depuis des années ?

Non, il n'avait pas dû les laisser là. Il les avait planqués ailleurs. Dans le coffre-fort d'une banque ou dans un garde-meuble.

Rusé, se dit-il. Mais pas assez.

Il quitta silencieusement la maison et regagna sa Tahoe de location.

Il était temps de s'occuper de Caroline Lake.

Le problème, quand il n'y avait pas de clients, c'était qu'on avait le temps de réfléchir.

Après le départ de Jenna, Caroline avait arpenté la librairie dans un état second, redressant les rangées de livres sur les étagères sans vraiment s'en rendre compte.

Découvrir que l'homme avec qui l'on vit – quelle que soit la nature de leur relation, Jack était son locataire et ils vivaient sous le même toit – est très riche n'était pas une mauvaise chose en soi. Non seulement très riche, mais riche à millions. Huit millions de dollars. Caroline avait du mal à encaisser cette information. La somme ne cadrait pas avec ce qu'elle avait perçu de Jack Prescott.

Les gens riches sont généralement vaniteux. Ils aiment vivre dans le luxe et se comportent comme s'ils étaient bénis des dieux, naturellement supérieurs aux autres. Comme Sanders, par exemple. Caroline essaya d'imaginer Sanders vêtu d'un vieux jean crasseux, de bottes aux talons éculés et d'une veste de jean en plein hiver.

Impossible.

Les riches payent des gens pour faire les choses à leur place. Ils ne réparent pas des chaudières hors d'âge et des marches d'escaliers branlantes, et ils ne dégagent pas eux-mêmes l'allée enneigée de leur maison. Ils décrochent leur téléphone et le font faire par quelqu'un d'autre.

Caroline essaya d'imaginer Sanders en train de pelleter son allée, et un ricanement lui échappa. Elle s'attarda à l'imaginer dans l'un de ses tailleurs Calvin Klein, les mains protégées par des gants doublés de cachemire, jurant comme un charretier parce qu'il s'était malgré tout cassé un ongle. Cette vision était tellement surréaliste qu'elle ne s'étonna pas de sourire à Sanders lorsqu'il franchit le seuil de la librairie, persuadée qu'il s'agissait d'une projection de son esprit.

Sanders claqua ses mains gantées de cuir souple, et un grand sourire fendit son visage en réponse à celui que lui adressait Caroline.

— Caroline, ma douce et tendre, quel plaisir de te revoir !

Ses mains se refermèrent sur ses épaules et il se pencha pour l'embrasser. Elle détourna la tête au dernier moment, et les lèvres de Sanders ne rencontrèrent que sa joue.

Oh, mon Dieu ! C'était vraiment Sanders, en chair et en os !

La dernière fois qu'elle l'avait vu remontait au mois d'octobre. Ils avaient passé une excellente soirée, mais elle avait eu la désastreuse idée de l'inviter pour un dernier verre alors que Toby n'était pas encore couché. La répulsion qu'elle avait lue dans les yeux de Sanders lui avait fait l'effet d'une gifle.

— Qu'est-ce que tu fais là ? demanda-t-elle d'un ton brusque.

Sanders retira son élégant manteau et ses gants, tout en regardant autour de lui. Caroline n'avait pas la moindre idée de ce qu'il pensait de sa librairie. Elle savait qu'il aimait tout ce qui était moderne et clinquant, ce que le Front Page n'était assurément pas. Il se retourna et concentra son regard sur elle.

— Je me suis dit qu'il fallait que je passe te voir. Je n'ai pas eu l'occasion de te présenter mes condoléances depuis le décès de ton frère.

Tiens donc. Il avait dû être effectivement très occupé depuis deux mois, pour ne pas trouver le temps de décrocher le téléphone ou d'envoyer un message. Caroline, qui avait reçu une excellente éducation, s'abstint cependant de lui en faire la remarque.

— Merci, Sanders, répondit-elle avec un petit sourire forcé. C'est gentil de ta part. Ça me touche beaucoup.

Il hocha la tête, visiblement insensible à l'ironie de sa réponse. Son regard balaya à nouveau la librairie, puis revint sur elle.

Caroline réprima un soupir. Elle ne pouvait même pas prétendre qu'elle était occupée. Le magasin était aussi vide que la rue. Il était fort possible que tous les habitants de Summerville se soient calfeutrés chez eux.

— Assieds-toi, Sanders, je t'en prie. Puis-je te proposer une tasse de thé ?

Il était peut-être passé devant le Front Page par hasard et n'était entré que pour se réchauffer. Une fois qu'il aurait bu un thé, il repartirait. Caroline ne pouvait pas imaginer qu'il soit entré pour acheter un livre. Elle connaissait assez Sanders pour savoir qu'il ne lisait pas de livres. Des magazines, oui, pour avoir l'air informé. Mais de vrais livres, jamais.

Il la gratifia d'un sourire chaleureux qui ne fit que l'alarmer davantage et posa les mains sur les siennes.

— Une tasse de thé me ferait très plaisir, je te remercie.

Trois minutes plus tard, grâces soient rendues à son petit four à micro-ondes d'occasion, Caroline réapparaissait avec deux mugs de thé à la vanille, tout en se morigénant intérieurement de son manque de gentillesse.

Sanders n'était qu'un fat, mais ce n'était pas sa faute. Après tout, sa visite rompait la monotonie d'un interminable après-midi où elle n'avait rien d'autre à faire qu'attendre que Jack vienne la chercher. Et puis, cela détournait ses pensées de l'argent de Jack et de sa provenance.

Elle déposa sa tasse sur la table basse, puis se pencha pour lui tendre la sienne, et fut extrêmement surprise lorsque Sanders saisit sa main libre pour l'embrasser. Il garda longuement sa main.

— Euh... Sanders ?

— Oui, douce créature ? répliqua-t-il en souriant.

— Tu veux bien me rendre ma main, que je puisse boire mon thé ?

— Mais, certainement.

Il lâcha sa main et se cala au dossier du fauteuil pour siroter son thé, visiblement très à l'aise.

— Alors... tu as passé un joyeux Noël ?

Ne rougis pas, se dit Caroline en faisant appel à toute sa volonté pour conserver un teint pâle. Sanders était bien la dernière personne au monde à qui elle avait envie de raconter son Noël. Il était si cancanier qu'il n'y avait qu'une différence de coût entre lui faire une confidence et passer une annonce dans le journal local.

Que pouvait-elle dire ? Si elle s'avisait de révéler que quelqu'un s'était trouvé avec elle, il voudrait aussitôt savoir qui. Caroline n'avait jamais su mentir. Que pouvait-elle dire qui ne soit pas un mensonge, sans pour autant dévoiler la vérité ?

— Très joyeux, répondit-elle finalement.

Il hocha la tête, comme si c'était la réponse à laquelle il s'attendait.

— Je ne t'ai pas appelée parce que je me suis dit que tu avais sûrement envie d'être seule. Je sais que la période des fêtes est toujours un moment difficile pour toi. Mais tu sais, Caroline, il faut savoir tourner la page après un deuil. Tu es encore jeune, et maintenant que Toby... maintenant que Toby nous a quittés pour un monde meilleur, il est temps que tu penses à toi. Le deuil est un processus qui se fait par étapes, vois-tu...

Caroline se retrancha automatiquement dans ses pensées. Sanders lui avait tenu ce discours des milliers de fois.

Le lampadaire placé juste au-dessus de sa tête baignait d'or pur sa chevelure blonde. Sanders était très beau, et il le savait. Caroline l'observa tandis qu'il débitait son petit sermon dont elle ne retenait qu'un mot sur dix.

La lumière du lampadaire mettait également en évidence le sommet de son crâne, et Caroline le scruta attentivement. Était-ce son cuir chevelu qu'elle apercevait entre ses mèches blondes ? Mais oui, c'était bien de la peau et non des cheveux qu'elle voyait sur ses tempes. Ses tempes *dégarnies*. Mon Dieu, Sanders développait un début de calvitie !

Sa vanité devait en souffrir. Caroline l'imagina en train de s'enduire le crâne de toutes les lotions possibles pour ralentir la chute des cheveux avant de recourir finalement, la mort dans l'âme, aux implants capillaires. Jenna était persuadée qu'il avait déjà fait appel à la chirurgie esthétique pour gommer un début de pattes-d'oie.

— … qu'est-ce que tu en dis ? Ce sera merveilleux et ça boostera ton moral. Tu vas adorer, j'en suis sûr.

Sanders venait de poser une question qu'elle n'avait même pas entendue. Elle ne pouvait pas s'aventurer à répondre oui sans savoir de quoi il s'agissait, et Sanders avait généralement horreur qu'on lui dise non. Caroline lui tapota gentiment la main et opta pour un mensonge poli.

— Excuse-moi, Sanders, je guette le livreur. Il doit m'apporter les nouveautés de la semaine, mais c'est toujours un remplaçant pendant les fêtes et il ne sait pas comment se garer. J'ai cru entendre son camion, mais ce n'était pas lui, et du coup, je n'ai pas compris ce que tu disais. Tu veux bien répéter, s'il te plaît ?

Ses sourcils blonds se rejoignirent et il laissa échapper un léger soupir.

— Je disais que j'ai des places pour *La Traviata* à l'opéra de Seattle, samedi prochain. Une loge pour deux. Et que ce serait une bonne idée d'en profiter pour y passer le week-end. Je nous ai réservé une chambre au Fairmont Olympic. Je sais que tu adores cet hôtel et que ça fait des années que tu n'y as pas mis les pieds. Un week-end de détente, rien que toi et moi. Quoique, dimanche, il y a des gens que j'aimerais bien te présenter, précisa-t-il en posant la main sur la sienne. Comme au bon vieux temps, quoi.

Caroline l'observa. Sanders s'avisait de raviver la flamme de leur relation à rallonges… sans même lui en parler ! Mais cette fois, elle n'avait pas l'intention de se laisser mener par le bout du nez.

— Tu as déjà *réservé* une chambre, Sanders ? Mais c'est de la folie ! Je ne peux pas t'accompagner à Seattle ce week-end.

Surpris, Sanders recula vivement la tête.

— Mais puisque j'ai les places ! C'est complet depuis des mois, tout le monde se les arrache ! Lis sur mes lèvres, Caroline : *La Traviata*. Et le Fairmont. Tu ne peux *pas* refuser !

— Tu as acheté des places d'opéra hors de prix et tu as réservé une chambre au Fairmont, sans même penser à me demander si j'en avais envie. C'est bien ça que tu viens de dire, Sanders ?

Il la regarda comme s'il ne voyait pas ce qu'une telle invitation avait d'insultant.

— Je ne vois pas pourquoi tu n'en aurais pas envie. Je veux dire, ce n'est pas comme si…

Ce n'est pas comme si tu avais mieux à faire.

Les mots qu'il n'avait pas osé prononcer restèrent suspendus entre eux. Sanders s'était retenu juste à temps. Caroline sentit que s'il avait le malheur de prononcer un mot de plus, elle allait le gifler.

Elle se leva, livide, et Sanders l'imita spontanément.

— Je suis désolée, Sanders, mais je ne peux pas accepter cette invitation.

Elle était encore bien gentille d'appeler ça une invitation. Sanders venait tout bonnement de la sommer de l'accompagner.

— J'ai des tas de choses à faire ce week-end.

Et le suivant, et celui d'après aussi.

— La prochaine fois que tu souhaiteras inviter une femme quelque part, je te conseille de lui demander si elle est disponible avant de procéder aux arrangements. À présent, si tu veux bien m'excuser…

— Attends, Caroline, attends ! s'exclama-t-il en saisissant ses bras.

Caroline baissa les yeux vers ses mains, puis les releva vers lui.

— Je suis désolé que tu le prennes comme ça. Écoute, je pense qu'on devrait donner un nouveau départ à notre relation, et je me suis dit qu'une escapade romantique serait une façon merveilleuse de commencer, tu n'es pas d'accord ?

Il lui décocha le plus charmeur de ses sourires, sans obtenir l'effet escompté.

— Je sais que tu viens de traverser des moments difficiles et je veux t'offrir le luxe auquel tu as droit. Tu sais que nous sommes faits l'un pour l'autre.

Caroline chercha à se dégager, mais les mains de Sanders l'agrippaient comme des serres.

— Je suis désolée d'avoir à te le dire de cette façon, Sanders, mais il n'y a pas de relation entre nous. À ma connaissance, tu as en ce moment une relation avec une femme brune. Je vous ai vus ensemble, pas plus tard que la semaine dernière.

Caroline était certaine de ce qu'elle avançait. Elle les avait aperçus à travers la vitre d'un traiteur italien alors qu'elle rentrait chez elle. Elle était en voiture, mais elle avait eu le temps de remarquer que Sanders avait la main sous la jupe de la fille et la langue au fond de sa gorge.

— Oh, oh ! Mais tu es jalouse, ma parole, ricana-t-il tandis que son visage se détendait. Je comprends mieux. Je t'assure que tu n'as pas de quoi être jalouse, ma douce. Cette femme ne représente rien pour moi. Tu es la seule qui compte à mes yeux. Depuis toujours. Et pour toujours. Notre moment est enfin venu, Caroline. Je le *sais*.

Horrifiée, Caroline sentit qu'il l'attirait vers lui pour l'embrasser.

Elle voulut reculer, mais il avait placé les mains derrière sa tête et la retenait fermement, les doigts emmêlés dans ses cheveux. Il lui faisait mal. Il la serrait si étroitement contre lui qu'il lui broyait les côtes. Mais le pire de tout, c'était les langoureuses ondulations de son bassin. Caroline sentit son sexe commencer à durcir contre son bas-ventre.

Ce contact odieux la galvanisa. Elle le repoussa fermement, bien décidée à lui ordonner d'arrêter, mais sa bouche absorba ses mots. Pour finir, elle émit de vigoureux gémissements de protestation et martela son torse de ses poings.

Sanders se frottait contre elle avec une insistance accrue et son érection s'affirma. Mon Dieu, c'était épouvantable ! Il fermait les yeux, comme s'ils partageaient un instant romantique alors qu'il s'agissait d'un viol.

Sa langue qui remuait dans sa bouche comme une grosse limace tiède lui donnait la nausée. Elle se débattit plus vivement et chercha à lui donner des coups de pied, mais ne réussit qu'à se faire mal aux orteils. La main de Sanders affermit sa prise dans ses cheveux et tira si fort qu'elle en eut les larmes aux yeux.

Arrête, tu me fais mal ! Les mots étaient là, dans sa gorge, mais elle ne pouvait pas les articuler et ne parvenait à produire que des gémissements horrifiés. Elle finit par lui envoyer un coup de pied, qui n'eut pour résultat que d'inciter Sanders à enserrer plus fermement sa tête entre ses mains. Il semblait pris d'une véritable frénésie à présent, et leurs dents s'entrechoquèrent quand il introduisit sa langue au fond de sa gorge.

Il mordit ses lèvres et le sang coula. Caroline sentit le goût de son propre sang emplir sa bouche. La verge de Sanders tressauta d'excitation. Il émit un grognement guttural et se frotta contre elle comme un chien en chaleur. Le goût du sang l'excitait !

Caroline n'aurait jamais cru cela possible. Les rares fois qu'ils avaient fait l'amour, leurs ébats étaient restés parfaitement neutres, presque distanciés. Agréables, sans plus. Absolument pas mémorables.

Mais Sanders manifestait à présent un penchant sadique qu'elle n'avait jamais suspecté. Il aimait faire souffrir.

Caroline se débattit de toutes ses forces, à coups de pied et de poing, et hurla dans sa bouche. Frémissante de rage, elle tenta vainement de se dégager, puis se retrouva si subitement libre de ses mouvements qu'elle faillit perdre l'équilibre.

Jack tordait si vigoureusement les bras de Sanders derrière son dos que celui-ci s'était hissé sur la pointe des pieds et qu'un sifflement de douleur s'échappait de ses lèvres.

Ses joues étaient livides, des mèches de cheveux blonds retombaient sur son front et un filet de sang coulait au coin de ses lèvres. Le sang de Caroline.

Il se tortillait en tous sens pour échapper à la prise de Jack, mais c'était impossible. Derrière lui, Jack se tenait parfaitement immobile, retenant ses poignets d'une seule main comme dans un étau d'acier.

— Pose encore la main sur elle une seule fois et je te casse le bras, espèce d'ordure. Après t'avoir tordu le cou, précisa Jack d'une voix mauvaise.

L'étau de ses doigts se resserra et Sanders se mit à crier.

— Lâchez-moi ! Qui êtes-vous ? Caroline, dis à ce fou de me lâcher ! Aaah !

Il avait poussé un hurlement terrifié quand la main de Jack avait remonté ses bras dans son dos. S'il s'était avisé de reposer les pieds par terre, Sanders se serait cassé les bras tout seul. Exsangue, il suait à grosses gouttes.

— Dis-lui de me lâcher, Caroline !

Jack remonta la pression d'un centimètre et Sanders émit un nouveau cri de douleur.

Jack, lui, gardait un calme olympien. Le rythme de sa respiration était parfaitement normal, mais la lueur froide et mortelle qui brillait dans ses yeux incita Caroline à s'approcher de lui et à poser la main sur son bras. Après coup, elle s'étonnerait de n'avoir absolument pas eu peur de lui alors qu'il faisait preuve d'une telle violence, d'autant plus redoutable qu'il la maîtrisait complètement.

Caroline estimait que Sanders avait bien mérité son châtiment, mais elle ne pouvait pas rester là à regarder Jack lui casser le bras.

— Jack, murmura-t-elle. Arrête, ça suffit.

Ses yeux sombres se plissèrent jusqu'à ne plus former que deux fentes animées d'une lueur mauvaise. Sans lâcher Sanders, il tendit sa main libre vers le visage de Caroline et essuya le filet de sang au coin de sa bouche.

— Rien que pour ça, je pourrais le tuer, dit-il d'une voix si terrifiante que Sanders se mit à rouler des yeux, complètement paniqué.

— Non.

Caroline tenait à ce que la violence s'arrête. La lutte qu'elle venait de mener contre Sanders, doublée de la honte de ne l'avoir jamais percé à jour, la rendait déjà malade. Elle avait l'estomac noué.

— Laisse-le, Jack.

Il lui jeta un regard dur, et elle vit les muscles de sa mâchoire palpiter. Son corps tout entier était animé par l'esprit de revanche. Sanders s'entraînait régulièrement dans une salle de sport pour se maintenir en forme, mais en face de Jack, il ne faisait pas le poids. Il se ferait réduire en bouillie en un temps record.

L'ombre de violence extrême qui planait dans la pièce se reflétait avec précision dans les plis qui s'étaient formés autour des yeux de Jack, dans la lueur de rage brûlante qui animait son regard et dans son maintien. Caroline comprit qu'il n'hésiterait pas à tuer Sanders si elle n'intervenait pas.

Jack raisonnait en soldat, et les soldats ont pour mission de tuer leurs ennemis.

— Laisse-le, Jack. Relâche-le, insista-t-elle.

Ce murmure suffit à le faire ployer. Jack lâcha brusquement Sanders, qui trébucha en avant et chancela un moment avant de retrouver son équilibre. Tout en se frottant les épaules, il contempla tour à tour Jack et Caroline comme s'ils venaient de l'agresser injustement. Il était décoiffé et transpirait abondamment.

— Espèce de fils de pute, siffla-t-il, je te ferai payer ça et je te promets que tu sentiras passer ta douleur.

Sa vulgarité et le ton de sa voix suffisaient à indiquer à quel point il était vexé. Sanders s'exprimait toujours d'un ton parfaitement posé, presque mélodieux, et, pour autant que sache Caroline, ne faisait jamais preuve de grossièreté.

— Je suis avocat, pauvre con, poursuivit-il. Je vais t'assigner en justice pour agression et ça te coûtera tellement cher que tu n'auras pas assez de dix vies pour payer !

Dès qu'il avait relâché Sanders, Jack s'était tourné vers Caroline pour caresser tendrement son visage. La menace que venait de proférer Sanders l'incita cependant à darder son regard sur lui.

Il ne fit rien de plus. Il se contenta de le regarder. Caroline ne pouvait pas voir son expression, mais elle vit en revanche Sanders se décomposer. Son visage qui était devenu écarlate sous l'effet de la colère, redevint instantanément blême. Il recula en trébuchant et tendit les mains devant lui, ramassa manteau et chapeau et sortit si précipitamment de la librairie que le carillon retentissait encore quand il franchit le coin de la rue.

Le flot d'adrénaline que toute cette violence avait fait surgir, submergea subitement Caroline qui se mit à trembler. Un long frisson la traversa et elle chancela, comme si elle était soudain privée de ses forces. Des points lumineux se mirent à danser devant ses yeux…

Une seconde plus tard, elle était assise et une main puissante incitait doucement sa nuque à placer sa tête entre ses genoux. Jack laissa un moment sa main sur sa nuque, puis l'écarta.

— Reste comme ça encore une minute en respirant bien à fond. Je reviens tout de suite.

Caroline inspira profondément, les yeux clos, la tête vide, et sentit ses forces revenir peu à peu.

— Tiens, dit Jack en lui tendant une tasse de thé brûlant. Bois ça aussi vite que tu peux.

Elle prit la tasse, en aspira une gorgée et grimaça, tant sous l'effet de la chaleur que du goût extrêmement sucré.

— Combien de sucre as-tu mis ? On dirait qu'il y a plus de sucre que de thé !

Jack plaça une main sous la tasse pour l'inciter à boire encore avant de répondre.

— Tu es en état de choc. Ce qu'il te faut, c'est de la chaleur, du liquide et du sucre. Si tu étais un soldat sur un champ de bataille, ce ne serait pas du thé sucré, mais une injection de glucose que je t'infligerais. Je sais que ça ne te plaît pas, mais bois-le, je te promets que tu te sentiras mieux.

Caroline le crut sur parole. Elle essaya de lui sourire, gênée de sa réaction.

— Je ne suis pas un soldat qui vient de tourner de l'œil sur un champ de bataille et je me sens idiote, ne serait-ce que de boire du thé.

— Tu viens de recevoir un choc, répéta-t-il en la regardant boire. J'imagine que tu ne t'attendais pas à ce qu'il devienne violent.

— Non, absolument pas. Je n'aurais jamais cru Sanders capable d'un tel comportement. Je le connais depuis toujours... On... on sortait ensemble. C'était assez compliqué, en fait. On était ensemble, puis on se séparait, on se réconciliait et puis on rompait à nouveau...

— Depuis l'adolescence ? demanda Jack en plissant les yeux.

— Oui. Comment as-tu deviné ? s'étonna Caroline.

— Parce que c'est très puéril. Tu te sens mieux ?

— Oui, je me sens nettement mieux. Je ne tremble plus du tout. Ce qui ne m'empêche pas de me sentir très bête. J'aimerais pouvoir dire que Sanders m'a prise au dépourvu, mais la vérité, c'est que je n'ai même pas su me défendre.

Elle aurait dû lui mordre la langue ou lui donner un coup de pied bien placé, mais elle avait été privée de réflexes.

— Quand tu ouvriras ton école de self-défense, je serai ta première cliente. Tu ne peux pas savoir à quel point je m'en veux de m'être montrée aussi plat de nouilles ! Je veux devenir une vraie pro de la bagarre !

— Vraiment ? s'enquit-il avec un demi-sourire.

— Absolument. Caroline la tigresse !

— Je te donnerai autant de cours gratuits que tu voudras.

— Tu m'apprendras à donner des coups de genou dans les parties ?

— Promis. Le pouce sur la carotide aussi. Bien pratiqué, ça rend ton adversaire aussi mou qu'une chaussette.

— Intéressant, en effet. Je ne veux plus jamais me retrouver dans cette situation. Vulnérable, incapable de me défendre… C'est affreusement humiliant.

— Non, approuva-t-il. Plus jamais. J'ai eu l'impression qu'on m'enlevait dix ans de vie quand j'ai vu qu'un homme t'agressait. Je t'apprendrai tellement bien à te défendre que tu ne feras qu'une bouchée de mauviettes dans le genre de ce… Comment l'as-tu appelé, déjà ?

— Sanders. Sanders McCullin.

— Quel nom idiot, soupira-t-il en secouant la tête. La prochaine fois qu'il t'approchera, tu le maîtriseras d'un bon plaquage au sol.

Caroline sourit. Cette perspective était très agréable. La simple idée de prendre des cours d'autodéfense lui avait permis de se ressaisir, et l'absorption massive de glucose faisait son effet. Jack l'observait attentivement.

— Je vois que tu commences à te sentir mieux. C'est bien.

Il jeta un coup d'œil à la neige qui tourbillonnait de l'autre côté de la vitre. Depuis son arrivée, personne n'était passé dans la rue.

— Qu'est-ce que tu dirais de fermer boutique et de rentrer avec moi ? proposa-t-il en portant la main de Caroline à ses lèvres. On dînerait de bonne heure, et après on ferait les fous…

Elle sourit et réalisa qu'elle avait hâte de rentrer pour passer la soirée et… la nuit – surtout la nuit – avec lui. Cela faisait des années qu'elle n'avait pas eu envie de quoi que ce soit au point d'en éprouver de l'impatience, et Jack lui avait fait ce cadeau.

— Merci, chuchota-t-elle.

Jack avait reporté son regard vers la vitre, mais sa tête pivota brusquement vers elle et il fronça les sourcils.

— De quoi ?

— Oh, d'avoir maîtrisé Sanders sans lui casser les bras alors que tu en mourais d'envie. D'être passé me chercher. D'être là, tout simplement.

Elle s'approcha et pressa ses lèvres contre les siennes. Jack répondit instantanément à son baiser, la main posée au-dessus de sa nuque.

Sanders avait eu exactement le même geste, mais il n'y avait aucun rapport entre les deux. Jack était dix fois plus fort que Sanders, mais il n'utilisait pas sa force pour la contrôler. Caroline songea que chaque fois qu'il l'avait touchée, Jack avait pris soin de le faire délicatement.

Il écarta ses lèvres et scruta son regard.

— Allez, en route, Caroline la tigresse !

Dans le petit restaurant situé de l'autre côté de la rue, Deaver se rencogna tout au fond du compartiment qu'il occupait depuis plusieurs heures, baissa la tête sur sa tasse de café et regarda Jack Prescott quitter le Front Page, le bras passé autour de la taille de Caroline Lake.

Il n'aurait pas dû se soucier autant d'être repéré. Il avait enfoncé un bonnet de laine sur sa tête et chaussé une paire de lunettes à verres neutres dotée d'une grosse monture d'écaille noire, et Prescott ne s'attendait pas à le voir. De toute façon, son attention était concentrée sur la jeune femme qui l'accompagnait. Il avait inspecté la rue du regard par habitude, mais il ne pensait visiblement pas que le petit restaurant d'en face puisse recéler la moindre menace. Après avoir vérifié que la rue était entièrement déserte, Prescott avait reporté son attention sur la femme.

Intéressant.

Deaver avait appris bien des choses depuis qu'il avait vu un grand homme blond et élégant, vêtu d'un épais manteau de cachemire semblable à celui qu'il s'achèterait une fois qu'il aurait récupéré ses diamants, entrer au Front Page. La femme, Caroline Lake, l'avait accueilli comme un ami. Ils avaient parlé, et le langage du corps de la femme était resté parfaitement neutre. Une dispute n'avait pas tardé à éclater, et Manteau de Cachemire avait saisi la tête de la femme entre ses mains pour enfoncer sa langue dans sa bouche. La femme avait piteusement tenté de se débattre sans parvenir à aucun résultat.

Deaver avait alors vu Prescott tourner le coin de la rue, découvrir ce qui se passait dans la librairie à travers la vitrine, et bondir à l'intérieur.

Manteau de Cachemire était un trouillard de première.

Il était sorti de la boutique en courant et s'était précipité vers une Porsche noire. Il avait aussitôt démarré et n'avait guère tardé à disparaître, l'arrière de son véhicule tanguant sur la chaussée verglacée.

Deaver avait relevé le numéro de la plaque d'immatriculation. Le retrouver serait un jeu d'enfant.

Manteau de Cachemire avait eu beaucoup de chance que la femme exerce une telle influence sur Prescott. Sans son intervention, il n'en serait pas sorti vivant.

Deaver n'avait jamais vu Prescott perdre un combat ni se défiler, mais il avait suffi que cette femme pose la main sur son bras et dise quelques mots pour qu'il le relâche, comme si elle avait agité une baguette magique.

Prescott avait renoncé à se battre. Ça, c'était du jamais vu !

Deaver regarda Prescott et Caroline Lake franchir le coin de la rue et serra les poings, submergé par une irrépressible envie de se lever, de courir après ce fumier et de le tuer. Deaver tuerait d'abord la femme, rien que pour faire souffrir Prescott, puis l'abattrait de deux balles dans la tête et le ferait disparaître pour toujours.

Deaver visualisa la scène avec un tel réalisme qu'il eut l'impression de sentir l'odeur de la poudre, et la tentation fut si forte qu'un flot de sueur inonda son corps.

Quelle que soit son envie de tuer Prescott, il devait d'abord récupérer les diamants.

Alors seulement, il pourrait s'amuser.

14

Jack faillit ne pas le remarquer.

Il était tellement pressé de se détendre en serrant Caroline dans ses bras devant un bon feu de cheminée, qu'il n'avait plus que cet objectif en tête. Il ne voyait qu'elle, ne pensait qu'à elle, au point qu'elle occupait tout son espace mental.

Il était encore prêt pour le combat, et le flot d'adrénaline qui parcourait son organisme ne trouvait pas d'issue. L'issue adéquate aurait consisté à envoyer son poing dans la figure de Sanders, le traîner au commissariat le plus proche et porter plainte contre lui.

L'instant où il avait aperçu Caroline en train de se débattre contre son agresseur à travers la vitrine de la librairie resterait à jamais gravé dans sa mémoire.

Il avait battu son propre record de vitesse pour se porter à son secours et écarter les pattes de cet avorton de la femme de sa vie.

Bien qu'encore sous le choc, elle avait trouvé le moyen de considérer l'incident avec humour et élégance. Il n'en demeurait pas moins que Jack ne pensait plus qu'à se retrouver seul avec elle à l'abri des murs de Greenbriars.

Même quand il se concentrait sur un objectif unique, Jack enregistrait en permanence tous les détails qui l'entouraient. Mais Caroline l'obnubilait tellement qu'il avait déjà introduit la clef dans la serrure et s'apprêtait à la tourner, lorsqu'il remarqua de légères éraflures tout autour. Des traces d'effraction. Qui n'étaient pas là le matin même.

Son Glock apparut instantanément dans sa main tandis qu'il faisait reculer Caroline jusqu'à la voiture. Il l'installa sur le siège du conducteur, s'assura qu'elle avait les clefs et referma la portière.

— Jack ! lança-t-elle d'une voix étouffée à travers la vitre.

Ses yeux se posèrent sur son arme, puis remontèrent sur son visage, emplis d'inquiétude.

— Qu'est-ce qu'il se passe ?

Il n'avait pas le temps de lui donner des explications ni de la rassurer. La personne qui avait fracturé la serrure se trouvait peut-être encore à l'intérieur de la maison, et il devait de toute urgence sécuriser le périmètre.

— Ne bouge pas ! articula-t-il à travers la vitre.

Caroline hocha la tête, pâle comme un linge, ses yeux gris argent tellement écarquillés qu'ils lui mangeaient le visage.

Jack retourna jusqu'à la porte d'entrée, fit silencieusement tourner la clef dans la serrure, puis entra, tenant son arme de façon à couvrir un rayon de tir de cent quatre-vingts degrés.

Entrée, personne. Salon, personne. Cuisine, personne.

Progressant aussi rapidement que silencieusement, il inspecta toutes les pièces de la maison, de la cave au grenier.

Par habitude, il avait disposé des mouchards dans les chambres, qui lui indiquèrent sans risque d'erreur qu'on avait fouillé dans ses affaires, dans l'armoire de Caroline et dans la commode, et qu'on avait ensuite tout remis en place. Le ou les intrus avaient peut-être fouillé les autres pièces mais, sans mouchards, Jack ne pouvait en être absolument certain.

Apparemment, rien n'avait été volé. Le téléviseur et la chaîne hi-fi étaient à leur place, et on n'avait rien pris dans sa chambre. Il n'avait pas grand-chose qui puisse intéresser un cambrioleur, de toute façon. Tous ses biens reposaient désormais sur son compte et dans le coffre-fort de la banque.

Quand il fut sûr que la maison était vide, il glissa son arme dans la ceinture de son jean et retourna chercher Caroline.

— Que se passe-t-il, Jack ? Quelqu'un est entré dans la maison ? Un cambrioleur ?

Jack ne supportait pas le spectacle de son visage plissé d'angoisse et de son regard terrifié. S'il avait tenu l'imbécile qui s'était introduit chez elle, il lui aurait brisé les doigts de la main un par un, pour lui ôter l'envie et la possibilité de recommencer.

Les serrures de Greenbriars étaient faciles à crocheter. Elles avaient une fonction strictement décorative. Un gamin de cinq ans en serait venu à bout sans problème.

Il referma la porte derrière eux, remonta le chauffage et la serra dans ses bras. Cette succession d'incidents désagréables lui déplaisait.

— Jack ? demanda-t-elle d'une voix étouffée contre son torse.

Les boucles de cheveux roux qui dépassaient de son bonnet retombaient en cascade sur sa veste. Jack se pencha pour l'embrasser doucement et glissa la main au creux de son cou. Son pouce effleura sa veine et il sentit les palpitations rapides de son pouls.

— Jack, répéta-t-elle d'un ton plus ferme en le poussant légèrement.

Il écarta les bras. Elle recula pour le dévisager.

— Dis-moi ce qui se passe, insista-t-elle en regardant autour d'elle avant de reporter les yeux sur lui. Je ne vois aucun dégât.

— Non, il n'y a pas de dégât. Ils n'ont pas trouvé ce qu'ils cherchaient. En général, les cambrioleurs sont à l'affût d'écrans plasma, de tableaux de valeur ou d'argenterie.

— Tous les objets de valeur qu'abritait cette maison sont partis depuis longtemps. Mais Jack, ajouta-t-elle en fronçant les sourcils, j'ai vu un revolver dans ta main tout à l'heure. Comment se fait-il que tu sois armé ? D'où as-tu sorti cette arme ?

Jack comprit qu'il devait faire très attention au choix de ses mots. Caroline venait d'avoir un premier aperçu de son univers familier, et il voulait qu'elle prenne sa sécurité au sérieux sans l'effrayer. Il savait que la majorité des gens considèrent les hommes dans son genre comme de dangereux paranoïaques. Quand on a toujours vécu dans le confort et qu'on n'a jamais mis les pieds dans les endroits où il avait été envoyé en mission, on a tendance à considérer les précautions que Jack estimait aller de soi comme le reflet d'un esprit malade.

— Je suis toujours armé, se contenta-t-il de répondre calmement. Et j'ai appris à dégainer vite.

Le poids de son Glock au creux de ses reins le sécurisait.

— Tu veux dire que, pendant tout le temps qu'on était… ensemble, tu étais armé ?

— Oui.

Il laissa ce mot retomber entre eux tel un caillou. Son arme faisait partie de lui. Caroline devait s'habituer à cette idée. Jack était disposé à faire bien des concessions, mais pas celle-ci. Caroline battit des cils et laissa échapper un petit rire.

— Je ne te crois pas.

— Crois-moi. Je suis autorisé à porter une arme et je sais m'en servir, tu n'as aucun souci à te faire.

Elle l'observa un long moment.

— J'ai du mal à me faire à l'idée que l'homme avec qui je… enfin, que quelqu'un que je connais, se reprit-elle, puisse se promener avec une arme. Je crois qu'à part le shérif, je n'ai jamais connu personne dans ce cas-là.

— Le monde n'est pas une vallée de roses, Caroline, répliqua-t-il doucement. Il vaut mieux être prêt à l'affronter.

Ce n'était que la triste vérité. Dans les foyers pour sans-abri où il avait grandi, une belle fille comme Caroline pouvait être certaine de se faire violer dès qu'elle atteignait la puberté. Parfois même avant. En Afghanistan, son corps aurait été dissimulé sous une burqa ne laissant apparaître que ses yeux.

En Sierra Leone – Jack serra les dents à ce souvenir – il avait vu ce qui restait du corps des femmes qui avaient eu le malheur de tomber entre les mains de l'Armée révolutionnaire. La mort avait été un soulagement pour elles.

Jack savait à quoi ressemblait le monde. Être armé, capable de défendre les valeurs qui étaient les siennes, était profondément inscrit dans sa nature, incrusté dans son ADN. Caroline figurait tout en haut de la liste des choses qu'il défendrait jusqu'à la mort.

Il posa les mains sur ses épaules et sentit à travers l'épais tissu du manteau ses os fragiles et délicats. Tout en elle était fragile et délicat, dans un monde qui haïssait la beauté et la délicatesse.

— Un dernier point, Caroline : as-tu un coffre-fort ?

— Oui, répondit-elle en le fixant de ses grands yeux purs. Il est d…

Jack plaqua un doigt sur ses lèvres.

— Non, tu ne dois pas me dire où il est. Ça ne me regarde pas. Je voudrais simplement que tu ailles vérifier ton coffre et t'assurer que rien ne manque. Tu veux bien faire cela pour moi ?

Caroline hocha la tête et monta à l'étage. Jack profita de son absence pour inspecter plus attentivement le salon. Il ne lui semblait toujours pas que quoi que ce soit ait disparu.

La jeune femme réapparut bientôt au pied de l'escalier.

— Il ne manque rien, annonça-t-elle. Et il ne manque rien non plus dans ma chambre.

Elle connaissait suffisamment l'espace dans lequel elle avait toujours vécu pour qu'une rapide inspection lui suffise à affirmer que tout était en place.

— Il n'y a pas grand-chose à voler, de toute façon. Tu es vraiment sûr qu'on a forcé la serrure ?

Voir de ses propres yeux est toujours plus efficace qu'un long discours. Jack lui prit la main et l'emmena jusqu'à la porte d'entrée, qu'il ouvrit. Là, il plaça le bout des doigts de Caroline sur la plaque de cuivre entourant la serrure.

— Tu sens ces éraflures ?

Caroline hocha la tête.

— Elles sont peut-être là depuis longtemps, fit-elle remarquer.

— Crois-moi, elles n'y étaient pas ce matin. Elles ont été faites par l'outil d'un crocheteur qui n'a pas dû mettre plus d'une minute à entrer.

— Comment le sais-tu ? Et comment se fait-il que tu aies remarqué des griffures aussi fines ?

Jack avait une trousse complète de crochets dans son sac de voyage, mais il préféra s'abstenir de le mentionner. Le savoir en possession d'une arme l'avait assez effrayée comme ça.

— On apprend à fracturer des serrures à l'armée. Sur le terrain, la première mission d'un soldat consiste à sécuriser le périmètre dont il est responsable ; il doit savoir tout ce qu'il y a à l'intérieur de ce périmètre. Si j'ai aperçu ces minuscules griffures, c'est parce que j'ai été formé à les repérer. La première chose que j'ai remarquée en arrivant ici, c'est que tes serrures sont tellement faciles à crocheter qu'un gamin pourrait y arriver les yeux bandés.

Les joues de Caroline rosirent légèrement.

— Je suis désolée que mes serrures soient fragiles, mais c'est tout ce que j'ai et tu devras t'en contenter.

Elle était fâchée. Ce qui n'était pas une mauvaise chose. Jack préférait la voir en colère plutôt que terrorisée.

— Demain matin, à la première heure, je me charge de faire installer un système de sécurité. Un Presley ou un…

— Houlà ! Du calme, Jack.

Deux drapeaux rouges flottaient à présent sur ses joues.

— Je comprends que tu attaches de l'importance à la sécurité, mais je n'ai pas les moyens de faire installer des codes électroniques et des alarmes à toutes les portes et fenêtres de la maison. Je n'aurais même pas de quoi changer les serrures des portes. C'est quelque chose qui attendra.

Jack sentit un nœud se former dans sa poitrine.

— Je ne m'attends pas à ce que ce soit toi qui payes, Caroline. Je suis tout à fait disposé à l'acheter moi-même. En me recommandant de la société de mon père, je pourrais certainement bénéficier d'un rabais important.

— C'est absolument hors de question, rétorqua-t-elle, sa jolie bouche formant un pli entêté. Je ne peux pas me permettre de le déduire de ton loyer, et je ne veux pas que tu achètes quelque chose d'aussi coûteux pour ma maison. Nous devrons nous contenter d'espérer que, grâce aux cambrioleurs qui sont entrés ici, le bruit coure désormais dans le monde des malfrats qu'il n'y a rien à voler à Greenbriars, si ce n'est de l'argenterie dépareillée et les aquarelles de maman.

Jack aurait souhaité pouvoir faire avancer l'histoire de leur relation jusqu'au jour où ils seraient officiellement fiancés. Ce jour-là, Caroline ne pourrait plus refuser l'argent qu'il était disposé à dépenser pour elle… Mais il se contenta de faire courir un doigt le long de son cou. Elle avait ôté son manteau lorsqu'elle était montée vérifier le contenu du coffre-fort. Elle portait un pull à col en V d'un joli turquoise, qui faisait paraître ses yeux d'un bleu plus soutenu.

Jack l'observa tandis que son doigt caressait l'encolure du pull. Sa peau était aussi douce que du satin.

— Tu sais ce que j'aimerais ?

Elle secoua la tête.

Sa voix ne fut plus qu'un murmure quand il baissa les yeux sur sa gorge.

— J'aimerais t'offrir un collier de perles. Ta peau est faite pour porter des perles. Je t'offrirais de ces perles légèrement rosées, je ne suis pas sûr de leur nom…

— Des perles d'eau douce, lui souffla-t-elle avec un petit sourire.

— Oui, des perles d'eau douce roses. J'aimerais t'offrir plusieurs rangs de perles, cela t'irait si bien et me ferait tellement plaisir… Mais tu sais quoi ? Je parie que tu as déjà un collier de perles. Je me trompe ?

— J'en ai plusieurs, en effet. Ils appartenaient à ma mère et ils sont magnifiques.

— C'est bien ce que je pensais. Ton père devait aimer offrir des perles à ta mère. Tu m'as dit qu'il la couvrait de présents. J'imagine le plaisir qu'il tirait de voir sa femme porter les perles qu'il avait choisies pour elle.

Un souvenir fit sourire Caroline. Le plan de Jack opérait. Il n'avait pas l'habitude d'obtenir ce qu'il voulait par des cajoleries. Dans l'armée, on donne des ordres et on est obéi. Le terrain sur lequel il s'aventurait était entièrement nouveau pour lui. Il allait devoir progresser très vite dans ce domaine, car Caroline avait des principes chevillés au corps et ne se laissait pas convaincre facilement.

— Permets-moi de t'expliquer ma façon de voir les choses. J'aimerais beaucoup t'offrir des perles, mais si je m'avisais de le faire, ce serait une catastrophe parce que je n'y connais strictement rien. La simple idée d'entrer dans une bijouterie me donne des suées. Les colliers de perles n'ont jamais fait partie de ma vie, ni figuré dans ma formation, et j'aurais l'impression de nager dans des eaux infestées de requins. S'il existe un seul domaine que je connaisse bien, en revanche, c'est celui de la sécurité. Tu me ferais une immense faveur en acceptant de me laisser installer un système d'alarme, parce que cela m'éviterait de me ronger les sangs à l'idée qu'un voleur puisse entrer ici comme dans un moulin – sauf que la prochaine fois, il risque d'être armé et de te faire du mal si je ne suis pas là. Accepterais-tu de considérer cela comme l'équivalent d'un collier de perles que t'offrirait un soupirant ? Et comme une immense faveur que tu me ferais ?

La caresse de sa main avait réchauffé sa peau, éveillant ce parfum de roses qui avait sur lui un impact puissamment érotique. Jack n'eut plus qu'une envie : l'emmener dans la chambre, l'allonger sur le lit et la posséder aussi vite qu'il était humainement possible de le faire. Mais Caroline était perturbée. Cette ordure de McCullin l'avait agressée et un cambrioleur était entré chez elle. Jack devrait attendre qu'elle soit remise de ses émotions.

Pour la première fois de sa vie, il était prêt à remettre la satisfaction sexuelle qu'une femme qu'il savait consentante était physiquement disposée à lui offrir, car il sentait qu'elle n'était pas *psychologiquement* disposée à le faire.

— Je n'aime pas du tout l'idée que quelqu'un se soit introduit chez moi et ait fouillé dans mes affaires, murmura-t-elle.

— Je comprends.

— Tu installerais un système de sécurité parfaitement inviolable ?

Jack installerait un système de sécurité qu'il serait incapable de franchir lui-même. Il hocha la tête.

— Je crois que tu as réussi à me convaincre.

Caroline prit une profonde inspiration. Jack résista héroïquement à la tentation de baisser les yeux, alors que son excellente vision périphérique venait de lui souffler que ses seins tendaient son pull.

— J'accepterai ton cadeau avec des remerciements, et tu m'obligerais en acceptant le modeste cadeau que je m'apprête à te faire. Un bon dîner.

Elle se hissa sur la pointe des pieds et déposa timidement un baiser au coin de ses lèvres. Jack en fut tellement surpris qu'il demeura immobile. Lorsque l'idée de lui rendre son baiser surgit enfin dans sa tête, Caroline avait déjà disparu dans la cuisine.

Jack resta un moment à l'écouter remuer des casseroles et faire couler de l'eau, en repensant à la douleur fulgurante qui avait comprimé sa poitrine quand elle l'avait spontanément embrassé.

Il se passa la main sur le torse. Il avait encore mal.

Sanders s'assit à son bureau en grinçant des dents. Il s'était soigneusement peigné et avait remis de l'ordre dans sa tenue avant de regagner son bureau, mais quelque chose devait transparaître assez visiblement de sa personne – des volutes de fumée que la rage faisait sortir de son nez et de ses oreilles, très probablement – car sa secrétaire l'avait dévisagé d'un air inquiet quand il était passé devant elle.

Caroline était perdue pour lui. Doublement perdue. Certes, il n'aurait peut-être pas dû la bousculer comme il l'avait fait, mais lorsqu'il avait franchi le seuil de sa librairie, il avait été saisi d'une irrépressible bouffée d'excitation sexuelle. Il avait oublié à quel point la jeune femme était belle et faite pour lui. Et quand elle s'était levée pour lui dire – *à lui !* – qu'elle ne souhaitait pas aller dans l'hôtel le plus fabuleux de l'État de Washington et ne voulait pas de sa loge à l'opéra, il avait perdu la tête.

Il n'aurait pas dû la bousculer comme ça, mais bon sang, quand elle lui avait dit non, quelque chose avait basculé. Caroline n'avait jamais été exceptionnelle au lit, mais lorsqu'elle lui résistait, la passion qui bouillonnait en elle l'excitait prodigieusement.

Il n'aurait pas dû la bousculer, mais bon sang, elle le faisait bander comme un âne en rut !

Or il s'avérait qu'elle n'était pas libre. Elle baisait avec quelqu'un d'autre. Un type violent et possessif.

Depuis qu'il avait rencontré Caroline, Sanders s'était toujours dit dans un coin de sa tête que le jour où il déciderait de se caser, ce serait avec Caroline, et qu'elle se jetterait dans ses bras, éperdue de reconnaissance. Après tout, il lui permettrait de retrouver la vie de luxe dans laquelle elle était née et dont l'avait privée la mort de ses parents.

Il s'était attendu à ce qu'elle reste libre pour lui. Mais elle s'était acoquinée avec ce rustaud qui avait bien failli lui casser le bras.

Il devait absolument faire quelque chose, et ce, le plus vite possible. Maintenant qu'il avait pris sa décision, il n'allait pas laisser un individu violent et mal fagoté lui rafler la femme de sa vie.

La sonnerie de l'interphone retentit.

— Quelqu'un voudrait vous voir, monsieur McCullin.

— Je ne veux voir personne, Lori, répliqua-t-il d'un ton agacé. Ne me passez aucun appel.

— Mais… monsieur McCullin, je pense que vous devriez recevoir cette personne. Attendez ! glapit

Lori. Vous n'avez pas le droit d'entrer sans autorisation ! Monsieur…

La porte du bureau de Sanders s'ouvrit à la volée, livrant passage à un homme qui brandissait un badge à hauteur de sa poitrine. De taille moyenne, cheveux blond cendré coupés en brosse, lunettes à monture d'écaille, costume noir bon marché.

— Monsieur McCullin ? Monsieur Sanders McCullin ?

Sanders ne parvenait pas à identifier son badge.

— Oui, c'est moi. Mais comme ma secrétaire vient de vous le dire, je suis très occupé cet…

— Monsieur McCullin, mon nom est David Butler. Agent spécial David Butler, du FBI de New York. Vous connaissez une dénommée Caroline Lake. Nous enquêtons sur une de ses relations qui se fait passer pour un certain Jack Prescott. Cet homme est un dangereux criminel. Nous avons des raisons de le suspecter de crimes de guerre et d'un important vol de diamants en Afrique.

Sanders contempla l'homme et sentit un espoir immense envahir sa poitrine.

— Asseyez-vous, je vous en prie, monsieur Butler, dit-il à l'agent du FBI.

Ébranlé, Jack décida de s'occuper de la fuite du lavabo du cabinet de toilette du rez-de-chaussée, pendant que Caroline préparait le dîner. Il s'agissait d'une fuite assez importante et en découvrant la flaque d'eau qui s'étalait, Jack se dit que ce lavabo constituait une métaphore criante de sa propre vie. Il fuyait autant que lui, et ses émotions lui échappaient complètement.

Jack se reconnaissait à peine, c'était comme s'il était en train de se répandre en lambeaux. Caroline lui brouillait l'esprit et piétinait son cœur. Pendant plus de douze ans, il avait secrètement rêvé d'elle, sans jamais considérer qu'elle puisse changer quoi que ce soit d'essentiel en lui.

Jack se connaissait bien et se sentait parfaitement à l'aise avec lui-même. Sa vie n'avait pas été facile, mais elle lui avait permis de se forger une solide confiance en lui et de se détacher émotionnellement de tout ce qu'il entreprenait.

Or il avait suffi de trois jours pour que Caroline fasse voler tout cela en éclats.

Quand il avait vu cet homme la brutaliser, il avait eu l'impression que sa tête allait exploser. Fort heureusement, il ignorait à ce moment-là qu'il s'agissait du beau jeune homme blond qu'il avait vu embrasser Caroline à travers la fenêtre du salon un soir de Noël, il y avait de cela bien longtemps, à l'époque où il s'appelait encore Ben. Jack avait passé les douze années suivantes à haïr ce beau jeune homme et à se demander si c'était avec lui que Caroline s'était mariée et avait eu des enfants.

Sans savoir de qui il s'agissait, Jack avait totalement perdu la tête. Il s'en était fallu d'un cheveu qu'il ne lui casse le bras. Il était dans un tel état de rage qu'il aurait pu le tuer, ce qui l'aurait conduit directement en prison. Et lui aurait fait perdre Caroline à jamais.

En posant la main sur son bras, elle lui avait permis de s'extraire de sa propre rage.

Mais les choses ne s'étaient pas arrêtées là. S'il avait fait attention, il aurait remarqué le crochetage de la serrure depuis l'allée. Au lieu de quoi, il avait presque failli ne pas le voir. Un fait sans précédent. Jack était un spécialiste de la protection rapprochée et possédait un sixième, voire un septième sens, pour détecter la moindre faille de sécurité.

Il s'employa donc à réparer la fuite du lavabo, resserra les écrous de fixation de la cuvette des toilettes et changea le joint de la pomme de douche comme il aurait souhaité pouvoir se réparer lui-même. Redevenir celui qu'il était avant de retrouver Caroline : froid, raisonnable, détaché.

La jeune femme passa son adorable minois dans l'entrebâillement de la porte et lui sourit. Jack eut l'impression d'être frappé par la foudre.

— Le dîner est servi, Jack, annonça-t-elle avant de retourner dans la cuisine.

Il la regarda s'éloigner, fasciné par le mouvement de ses cheveux sur ses épaules, la gracieuse ondulation de ses hanches et le doux claquement de ses talons sur le dallage de marbre, qui faisait écho aux battements de son cœur.

Un léger parfum de rose flottait dans l'air.

Il porta la main à sa poitrine. Le point de douleur était toujours là.

Après le départ de l'agent du FBI, Sanders demeura un moment parfaitement immobile sur le fauteuil de son bureau, les yeux rivés sur ses mains.

Le cabinet était plongé dans le plus profond silence. Sanders employait une secrétaire administrative, deux secrétaires juridiques et deux stagiaires. La tempête de neige les avait tous autorisés à rentrer chez eux plus tôt que d'habitude. Sanders était seul avec ses pensées.

Après ce qu'il venait d'apprendre, il pouvait envisager de reconquérir Caroline, mais il allait devoir procéder avec la plus extrême prudence.

L'agent spécial du FBI avait son propre programme et des priorités qui ne concernaient en rien l'éventualité d'une réconciliation entre Caroline Lake et Sanders McCullin.

Butler avait été très clair sur ce point. Il lui avait également formellement interdit d'intervenir, mais Sanders n'avait aucune intention de lui obéir.

Depuis quand Caroline fréquentait-elle ce soi-disant Jack Prescott ? Leur liaison devait être récente, car quand Sanders avait vu Jenna la semaine précédente, elle ne lui en avait pas soufflé mot.

Cette histoire prouvait bien que Caroline était incapable de gérer sa vie toute seule. Elle ne l'avait pas écouté lorsqu'il lui avait conseillé de placer Toby dans un institut spécialisé, elle ne l'avait pas écouté lorsqu'il lui avait conseillé de vendre Greenbriars, et maintenant, un dangereux criminel lui avait mis le grappin dessus.

Instinctivement, Sanders savait que ce lamentable faux pas lui permettrait d'accroître son ascendant sur Caroline, une fois qu'ils seraient mariés. Quand elle se permettrait de le contredire, il lui suffirait de répliquer :

— Ah oui ? Et qui est-ce qui a couché avec un meurtrier sanguinaire ?

Cela lui clouerait le bec, et elle lui obéirait au doigt et à l'œil.

Sanders avait eu de surprenantes révélations au cours de ces dernières vingt-quatre heures. Cela faisait des années que Caroline et lui se tournaient autour. Il avait couché avec d'autres femmes, évidemment ; un homme digne de ce nom se doit de cumuler les conquêtes et les expériences. Mais la jeune femme avait toujours occupé un coin de son esprit, et il savait qu'il attendait simplement le moment de se caser. Ce moment était venu, sans que la famille de Caroline puisse s'interposer.

Sanders avait également découvert qu'il aimait énormément la dominer. Il n'avait jamais ressenti cela avec une autre femme. Ce qu'il attendait d'une femme, c'était qu'elle baise bien et qu'elle soit rusée. Si leurs relations pouvaient lui être professionnellement utiles, c'était encore mieux. Mais s'il sentait poindre l'envie de la dominer, Sanders passait immédiatement à une autre.

Or, il venait de découvrir qu'il adorait cela.

La domination.

Caroline avait besoin d'être dominée. D'un maître qui la fasse ployer selon ses désirs. Sanders avait été à la fois stupéfait et ravi de découvrir que si elle essayait de lui résister, cela déclenchait en lui une puissante excitation. Quand ils seraient mariés, Sanders aurait à sa disposition une épouse docile, qui dépendrait de lui financièrement et n'oserait jamais le contredire parce qu'elle aurait couché avec un criminel. Sanders s'appliquerait à le lui rappeler régulièrement.

Ses yeux se posèrent sur le numéro de téléphone de la carte de visite de l'agent spécial Butler.

Sanders était un avocat avisé, habitué à vérifier tous les faits qu'on lui soumettait. Il décrocha son téléphone et composa le numéro. La sonnerie retentit deux fois.

— Bureau principal du FBI de New York, je vous écoute, répondit une voix féminine avec un accent hispanique prononcé.

— J'aimerais parler à l'agent spécial Darell Butler, je vous prie.

— Désolée, monsieur, mais l'agent spécial Butler est absent. Souhaitez-vous lui laisser un message ?

— Non, je vous remercie. Je rappellerai.

Sanders raccrocha lentement et un sourire étira ses lèvres.

Les choses avaient pris un tour aussi surprenant que merveilleux.

15

— Mange.

Jack désigna d'un froncement de sourcils le blanc de poulet dans lequel Caroline faisait mine de planter sa fourchette depuis une demi-heure, visiblement soucieuse.

Elle avait préparé un dîner fabuleux. Soupe de lentilles, pain au levain, poulet *alla parmigiana,* salade de quatre haricots et crumble aux pommes. Il y en avait au moins pour quatre, et Jack avait englouti la part de trois personnes et demie. Le restant se trouvait sur l'assiette de Caroline, qui repoussait les morceaux sur le pourtour de son assiette sans s'en rendre compte.

Elle leva les yeux.

— Tu… Tu crois qu'il est entré dans la cuisine ?

Jack n'eut pas besoin de lui demander à qui elle faisait allusion. *Il,* c'était le cambrioleur qui était entré chez elle et dont l'intrusion la faisait rétrospectivement frémir.

— Probablement pas. Les gens rangent rarement leurs objets de valeur dans la cuisine – bien qu'ils devraient le faire, car c'est précisément l'endroit qu'oublient généralement de fouiller les cambrioleurs. Pourquoi ?

Caroline haussa les épaules. Avec sa fourchette, elle agençait ses haricots en petits monticules à base rectangulaire.

— Je ne sais pas. C'est juste que… Depuis que j'ai des locataires, je me suis habituée à partager mon espace vital. Mais ma chambre et la cuisine restent mon territoire privé, et je ne supporte pas l'idée qu'on ait pu toucher à mes affaires.

Jack coupa un généreux morceau de poulet.

— Dans deux jours, grâce au système de sécurité, plus personne ne pourra entrer chez toi en ton absence. Maintenant, ouvre la bouche.

Il fit glisser le morceau de poulet entre ses lèvres et la regarda mâcher. Lorsqu'elle l'eut avalé, il avait déjà placé un autre morceau au bout de sa fourchette.

— Allez, un autre.

Caroline fit la grimace, mais lui obéit. La troisième fois, elle détourna la tête.

— Je n'ai pas très faim, Jack.

Frustré, il reposa la fourchette. Il tenait à ce qu'elle mange, mais il aurait été incapable de la forcer à faire quoi que ce soit.

Caroline baissa la tête et une mèche de ses longs cheveux retomba devant son visage. Jack l'écarta de l'index, puis lui souleva le menton pour la regarder dans les yeux.

— Il y a autre chose qui te tracasse, n'est-ce pas ?

Elle secoua la tête, et une douce fragrance de rose effleura les narines de Jack.

— C'est à cause de ton… ami, n'est-ce pas ? Tu étais choquée, tout à l'heure. J'imagine que tu ne t'attendais pas à cela de sa part.

— Mon Dieu, non !

Des larmes emplirent ses yeux, mais elle battit vaillamment des cils pour les refouler. Jack sentit son cœur se serrer à ce spectacle. Caroline avait dû plus d'une fois refouler ses larmes au cours des dernières années.

— Je connais Sanders depuis… depuis toujours. Comme je te l'ai dit, on sortait ensemble à l'adolescence. J'avais l'impression de le connaître à fond. Il a de bons côtés. C'est un convive agréable et il a beaucoup d'esprit. Mais il ne faut pas trop en attendre de lui. C'est aussi quelqu'un de vaniteux et d'égoïste, qui fait toujours passer ses priorités avant tout le reste. Et il sait très bien se servir de son charme pour se faire pardonner ses défauts. Je le connais assez pour ne pas attendre de lui autre chose que ce qu'il est disposé à donner. Mais aujourd'hui... je ne comprends vraiment pas ce qui lui a pris, conclut-elle en secouant la tête.

— Raconte-moi ce qui s'est passé, dit Jack en lui prenant les mains.

Caroline avait besoin de parler, et Jack était plus que disposé à l'écouter.

— Quand je lui ai résisté, j'ai senti que ça lui plaisait, révéla Caroline en le regardant bien en face. Ça l'excitait, c'était... évident. Au début, j'ai pensé qu'il suffirait de le repousser pour qu'il renonce, mais il s'est contenté de me serrer encore plus fort.

Elle soupira.

— La plupart des femmes sont un jour ou l'autre confrontées au désir d'un homme qui ne leur plaît pas, mais en général, elles n'ont pas besoin d'insister longtemps pour qu'ils comprennent qu'elles ne sont pas intéressées. J'étais persuadée que les choses se passeraient comme ça avec Sanders, mais ça n'a pas été le cas. Et quand je me suis débattue plus vigoureusement... ça a déclenché son érection. C'était *horrible*.

Jack regretta de ne pas avoir tué cette ordure. McCullin était parvenu à entamer l'estime que Caroline avait d'elle-même en tant que femme, et il apparut aussitôt à Jack comme relevant de son devoir de réparer cet accroc.

— J'ai déjà connu des hommes dans ce genre-là, déclara-t-il en caressant sa main. Ce sont des gens qui ont en eux une fêlure dont ils ne sont même pas conscients. L'armée attire beaucoup de types comme McCullin. Des types fascinés par l'idée de pouvoir, qui voient dans l'armée une possibilité de recevoir un entraînement qui leur permettra de dominer les autres physiquement. Heureusement, l'armée a les moyens de détecter les hommes de ce genre et les rejette parce qu'ils ne feront jamais de bons soldats. La fêlure qu'ils véhiculent ne transparaît pas seulement au niveau sexuel. Ce sont aussi des gens dépourvus d'esprit d'équipe, or toute la vie militaire s'articule sur ce principe. Ils n'aiment pas qu'on leur donne des ordres et surévaluent leurs compétences, ce qui peut se révéler catastrophique dans le cadre d'un combat.

Jack effleura les lèvres de Caroline du plus doux des baisers.

— Ce mec est un malade, Caroline. Il ne mérite pas que tu te soucies un seul instant de lui.

Un petit rire échappa à Caroline.

— Je crois que c'est surtout toi qui devrais te soucier de lui, Jack. Sanders a menacé de te traîner en justice, et c'est un excellent avocat. J'espère que tu n'auras pas d'ennuis à cause de moi.

Caroline s'était fait agresser par un homme qu'elle considérait comme un ami, on était entré chez elle par effraction, et elle se faisait du souci *pour lui*.

— Ça, c'est mon problème, répondit-il en passant son pouce sur le pli inquiet qui barrait son front. Il ne me fait vraiment pas peur, crois-moi.

— Non, je ne pense pas qu'il soit en mesure de te faire peur. Mais je ne t'ai même pas remercié d'être intervenu au bon moment. Ton apparition était digne d'un film ! Jack Prescott à la rescousse ! Merci, Jack, du fond du cœur.

— Il n'y a pas de quoi, répliqua-t-il d'une voix rauque.

Tenant son verre par le pied, Caroline faisait doucement tournoyer son vin et regardait le liquide couleur rubis remonter sur les parois de cristal, perdue dans ses pensées.

La main qui tenait le verre était aussi délicate que son poignet. Jack voyait ses tendons jouer tandis qu'elle imprimait un mouvement circulaire au pied du verre. Elle était très pâle et ses traits étaient particulièrement tirés, ce soir.

Caroline avait eu beau ériger autour d'elle des petits refuges à l'abri du monde extérieur, sa maison et sa librairie, la gueule du monde extérieur avait surgi dans un rugissement, planté ses crocs acérés dans le toit de ses refuges et en avait emporté un gros morceau de chacun.

Le monde n'était pas tendre pour les tendres.

Jack sentit son cœur se serrer dans sa poitrine.

Il avait l'impression de la voir pour la première fois. Caroline avait occupé ses pensées presque toute sa vie, telle une mystérieuse beauté d'un autre monde, parfaitement inaccessible. Une entité sur laquelle il fantasmait lorsqu'il était seul avec ses pensées. Une licorne. Un mythe.

Mais la femme qu'il avait sous les yeux était bien réelle. Cette femme au cœur généreux n'était pas un mythe, mais un être de chair et de sang. Forte, et pourtant vulnérable. Robuste, et pourtant fragile.

C'était aussi la personne la plus courageuse qu'il ait jamais connue.

Jack s'estimait courageux. Il s'était trouvé au cœur de tant de conflits armés qu'il ne les comptait plus. Il s'était préparé à mourir avant de se lancer dans chacun des combats auxquels il avait participé. Rien ni personne ne l'avait jamais contraint à reculer.

Mais tout cela ne signifiait rien. Quand le colonel était tombé malade, son courage avait été réellement mis à l'épreuve. Jack avait vécu la maladie de son père adoptif comme trois semaines d'enfer pur. Il avait passé autant de temps que possible à l'hôpital en ne songeant qu'à s'enfuir à chaque seconde. Assister à l'agonie du colonel, le voir diminuer de jour en jour, avait été une expérience terrible.

Lorsqu'il rentrait chez lui, Jack descendait à la cave pour cogner contre un sac de sable pendant une heure d'affilée, sans parvenir à émousser son désespoir.

À la fin, il parvenait à peine à poser les yeux sur le colonel. Il avait beau avoir honte, il ne supportait pas de regarder ce visage émacié, exsangue, recouvert d'un voile de peau aussi fin que du papier de soie. De voir tous ces tubes qui entraient et sortaient de son corps. D'entendre les râles pitoyables de sa respiration.

Quand les infirmières venaient refaire son lit ou lui apporter ses médicaments, Jack sautait sur l'occasion pour quitter la chambre, histoire de descendre boire un café à la cafétéria. Chaque fois qu'il remontait, il restait un bon moment devant la porte de la chambre, en sueur, les mains plaquées sur le battant, s'intimant l'ordre de le pousser.

Il lui avait parfois fallu une demi-heure avant de puiser le courage d'aller retrouver son père pour l'aider à mourir.

Trois semaines d'enfer.

Caroline avait veillé sur son frère pendant *six ans* alors qu'elle croulait sous les dettes.

Cette femme avait un courage exceptionnel.

À tout instant, quelqu'un pouvait la blesser ou la tuer. Le monde était vaste, froid et cruel. Jack le savait mieux que personne. Il connaissait la vie dans toute sa brutalité et sa sauvagerie. Le destin pouvait balayer Caroline de la surface de la Terre en un instant, d'un simple revers de main.

Sa beauté et sa gentillesse pouvaient disparaître aussi vite que la flamme d'une chandelle sur laquelle on souffle.

Cette femme était incroyablement précieuse, aussi précieuse que la lumière dans l'obscurité, que le répit dans la tourmente.

À cet instant précis, Jack eut la certitude absolue que Caroline posséderait éternellement son cœur, et que sa mission consisterait désormais à la protéger et la rendre heureuse, à faire renaître le sourire sur ses lèvres.

Jusqu'à son dernier souffle, il s'appliquerait à la préserver du danger. Mais surtout, il souhaitait que Caroline reste fidèle à elle-même. Rien ne pourrait jamais lui faire retrouver l'état d'insouciance dans lequel elle avait grandi jusqu'à la mort de ses parents, mais Jack voulait que la femme heureuse et épanouie qu'il avait entraperçue pendant le week-end refasse surface. Il voulait voir ressurgir devant lui la beauté enchanteresse et confiante, la femme cultivée, drôle et même truculente. Cette femme était la véritable Caroline, son essence première.

Jack n'avait pas le pouvoir de remonter le temps pour défaire cette journée, mais il avait celui de la combler de plaisir avant qu'elle ne s'achève.

— Viens, dit-il en se levant brusquement.

Caroline le regarda d'un air intrigué lorsqu'il plaça deux verres à pied et la bouteille d'excellent vin qu'ils avaient entamée au dîner entre ses mains, puis glapit de surprise quand il la souleva dans ses bras.

— Où… commença-t-elle avant de s'interrompre.

Jack était arrivé au pied de l'escalier, et leur destination ne faisait aucun doute.

— Je me suis dit qu'on serait mieux ici pour prendre un dernier verre, expliqua-t-il en s'engageant dans le couloir qui menait à sa chambre.

Leur chambre, désormais.

Il n'alluma pas la lumière, mais celle du couloir répandait une lueur tamisée dans la pièce. Assez pour les envelopper dans l'intimité de l'obscurité sans priver Jack de la vision de Caroline. Il connaissait à présent assez bien son corps pour sentir la moindre de ses réactions rien qu'au toucher, mais il avait aussi besoin de la regarder.

Aucun spectacle au monde n'était aussi bouleversant que celui de ses paupières voilant son regard sous l'effet du désir, de sa peau rosissant sous la caresse de ses mains ou du battement presque imperceptible de son cœur sous son sein gauche.

Chacune de ses réactions semblait avoir été conçue pour le troubler, accélérer son pouls et lui fouetter le sang. Son apparence, le son de sa voix et de son rire, la douceur de sa peau, son parfum : tout concourait à le maintenir dans un état de semi-érection dès qu'il était près d'elle ou qu'il pensait à elle.

Cet état avait cédé la place à une glorieuse érection à présent, et Jack se félicita d'avoir acheté un autre jean moulant qui lui permettrait de la contenir le temps nécessaire.

Ce soir serait consacré à la romance, et qui dit romance dit préliminaires, même si ce n'était pas son domaine de prédilection. Quand il se trouvait en présence d'une femme nue, Jack résistait rarement plus de quelques minutes avant de la posséder. Atermoyer ou se retenir n'entrait pas dans ses habitudes.

Ce soir serait un cours intensif de maîtrise de soi, parce qu'il se consacrerait exclusivement à elle.

Jack s'assit près d'elle sur le lit, versa un verre de vin et le plaça dans la main de Caroline. Il en versa un autre et trinqua avec elle. Le tintement pur du cristal résonna dans la chambre.

— À nous.

Il but en l'observant par-dessus le rebord de son verre.

— À nous, répéta Caroline en souriant avant de faire tournoyer le vin dans son verre, d'en respirer le bouquet et d'en prendre une gorgée.

La fête des sens ne faisait que commencer, et Jack avait l'intention de la prolonger le plus longtemps possible.

Il s'accroupit et grimaça lorsque son sexe frotta contre son jean. C'était atrocement douloureux.

Il libéra le pied droit de Caroline de sa chaussure, puis le gauche, et sentit sa gorge se nouer devant la perfection de ses pieds menus.

Dans le silence de la chambre, il la déshabilla lentement et ne put s'empêcher d'avoir l'impression de déballer un cadeau de Noël. Bas, jupe, pull, culotte, soutien-gorge et voilà : elle était entièrement nue et toute à lui.

Son sexe enfla aussi douloureusement que battait son cœur.

Les chevilles de Caroline étaient si fines qu'il les encercla aisément de ses mains.

— Tu as des pieds adorables, dit-il en levant les yeux vers elle.

Ils semblaient faits d'argent sous cet éclairage. D'argent cerné d'un halo bleu nuit.

— Merci, murmura-t-elle en réponse.

Il se pencha au-dessus d'elle, tout en faisant remonter ses mains depuis ses chevilles jusqu'à ses hanches, et le bout de ses doigts vint effleurer son ventre.

Il s'inclina davantage, insérant ses épaules entre ses jambes de façon à lui faire écarter les cuisses.

— Allonge-toi, ma douce, dit-il d'une voix rauque. J'ai l'intention de prendre mon temps.

Cette déclaration fit naître un sourire sur les lèvres de Caroline. Elle passa une main dans les cheveux de Jack, puis s'allongea, le bras replié sur les yeux.

Parfait. Elle n'avait pas besoin de voir. Uniquement de sentir.

Elle était d'une beauté foudroyante ainsi allongée, nue, les os saillants de ses hanches encadrant le creux de son ventre, les jambes écartées sur le rebord du lit, entièrement offerte.

Jack n'avait plus qu'une pensée : enfouir la tête entre ses cuisses, là où il aimait tant enfouir son sexe – ce qu'il ferait aussi, mais plus tard. D'une caresse aussi suave que le souffle d'un ange, il l'incita à s'offrir davantage, incapable de détacher les yeux d'elle. De la perfection de sa chair rose pâle couronnée d'une toison d'un roux flamboyant.

Afin de préserver sa pudeur, Jack n'avait pas allumé la lumière, mais il jouissait d'une excellente vision dans la pénombre. Ses longues cuisses d'une blancheur de nacre, l'arrondi de ses hanches et le galbe de ses petits seins fermes lui apparaissaient comme en plein jour.

De ses pouces, il l'ouvrit délicatement, comme s'il déployait la corolle d'une fleur, et il eut l'impression de faire cela pour la première fois de sa vie.

Il l'embrassa comme il embrassait sa bouche. Elle avait une saveur marine, tiède et épicée. Ses doux halètements résonnaient dans le silence de la chambre, ponctués d'un petit gémissement à chaque passage de sa langue. Jack ferma les yeux un instant et se concentra sur elle – sur la moiteur qui gagnait progressivement les replis de sa chair, sur le léger tremblement de ses jambes, sur la contraction des muscles de son ventre quand il la pénétra de la pointe de sa langue.

— Jack, chuchota-t-elle alors que la caresse de sa langue s'accentuait.

Il sentit les parois de sa petite vulve remuer sous l'effet d'une vive contraction de plaisir.

Douceur soyeuse, moiteur. Le goût de la mer accompagné d'un parfum de rose musquée. Agenouillé devant elle tel un suppliant devant sa déesse, Jack lapait et léchait, s'oubliant totalement dans son adoration.

Sa vulve palpita vivement autour de sa langue lorsqu'elle jouit, et Jack en fut bouleversé. Jamais encore il n'avait ressenti une telle émotion.

— Jack... dit-elle d'une voix langoureusement exigeante.

Il était disposé à satisfaire la moindre de ses exigences, et bien qu'une part de lui ait envie de rester agenouillé devant elle pour l'aimer avec sa bouche pendant les dix mille années à venir, l'autre brûlait du désir de la pénétrer.

Une seconde plus tard, il entrait en elle d'une longue poussée, et un gémissement de soulagement franchit leurs lèvres à l'unisson. Jack se pencha pour l'embrasser et les plaintes de Caroline se perdirent dans sa bouche.

Ses poussées étaient profondes et lentes, et l'univers se réduisit pour Jack à la femme qui se trouvait sous lui, à la jonction de leurs corps.

Quand il pénétrait dans le pays enchanté de Caroline, ses pensées cédaient la place à un monde de sensations pures. La chaleur et la douceur de son corps, l'accueil qu'elle réservait à son sexe, ses jambes et ses bras l'encerclant étroitement.

En dépit de sa force, Jack aurait été incapable de se libérer de son étreinte.

Pour la première fois de sa vie, il perdit toute notion de lui-même. Il eut l'impression d'investir totalement le corps et les pensées de Caroline afin de lui donner exactement ce qu'elle désirait. Quand elle jouit, il modifia légèrement l'angle de ses poussées pour prolonger son orgasme, jusqu'à ce que sa tête bascule en arrière et que ses jambes et ses bras retombent sur le lit.

Alors seulement, Jack s'autorisa à prendre son plaisir. Caroline était assez humide pour le recevoir complètement et il la posséda furieusement, jusqu'à la garde. Son orgasme fut si intense qu'il eut l'impression que c'était son corps tout entier, depuis la pointe des orteils jusqu'à la racine des cheveux, qui explosait en elle.

Il s'affala sur elle, exténué, métamorphosé. Un homme l'avait agressée ce jour-là, mais Jack venait d'effacer cet odieux souvenir de son esprit et, à dater de cet instant, plus personne ne toucherait un seul cheveu de sa bien-aimée.

Il frotta le bout de son nez derrière son oreille, son parfum emplissant ses narines.

— Une fois que le système d'alarme sera installé, on s'occupera de la décoration. Il faudrait repeindre la cuisine et la chambre. La salle à manger aussi. En jaune, comme avant. Ça ne te ferait pas plaisir de redonner tout son lustre à Greenbriars ? suggéra-t-il d'une voix ensommeillée.

Il n'eut que le temps d'effleurer sa tempe d'un baiser avant de sombrer dans les bras de Morphée.

Allongée sur le dos, les muscles parfaitement détendus, Caroline ne percevait plus les messages de bonheur que lui envoyait son corps qu'à travers une sorte de brouillard. Son visage était pétrifié de stupéfaction.

Jack avait essayé de la prendre dans ses bras, mais elle était restée inerte, comme si elle dormait déjà, et il s'était endormi aussi rapidement qu'une lampe qu'on éteint.

S'il avait eu le malheur de poser la main sur elle, Caroline ignorait comment elle aurait réagi. Elle se serait enfuie, probablement. En hurlant. Elle déglutit pour lutter contre le flot de bile qui menaçait de remonter dans sa gorge.

Son instinct lui soufflait de quitter le lit et de se sauver. Oui, mais pour aller où ?

Une migraine lancinante se fraya un chemin dans son crâne tandis qu'elle fixait le plafond en se demandant si la réponse ne s'y trouvait pas, tapie dans les ténèbres. Mais il n'y avait qu'une seule alternative à la situation : soit elle était folle, soit Jack lui mentait depuis le début.

L'homme qui était allongé auprès d'elle, l'homme qui venait de lui faire l'amour, l'homme qui était en elle un instant auparavant et qui lui avait donné un plaisir fulgurant, n'était pas celui qu'il prétendait être.

Caroline aurait aimé pouvoir oublier ce qu'il avait dit. Jack était entré dans sa vie comme un miracle tombé du ciel. Il avait toutes les qualités requises pour devenir un agréable compagnon. Il était beau, galant, attentionné, merveilleusement doué pour les jeux d'alcôve et… riche.

À moins que Jenna lui ait fait une blague.

Mais les mots qu'il avait prononcés n'arrêtaient pas de tourner dans sa tête, comme un refrain moqueur. Des mots qui lui avaient donné l'impression que le sol se dérobait sous elle, qu'elle sombrait dans un abîme, et qui l'avaient fait douter de ses sens et de sa raison.

— *La salle à manger aussi. En jaune, comme avant. Ça ne te ferait pas plaisir de redonner tout son lustre à Greenbriars ?*

Évidemment que ça lui ferait plaisir. Redonner aux murs de la salle à manger leur jolie teinte jaune canari, au lieu du vert pisseux dont elle les avait recouverts pour dissimuler le sang de Toby, faisait partie de ses projets… à très long terme.

C'était gentil de la part de Jack d'y avoir pensé.

Sauf que la dernière fois que les murs de la salle à manger avaient été jaunes, remontait à *six ans*.

16

Quand Sanders franchit le seuil du Front Page, la journée qui s'annonçait mauvaise vira subitement au cauchemar.

Il n'y avait eu que très peu de clients ce matin-là, et Caroline suspectait la majorité d'entre eux d'être entrés dans la librairie parce qu'ils mouraient de froid, plutôt que pour acheter un bon livre. À onze heures, la recette de la journée atteignait vingt-sept dollars et quinze cents.

D'un autre côté, ce n'était peut-être pas si mal que le mauvais temps donne envie aux gens de relire un vieux livre plutôt que de venir en acheter de nouveaux au Front Page. Caroline avait énormément de mal à accorder son attention aux rares personnes qui s'aventuraient dans sa librairie et, l'un dans l'autre, il était sans doute préférable qu'elle reste seule avec ses pensées.

Sauf qu'elle était effectivement *seule* avec ses pensées.

Caroline avait eu beau étudier la question sous tous les angles, elle ne comprenait toujours pas comment Jack pouvait savoir que les murs de la salle à manger étaient jaunes six ans auparavant.

— La salle à manger aussi. En jaune, comme avant. Ça ne te ferait pas plaisir de redonner tout son lustre à Greenbriars ?

Ces quelques phrases avaient été le premier filet d'eau s'écoulant du barrage fissuré de sa confiance, et le flot glacé du doute qui n'avait pas tardé à inonder son esprit la rendait malade. Outre la couleur des murs de la salle à manger, Caroline avait réalisé avec le recul que Jack s'était d'emblée senti comme un poisson dans l'eau à Greenbriars. Dès son arrivée, il n'avait pas voulu qu'elle lui montre sa chambre. Il savait où étaient rangés les outils, où se trouvait la cave à vin, et même, dès le premier soir, où était située sa chambre à elle. Il avait prétendu l'avoir localisée à l'odeur de rose, mais *a posteriori*, son explication sonnait faux.

Il l'avait *su*.

Comment l'avait-il su ?

Le plus épouvantable de tout, c'était cette sensation de déjà-vu. N'était-ce qu'une impression, ou bien Caroline avait-elle effectivement déjà vu Jack ?

Elle n'avait pas fermé l'œil de la nuit. Le regard fixé au plafond, elle avait tourné et retourné ces questions dans sa tête, jusqu'à ce que les ténèbres cèdent le pas à l'aube.

Jack avait deviné que quelque chose ne tournait pas rond. Caroline ne pouvait rien cacher à son regard sombre et perçant, et elle avait invoqué un début de grippe pour dissiper son inquiétude. Ce qui l'avait ensuite obligée à batailler ferme pour le persuader qu'elle n'avait pas besoin de garder le lit sous dix mille couvertures.

Obtenir de Jack qu'il la conduise à la librairie n'avait pas été une mince affaire, mais Caroline n'avait pas cédé un pouce de terrain, allant même jusqu'à le menacer d'y aller avec sa propre voiture. Cet argument avait eu raison de lui, et ils avaient fait le trajet jusqu'au Front Page dans un silence pesant.

Tant mieux, s'était-elle dit. La colère de Jack lui fournissait le temps et l'espace dont elle avait besoin pour réfléchir. Qui était Jack ? Ce soir. Ce soir, ils auraient une bonne conversation.

L'apparition miraculeuse de cet homme dans sa vie était peut-être trop belle pour être vraie. Seule et désespérée, Caroline s'était peut-être inventé un amant de rêve par la seule puissance de son imagination, et le Jack Prescott qu'elle croyait connaître n'existait que dans son esprit.

Quand le carillon de la porte tinta à nouveau, Caroline crut d'abord qu'il s'agissait d'un client, et elle s'en serait réjouie si elle n'avait pas autant désiré rester seule avec ses pensées. Plaquant sur ses lèvres un sourire de bienvenue, elle s'avança vers la porte à contrecœur.

— Oh.

Dès qu'elle reconnut Sanders, Caroline pila sur place. Il était accompagné d'un homme qui se tenait légèrement en retrait par rapport à lui. Que voulait-il ? S'excuser ? Elle n'avait aucune envie de le voir.

— Sanders, je ne crois pas que ce soit une bonne idée. Tu ferais mieux de repartir tout de suite.

— Allons, Caroline, ne fais pas ta mauvaise tête. Écoute au moins ce que j'ai à te dire.

Il lui était arrivé quelque chose. Le Sanders vaincu et dépité avait disparu, et l'ancien Sanders avait reconquis tous ses droits, élégant, sûr de lui et de ses manières. Il arborait même cet insupportable petit sourire satisfait.

— Je suis désolée, Sanders, mais je suis extrêmement occupée. Une autre fois, peut-être.

Tenant ses gants luxueux d'une main, Sanders balaya lentement la librairie du regard. La librairie *déserte*. Il prit tout son temps avant de reposer les yeux sur elle.

— Je pense que ce que j'ai à te dire va t'intéresser. Ou plutôt, ce que ce monsieur va te dire, précisa-t-il en faisant un pas de côté, de façon à révéler son compagnon au regard de Caroline.

C'était un homme de taille moyenne, aux cheveux châtain clair coupés très près du crâne, et qui arborait une paire de lunettes aussi démodée que disproportionnée. Plus souple que mince à proprement parler, il portait un complet de polyester noir de mauvaise coupe, une chemise blanche et une cravate d'un noir lustré. Un individu parfaitement quelconque, exception faite de ses yeux. Des yeux bleu clair, durs et froids.

— Mademoiselle, grommela-t-il en ouvrant un étui de cuir pour exhiber son badge. Agent spécial David Butler. FBI.

FBI ?

Sanders avait-il l'intention de lui faire une blague ? Ou bien avait-il effectivement contacté le FBI, sous prétexte que Jack l'avait éjecté de la librairie la veille ? Il s'était sans doute senti profondément humilié, mais les choses allaient vraiment trop loin.

Comment le FBI avait-il pu donner suite à sa plainte aussi rapidement ? Ces gens-là n'avaient-ils rien de mieux à faire ?

— Écoute, dit-elle à Sanders, tu avais menacé de porter plainte, mais si tu t'es adressé au FBI, ça prouve que tu es devenu fou. Il faut savoir raison garder, Sanders. Ce qui s'est passé hier ne justifie aucunement que tu…

— Mademoiselle, l'interrompit l'agent du FBI. Je vous demanderais de vous asseoir. Ce que j'ai à vous dire ne concerne pas M. McCullin, déclara-t-il en coulant un regard hostile en direction de Sanders. Il ne devrait même pas assister à cet entretien. Mais passons. Ce que j'ai à vous dire est de la plus haute importance.

De la plus haute importance ? Abasourdie, Caroline conduisit l'agent Butler jusqu'à son bureau, séparé du reste de la librairie par un comptoir surchargé de livres. Elle prit place sur son fauteuil, et l'agent s'assit en face d'elle. Il n'y avait que deux sièges dans le petit espace, mais Sanders alla chercher une chaise, visiblement décidé à ne rien perdre de l'entretien.

L'homme du FBI ne lui accorda pas la moindre attention. Il posa son attaché-case sur ses genoux et en sortit un dossier. Il ne l'ouvrit pas, se contentant de le placer sur son attaché-case, la main dessus, comme s'il cherchait à le protéger.

— Mademoiselle Lake, il semble que vous connaissiez un homme qui se fait appeler Jack Prescott. Depuis combien de temps connaissez-vous cet individu ?

— Eh bien, je l'ai rencontré…

Caroline s'interrompit et fronça les sourcils.

— Qu'est-ce que vous voulez dire par « qui se fait appeler Jack Prescott » ? Ce n'est pas son vrai nom ?

Butler ouvrit le dossier et fit glisser une photographie sur le plateau du bureau. C'était l'agrandissement d'une photo d'identité de Jack Prescott, de face et en uniforme, comme celles qui figurent sur les documents militaires. Il était plus jeune ; la brosse de ses cheveux ne dépassait pas les trois millimètres réglementaires, et il portait une sorte de béret.

— S'agit-il de l'homme que vous connaissez sous le nom de Jack Prescott, madame ? demanda Butler en plaquant son index rugueux sur la photo.

Caroline déglutit, releva les yeux et croisa le regard dur et froid de Butler.

— Je n'ai aucune raison de penser qu'il puisse s'agir de quelqu'un d'autre. En quoi cela vous regarde-t-il ?

— Contentez-vous de répondre à ma question, répliqua sèchement Butler. S'agit-il oui ou non de l'homme que vous connaissez sous le nom de Jack Prescott ?

— Oui.

— Depuis quand le connaissez-vous ?

Butler avait posé son badge ouvert sur le bureau de Caroline, et la lumière du plafonnier se reflétait sur la plaque de cuivre poli. Chargé de tout le poids de l'autorité du gouvernement des États-Unis, c'était l'objet le plus brillant de la pièce et il attirait irrésistiblement l'œil. Caroline le contempla comme s'il était susceptible de lui fournir la réponse que Butler attendait d'elle.

— Mademoiselle Lake.

Il n'ajouta pas un mot. Ce n'était pas nécessaire. Caroline sentit sa gorge se nouer.

— J'ai fait connaissance avec Jack, avec M. Prescott, ici même vendredi dernier. Il venait d'arriver en ville et cherchait à se loger. Il se trouve que je loue des chambres.

— S'il venait d'arriver en ville, comment savait-il que vous louez des chambres ?

— Le chauffeur de taxi qui l'avait pris en charge à l'aéroport le lui avait dit.

— À quelle heure s'est-il présenté à la librairie ?

— Vers seize heures trente, je dirais. J'avais l'intention de fermer de bonne heure parce qu'il faisait un temps exécrable. Je n'avais pas vu un chat de la journée. En fait, je n'ai vu personne d'autre que lui, ce jour-là.

— Qu'avait-il avec lui ?

— Pardon ?

— Qu'est-ce qu'il avait comme bagages ?

— Oh. Eh bien… un havresac et une valise.

— Lourds ?

— Je n'en sais rien. Je ne les ai pas soulevés.

— Portait-il une arme ?

Caroline pinça les lèvres. Oui, même si elle l'ignorait alors, Jack portait bel et bien une arme. Elle ne l'aurait jamais accepté comme locataire si elle avait su qu'il était armé. Le silence se prolongea.

— Répondez à la question, mademoiselle Lake.

— Jack est-il accusé de quelque chose ?

— Contentez-vous de répondre à mes questions. Vous pouvez choisir de le faire ici ou dans les locaux du FBI de Seattle. À vous de voir.

Caroline avait l'impression de trahir un homme qui… un homme en qui elle n'avait plus vraiment confiance. Malgré tout, elle avait du mal à dire la vérité.

— Oui, admit-elle finalement. Il avait une arme. Je ne le savais pas à ce moment-là.

— Quel genre d'arme ?

— Vous plaisantez ? répliqua-t-elle en écarquillant les yeux.

Butler soutint son regard, parfaitement impassible. Il ne plaisantait pas.

— Monsieur, euh… agent spécial Butler, je ne connais absolument rien aux armes. La sienne est noire et volumineuse. Voilà tout ce que je peux vous dire.

— Comment avez-vous découvert qu'il était armé ?

— Quelqu'un a fracturé ma porte, hier.

Caroline réalisa avec un frisson qu'il eût été plus juste de dire que Jack lui avait dit que quelqu'un avait fracturé sa porte.

— C'est à ce moment-là que j'ai découvert qu'il était armé. Auparavant, je l'ignorais.

— Tu vois, Caroline, intervint Sanders. Tu aurais dû te méfier. Tu n'as jamais été capable de juger les gens. Ça t'apprendra à faire confiance à de parfaits inconnus.

Butler ne tourna même pas la tête vers lui.

— Un mot de plus, monsieur McCullin, et je vous fais arrêter pour obstruction à la justice. C'est clair ?

— Désolé, répondit celui-ci d'un ton d'humilité feinte qui ne convainquit personne.

— Reprenons, mademoiselle Lake. Prescott vous a-t-il dit d'où il venait ?

Caroline songea que Jack avait révélé très peu de choses le concernant.

— Il m'a dit qu'il avait été en Afghanistan. Et que son père était mort récemment, en Caroline du Nord. Je ne saurais pas vous dire s'il venait directement d'Afghanistan.

— D'après nos dossiers, il venait d'Afrique. De Freetown, capitale de la Sierra Leone.

Elle fronça les sourcils.

— Je ne comprends pas. Jack ne m'a jamais parlé d'Afrique.

— Vraiment ? Je crois que c'est assez compréhensible, quand on vient de massacrer un village entier de femmes et d'enfants en compagnie de trois autres mercenaires.

— *Vous mentez !*

Les mots avaient jailli du plus profond de son être, et elle avait bondi sur ses pieds.

— Je refuse d'écouter un mot de…

— Asseyez-vous, mademoiselle Lake, coupa Butler sans élever le ton. Asseyez-vous, ou je vous fais arrêter pour obstruction à la justice.

Caroline obéit, et croisa les bras sur son bureau pour réprimer le tremblement irrépressible qui s'était emparé d'elle.

— Jack Prescott ne peut pas avoir fait une chose pareille.

Butler se contenta de la scruter de son regard pâle et froid.

— Avez-vous regardé les informations ce week-end, mademoiselle Lake ?

Ce qu'elle avait fait de son week-end ne le concernait pas.

— Je ne vois pas ce que ça a à voir avec…

— Répondez à la question, mademoiselle Lake. Si vous refusez de répondre, je serai contraint de vous emmener dans nos bureaux de Seattle, et je vous garantis que l'interrogatoire sera nettement moins agréable pour vous.

— Je… euh… je ne regarde jamais les informations pendant la trêve des confiseurs, se défila-t-elle.

Caroline avait été trop occupée pour se soucier des informations, mais elle réalisait également que sa radio et sa télé ne marchaient pas lorsqu'elle avait voulu les allumer. Que la télévision tombe en panne pendant une tempête de neige, passe encore. Mais la télé *et* la radio en même temps ? Cela ne s'était jamais produit.

— Quelle absurdité ! commenta Sanders. Ils n'ont parlé que de ça tout le week-end à la télé. Si tu étais un peu moins pétrie d'archaïsmes, tu comprendrais pourquoi l'agent spécial te pose cette question, ma pauvre Caroline.

Ledit agent spécial le fusilla du regard, et Sanders leva les mains devant lui – *désolé* – puis croisa les bras sur son torse à la façon d'un écolier réprimandé. Butler reporta son attention sur Caroline, qui dut faire appel à toute sa volonté pour réprimer un frisson. Cet homme avait le regard le plus glacial qu'elle ait jamais croisé.

— Mademoiselle Lake, vous semblez ignorer qu'il y a six jours de cela, quatre anciens officiers de l'armée américaine qui travaillaient pour le compte d'ENP Security, une agence de sécurité privée, ont massacré tout un village de femmes et d'enfants en Sierra Leone afin de s'emparer d'une fortune en diamants bruts. L'armée officielle de la Sierra Leone est intervenue à l'issue du massacre et a abattu trois d'entre eux. L'unique survivant s'est enfui avec les diamants.

Quelle histoire épouvantable. Sa radio et sa télé étaient peut-être tombées en panne par compassion, pour lui éviter d'apprendre un événement aussi horrible.

— Je suis navrée. Mais je ne vois pas en quoi cela me concerne.

— L'unique survivant s'appelle Vincent Deaver. C'était le chef de ce groupuscule de mercenaires. Vous le connaissez sous le nom de Jack Prescott. C'est un homme extrêmement dangereux, et nous avons besoin de votre aide pour procéder à son arrestation.

Une bouffée d'air glacé s'engouffra dans la boutique en même temps qu'un client. Le bruit du carillon de la porte atteignit les oreilles de Caroline comme au travers d'un mur très épais. Elle leva les yeux et aperçut Laurel Holly, l'épouse du maire de Summerville. Elle devait faire quelque chose, se lever, aller à la rencontre de Laurel, s'éloigner de cet homme affreux… Caroline posa les mains à plat sur le bureau, mais ne parvint pas à se lever. Ses jambes ne lui obéissaient plus.

Sanders, lui, avait bondi de sa chaise et s'était précipité au-devant de Laurel. Caroline les entendit murmurer, puis Laurel quitta la boutique. Sanders retourna la pancarte *FERMÉ* de la poignée de la porte et revint vers eux, sans quitter Caroline des yeux.

— Plus personne ne nous dérangera.

L'expression de son regard horrifia Caroline. Une expression triomphale. Satisfaite. *Jubilatoire*. Sanders jubilait à l'idée que Caroline ait peut-être couché avec l'auteur d'un massacre. Il voulait que Jack soit un monstre, un criminel de guerre. Cela le rendait *heureux*.

Si Caroline entretenait encore une once d'estime ou de tendresse pour Sanders, celle-ci s'envola instantanément.

Jack, un criminel de guerre ? Un homme qui aurait tué pour des diamants ? C'était impossible. Caroline refusait d'y croire. Son corps s'y refusait.

Cet homme qui l'avait serrée contre lui avec une telle tendresse, si mesuré qu'il prenait toujours soin de ne pas lui faire le moindre mal, même au cœur de la passion, cet homme-là n'était pas un meurtrier.

C'était un soldat, et il avait certainement tué plusieurs personnes pour faire son devoir.

Un violent tremblement la saisit, comme si son cœur s'était subitement glacé. Elle serra les dents alors qu'un flot de bile lui chatouillait les amygdales.

Jusqu'à présent, elle s'était seulement demandé comment Jack connaissait aussi bien sa maison, mais elle ne l'avait jamais imaginé sous les traits d'un monstre sanguinaire.

Elle tourna les yeux vers l'agent spécial et soutint son regard froid.

— C'est absurde. Jack n'a commis aucun massacre ! Il n'était même pas en Afrique, il était en Afghanistan, cet hiver. Vous vous trompez de personne.

Butler fit glisser une autre photo sur le bureau. Caroline croisa les bras, refusant d'admettre ce que voyaient ses yeux, et braqua le regard droit devant elle. Butler la toisait dans le plus parfait silence, inflexible, et Caroline finit par céder. Elle baissa les yeux sur la photo. Elle les détourna aussitôt, mais ce bref coup d'œil fut amplement suffisant.

La photo ne laissait place à aucun doute.

On y voyait Jack en tenue de camouflage avec une barbe de plusieurs jours, un gros calibre à la main. À l'arrière-plan, une végétation dense d'un vert intense et une rangée de cases aux toits pointus, typiquement africaine. Devant les huttes, des enfants africains jouaient dans la poussière sous l'œil des soldats africains qui montaient la garde.

En bas de la photo, un tampon horodateur: *21 décembre 11:21.*

— Cette photo n'a pas été prise en Afghanistan, dit Butler.

— Non, souffla Caroline.

Ses doigts la démangeaient de prendre la photo pour la regarder de plus près, mais elle s'y refusa et se contenta de serrer les bras davantage, gelée jusqu'à la moelle des os.

— Elle a été prise à Freetown par un soldat de l'UNOMSIL, la mission des Nations unies en Sierra Leone, il y a sept jours, juste avant que Deaver ne se mette en route pour un village appelé Obuja. La rumeur circulait depuis un moment qu'un sac de diamants bruts était caché dans ce village. Deaver a remonté le fleuve en pirogue jusqu'à Obuja. Vingt-quatre heures après que cette photo a été prise, tous les habitants d'Obuja étaient morts et Deaver avait trouvé les diamants. Les Casques bleus le cherchent toujours là-bas, mais nos services ont appris qu'il avait regagné les États-Unis.

Caroline dut tousser pour s'éclaircir la gorge, et compta mentalement les jours tandis qu'elle passait sa langue sur ses lèvres sèches.

— Mais... cela signifierait qu'il serait venu directement à Summerville, objecta-t-elle. *Pourquoi?* Pourquoi ici, précisément? C'est à l'autre bout du monde!

— Pour vous voir, répondit l'agent Butler.

Cette petite phrase retentit dans le silence de la librairie, rebondit contre les murs et se répercuta longuement dans son crâne. Butler se contentait de la regarder.

Caroline déglutit bruyamment.

— Mais... je ne comprends pas. Il serait venu directement d'Afrique *pour me voir*? Jack Prescott ne me connaissait pas! La première fois que je l'ai vu, c'était la veille de Noël.

Butler fit glisser deux photocopies sur le bureau. Caroline ne les regarda pas. Elle ne voulait pas les voir. L'agent les tapota l'une après l'autre de l'index.

— Vous ne le connaissiez peut-être pas, mademoiselle Lake, mais lui vous connaissait depuis longtemps. Ces clichés ont été trouvés dans un sac lui appartenant, abandonné dans le village d'Obuja. Ils ont été faxés par un sergent de l'UNOMSIL. Regardez-les, je vous prie, mademoiselle Lake. C'est pour vous que Deaver est venu directement ici.

Caroline soutint longuement son regard sans parvenir à le déchiffrer. Finalement, avec le sentiment qu'une fois qu'elle l'aurait fait, les choses ne seraient plus jamais les mêmes, elle baissa les yeux, puis les détourna aussitôt. Un poing glacé s'empara de son cœur pour le broyer impitoyablement.

— Ces clichés ont été trouvés *en Afrique* ?

— Absolument.

Caroline sentit son estomac se retourner, un sifflement emplit ses oreilles, et elle se demanda si elle n'allait pas s'évanouir.

— Reconnaissez-vous ces photos, mademoiselle Lake ?

Caroline était incapable de parler. Elle arrivait à peine à respirer.

— Mademoiselle Lake ?

Sanders se pencha vers elle.

— C'est ta photo du collège, Caroline. Tu ne la reconnais pas ? Et l'autre…

— Silence, le coupa Butler sans tourner la tête. Mademoiselle Lake, je vous demande pour la seconde fois si vous reconnaissez ces photos.

Caroline hocha nerveusement la tête.

— Oui, souffla-t-elle.

— Voulez-vous bien me dire ce qu'elles représentent ?

— Moi, répliqua-t-elle d'un pitoyable filet de voix, plus proche du sifflement que du langage articulé.

— Comment expliquez-vous que Vincent Deaver, alias Jack Prescott, ait été en possession de ces photos, mademoiselle Lake ? demanda Butler d'un ton menaçant. Êtes-vous sa complice ?

— *Quoi ?* murmura Caroline, choquée.

— Qu'est-ce qui me prouve que vous ne le connaissez que depuis vendredi, mademoiselle Lake ? Je n'ai que votre parole.

— Est-ce que tu réalises le pétrin dans lequel tu t'es mise en acceptant ce fou dangereux comme locataire, Caroline ? assena Sanders. Tu imagines ce qui se serait passé si le FBI n'avait pas retrouvé sa trace aussi rapidement ? Il aurait pu te tuer pendant ton sommeil, pauvre idiote !

Cette perspective ne semblait pas particulièrement le désoler. Plus le portrait de Jack s'assombrissait, plus l'étoile de Sanders brillait.

Le regard de Caroline passa alternativement de la moue dédaigneuse de Sanders au visage dépourvu d'expression de l'agent du FBI, et elle se sentit soudain prise au piège, comme si les murs de la librairie se resserraient autour d'elle. Un voile de sueur froide recouvrit son front, sa poitrine se contracta et un vertige la saisit.

Tel un rappel moqueur des cruautés de l'existence, son propre visage, plus jeune d'une quinzaine d'années, le visage qui était le sien quand elle était heureuse et avait la vie devant elle, la contemplait depuis son bureau. D'un index tremblant, elle effleura la photo d'identité de Jack, puis sa photo d'école, comme si elle cherchait à établir un lien entre la collégienne souriante et le soldat en uniforme.

Sanders posa la main sur la sienne et la serra. Caroline écarta aussitôt la main.

Ne me touche pas ! Les mots étaient remontés jusque dans sa gorge, et elle serra les dents de toutes ses forces pour les retenir.

Caroline sentit qu'elle ne pourrait pas rester un instant de plus dans la même pièce que ces deux hommes, avec ces photos et les doutes affreux qu'elle avait sur celui qu'elle aimait depuis trois jours. Sur celui dont elle était tombée amoureuse. Presque tombée amoureuse. Elle ne savait plus. Elle savait seulement que si elle s'attardait ici une seconde de plus, elle allait vomir tripes et boyaux. Mue par un irrépressible frisson, elle bondit sur ses pieds et courut vers la porte.

17

Jack gara sa voiture à l'entrée de Hamilton Park alors qu'il commençait à neiger. Peu importait. Le froid ne le dérangeait pas, et il avait besoin de se dégourdir les jambes après la journée qu'il venait de passer au volant de sa voiture. Traverser le parc à pied pour rejoindre Caroline au Front Page lui aérerait l'esprit.

Quelque chose ne tournait pas rond avec Caroline. Il en avait la certitude. Tout au long de la journée, alors qu'il vaquait à ses affaires, cette idée l'avait titillé, comme un bruit de fond dans sa tête.

Ce souci mis à part, il était content de sa journée. Un système d'alarme haut de gamme serait livré dès le lendemain à Greenbriars. Il coûtait une petite fortune, mais Jack ne regrettait pas son achat, loin de là. De toute façon, Caroline n'avait pas besoin de savoir combien cela lui avait coûté.

Il avait également déniché le local idéal pour donner des cours de self-défense, suffisamment vaste et très bien situé. Le prix était raisonnable, et il avait rendez-vous avec l'agent immobilier. Si tout se passait bien, il pourrait commencer à donner des cours dès la mi-janvier.

Il avait ensuite rendu visite à un notaire pour rédiger son testament. Quoi qu'il advienne, Caroline serait désormais à l'abri du besoin. Jack avait fait d'elle son unique héritière, et savoir qu'elle échapperait à tout souci financier lui procurait un intense soulagement.

Oui, dans l'ensemble, sa journée s'était révélée satisfaisante, mais il n'arriverait pas à se détendre tant qu'il ignorerait ce qu'avait Caroline. Elle n'avait pas desserré les lèvres au petit-déjeuner, comme si un problème la minait.

Jack avait horreur de ça. Il avait horreur de la voir dans cet état. C'étaient sans doute ses problèmes d'argent, doublés de l'agression que lui avait fait subir ce blondinet pétri de suffisance et de la tentative de cambriolage, qui la tracassaient.

Ce dernier point serait réglé dès que le système d'alarme serait installé. Quiconque voudrait entrer à Greenbriars sans y avoir été convié devrait faire sauter la porte avec des explosifs ou lancer une grenade à travers la fenêtre du salon.

Bientôt, Jack serait chez lui à Greenbriars.

En sortant de l'étude du notaire, il était passé dans une bijouterie pour choisir une bague de fiançailles. L'expérience s'était révélée épuisante. Le bijoutier l'avait assommé de termes techniques – carats, pureté, couleur – et il avait dû faire un gros effort pour se retenir de lui dire qu'il voulait quelque chose d'énorme. Quelque chose d'assez énorme et scintillant pour que tout homme se trouvant à moins de cent mètres de Caroline comprenne immédiatement qu'elle était déjà prise.

Jack avait vu une bonne vingtaine de bagues qui lui plaisaient, et il avait décidé d'y retourner le lendemain pour en acheter une.

Il allait acheter des diamants alors qu'il venait de déposer une fortune en diamants bruts dans un coffre. L'ironie de la situation ne lui avait pas échappé.

L'idée d'utiliser une seule de ces pierres ne l'effleura cependant même pas. Elles étaient souillées de sang et de douleur, et il les remettrait à qui de droit dès qu'il serait en mesure de le faire. Il existait un excellent moyen d'effacer leur mauvais karma et Jack était certain que Caroline l'approuverait.

Il lui soumettrait son idée lorsqu'elle aurait accepté sa demande en mariage.

Quand pourrait-il lui offrir la bague de fiançailles ? Pas tout de suite. Pour l'instant, elle était soucieuse et fatiguée. Ce soir, il s'appliquerait à lui faire longuement et tendrement l'amour – ce qui n'avait rien d'une corvée.

D'ici une semaine, peut-être ? Oui, dans une semaine, ce serait parfait. Il l'inviterait dans le plus élégant restaurant de la région et lui ferait officiellement sa demande. Un dîner aux chandelles, la bague, et la promesse de l'aimer jusqu'à la fin de ses jours.

Caroline lui appartiendrait alors éternellement.

Une fois qu'il l'eut formulée, l'idée s'incrusta si profondément dans son esprit qu'il fut incapable de penser à autre chose. Caroline, à lui pour toujours. Ils auraient des enfants et ils vieilliraient ensemble…

La jeune femme emplissait tellement ses pensées que son image se concrétisa devant ses yeux.

Jack fronça les sourcils. Ce n'était pas une vision. C'était bel et bien Caroline. Qui traversait le parc en courant, en pleine tempête de neige. Sans manteau et chaussée des escarpins qu'elle ne portait qu'à l'intérieur de la librairie.

Il se rembrunit. Elle allait attraper une pneumonie… si elle ne se rompait pas le cou avant.

— Caroline ! rugit-il. Rentre immédiatement ! Tu vas attraper la mort !

Elle leva les yeux, l'aperçut et resta figée sur place, une expression paniquée déformant son beau visage. Soudain, elle tourna les talons et s'enfonça dans les buissons bordant l'allée du parc. Tout s'était passé si vite que Jack douta de l'avoir vraiment vue.

Il contempla d'un air hébété les flocons de neige qui tourbillonnaient à l'endroit où elle s'était trouvée.

Une rafale de vent glacial écarta alors le rideau neigeux et le regard de Jack se porta vers la librairie. Il ne l'entraperçut qu'une seconde avant que la neige le dissimule à nouveau, mais cette seconde lui suffit.

Vince Deaver se tenait sur le seuil du Front Page.

Le choc de voir un homme qu'il croyait sous les verrous à plus de dix mille kilomètres de là, eut sur lui l'effet d'une décharge électrique.

Son arme jaillit spontanément dans sa main et il vérifia qu'elle était chargée. Par pur réflexe. Son arme était toujours chargée. Mais son cerveau ne lui obéissait plus qu'à moitié. L'autre moitié était paralysée de terreur.

Vince Deaver, un homme qu'il avait vu faire exploser à bout portant des crânes d'enfants, était là pour le tuer. Et Caroline se retrouvait entre eux.

18

Elle l'avait pris de court ; autrement, elle ne serait jamais sortie de la librairie. Pas vivante, en tout cas.

Deaver se rua derrière Caroline Lake, mais un rideau de neige s'abattit, l'enveloppant complètement. Impossible de savoir dans quelle direction elle était partie.

Il resta sur le pas de la porte, tous ses sens aux aguets. Il ne pouvait pas laisser Caroline Lake lui échapper. Elle était la clef qui lui permettrait de récupérer ses diamants et de se venger.

— Caroline ! cria une voix d'homme de l'autre côté de la rue. Rentre immédiatement ! Tu vas attraper la mort !

Jack Prescott. Deaver aurait reconnu cette voix entre mille. Il était là ! Difficile de dire à quelle distance, avec la neige qui étouffait les sons, mais il était là et Deaver se sentit soudain si près des diamants que leur parfum fit palpiter ses narines.

Il plongea la main droite dans sa veste et en sortit le Beretta 92 fourni par Drake. Le cliquetis du cran de sécurité résonna dans le silence de la boutique, ponctué d'une déglutition sonore, juste derrière lui.

Deaver avait totalement oublié la présence de McCullin.

— Eh ! s'écria celui-ci. Vous n'allez quand même pas tirer ! Vous risquez de toucher Caroline ! Vous êtes tenu de respecter la procédure d'usage. Trois sommations.

— Ta gueule, gronda Deaver.

Les glapissements de cette chiffe molle l'empêchaient de se concentrer. Il devait déterminer les positions respectives de Prescott et de la fille, et mettre la main sur elle sans se faire toucher. Prescott était un tireur d'élite.

Mais Deaver était aussi bon que lui.

Des flocons de neige entraient en tourbillonnant dans la boutique et fondaient dès qu'ils touchaient le plancher. En temps normal, la position de Deaver aurait été périlleuse. On ne se tient pas sur le seuil d'un magasin éclairé quand on risque de se faire tirer dessus. Mais la neige tombait avec une telle force que c'était sans importance. Deaver abaissa légèrement son arme et divisa mentalement le demi-cercle de son angle de tir en quatre quarts de quarante-cinq degrés. Premier quart. RAS. Deuxième quart…

McCullin posa fermement la main sur son épaule. Assez fermement pour lui faire manquer sa cible s'il avait été disposé à tirer.

— Rangez votre arme. Vous risquez de blesser quelqu'un, lui ordonna-t-il de ce ton de voix qu'utilisent ceux qui sont nés avec une cuiller en argent dans la bouche pour s'adresser à un inférieur. Vous entendez ce que je vous dis ? ajouta-t-il en tapant à nouveau sur son épaule.

Là ! Le rideau de neige s'était écarté et Deaver distingua Prescott, ses vêtements sombres définissant nettement sa silhouette sur la neige. L'apparition ne dura qu'une fraction de seconde, mais cela lui suffit pour avoir une vision d'ensemble. Deaver n'avait pas aperçu d'arme, mais cela ne signifiait pas que Prescott n'était pas armé. D'un autre côté, avec Caroline Lake dans les parages, il y avait peu de chances qu'il s'avise de tirer tant qu'il ignorerait la situation.

Deaver disposait donc d'une ouverture provisoire. Il ne voulait pas tuer Prescott – pas tout de suite. Il voulait seulement le blesser, l'immobiliser, et utiliser la fille comme moyen de pression.

Il se félicita du repérage effectué la veille. En face de la librairie, il y avait un petit parc qui n'offrait pas beaucoup de cachettes, à part quelques buissons et un kiosque à musique au centre. Parfait. Prescott n'avait encore aucune raison de sortir son arme, et la fille Lake allait se réfugier derrière le kiosque.

Là ! Devant un grand chêne, en plein milieu du parc, Prescott tâchait de se repérer. Deaver plia les genoux et saisit son arme à deux mains de façon à présenter une cible aussi réduite que possible, prêt pour la prochaine rafale de vent qui écarterait la neige. Il respirait régulièrement, attentif aux pulsations de son cœur, attendant patiemment de passer à l'action.

Voilà ! Une trouée dans l'épais rideau neigeux. Deaver aperçut…

Une tape dans son dos rompit sa concentration à l'instant précis où il commençait à presser doucement la détente. Le temps qu'il se reprenne, le rideau de neige s'était refermé comme celui d'un théâtre. Prescott avait disparu.

Deaver pivota sur lui-même et contempla l'arrogant visage de McCullin, déformé par la colère. Il pointait vers lui un index accusateur.

— Je ne vous laisserai pas tirer à l'aveugl…

Sans changer d'expression, Deaver saisit le trublion par l'épaule pour l'immobiliser, approcha le canon du Beretta de son torse et lui tira une balle en plein cœur. L'expression arrogante devint parfaitement neutre en moins d'une seconde.

Deaver se retourna avant que son corps ait touché le sol.

Son regard scanna la zone du parc. La neige était si épaisse qu'on ne distinguait que la lumière des réverbères, mais il savait que Prescott était là, et qu'il y resterait tant que Caroline Lake y serait. Mais où diable était-il passé ? Deaver attendit en vain une nouvelle trouée du rideau de neige.

Il n'y arriverait pas en demeurant sur place. Il allait devoir pénétrer directement dans la zone mortelle.

Protégé par la neige, il traversa la rue, prit position derrière un orme immense et attendit, l'oreille aux aguets. Il touchait au but. Il ne lui restait plus qu'à abattre ses cartes pour rafler la mise. Il allait quitter cette maudite bourgade au climat inhospitalier avec vingt millions de dollars en poche, laissant derrière lui son pire ennemi, mort.

— Mademoiselle Lake, revenez, pour l'amour du Ciel ! Il y a un assassin dans ce parc ! Sortez ! Vous n'êtes plus en sécurité !

Assourdis par la neige et par la distance, les mots parvinrent aux oreilles de Caroline, mais elle mit plus d'une seconde à comprendre que l'agent du FBI faisait allusion à Jack. L'assassin, c'était Jack. Jack qui risquait de la tuer.

N'était-ce pas pour cette raison qu'elle s'était réfugiée derrière le kiosque ? Elle n'y avait même pas pensé. L'immense silhouette de Jack s'était dressée devant elle, et elle s'était sauvée dans les buissons sans réfléchir.

— Mademoiselle Lake ! Pour votre sécurité, retournez à couvert !

Elle était à découvert alors que l'auteur d'un massacre rôdait dans les parages. Un homme qui s'était vanté devant elle d'être toujours armé. Non, en fait, il ne s'en était pas à proprement parler *vanté,* il s'était contenté de l'en informer d'un ton parfaitement détaché.

Jack était armé. Jack pouvait lui faire du mal. Aussi douloureuse soit-elle, cette perspective était réelle.

Un agent du FBI disposé à assurer sa protection se tenait juste là, devant sa librairie. Il lui suffisait de courir jusqu'à lui pour être à l'abri.

Pourquoi restait-elle accroupie derrière ce kiosque, la joue pressée contre le lambris rugueux qui en recouvrait la base et les mains bleues de froid ?

Le froid était si intense que c'était un miracle que l'agent Butler et Jack ne l'entendent pas claquer des dents. Elle avait aux pieds les chaussures qu'elle mettait pour le magasin, d'élégants escarpins noirs qui étaient trempés et raides de froid. La neige lui arrivait à mi-mollets et ses pieds se perdaient dans une mare de boue. Elle ne les sentait pratiquement plus. Si elle décidait de courir se mettre à l'abri, elle devait le faire tout de suite ou ses pieds ne la porteraient plus.

Le cœur battant, elle s'agrippa à la rambarde de cuivre qui entourait le kiosque. Il fallait qu'elle…

— Caroline ! cria Jack. Viens ici !

Mon Dieu. Caroline ferma les yeux au son de sa voix. Si profonde, si rassurante. Elle lâcha la rambarde et s'accroupit davantage dans la neige. Ses joues étaient humides de larmes et de neige mêlées.

— Mademoiselle Lake ! retentit la voix de l'agent spécial Butler qui s'était rapproché – sa voix n'était plus étouffée que par la neige. Deaver est un tueur ! Il va se servir de vous comme otage pour prendre la fuite ! Courez vers moi, je vous couvre !

— Non, Caroline ! rugit Jack. Ne l'écoute pas ! Vince Deaver, *c'est lui* ! Il va te tuer comme on écrase un moustique ! Je l'ai vu massacrer tout un village de femmes et d'enfants ! Ne bouge pas ! J'arrive !

— *Non !* hurla-t-elle en se redressant, prête à s'enfuir.

Le vent projetait des particules de glace dans ses yeux, et elle les frotta de ses doigts gourds pour y voir clair.

— Ne m'approche pas ! sanglota-t-elle. Ne m'approche surtout pas, Jack. Reste où tu es !

Personne ne lui répondit. Hormis le vent qui soufflait dans les arbres et les battements de son propre cœur, Caroline n'entendit plus que le silence.

Jack n'osait pas se rapprocher de Caroline. Il la distinguait à peine, tapie derrière le kiosque, agenouillée dans la neige, mais il n'avait pas besoin de voir son visage pour savoir qu'elle pleurait. Il avait distinctement perçu des sanglots dans sa voix.

Elle avait peur et était désorientée, la tête farcie des mensonges que lui avait servis Deaver. Peu importait. L'essentiel pour l'instant, c'était de la tenir éloignée de Deaver, qui avait certainement l'intention de l'utiliser comme monnaie d'échange contre les diamants.

Jack n'avait pas la moindre idée de la façon dont Deaver avait échappé aux Casques bleus et remonté la piste menant à Caroline, ni comment il avait été informé de sa seule existence, mais il était bel et bien là. Prêt à passer à l'attaque, au risque de blesser la jeune femme, ou même – mon Dieu ! – de la tuer.

Il ne la tuerait pas tout de suite. Il était trop malin pour ça. Il se contenterait de lui loger une balle dans la rotule ou la clavicule pour lui faire mal.

Si Jack avait pris le temps de réfléchir, il n'aurait jamais emmené ces satanés diamants avec lui. Il n'en voulait pas, et ils ne valaient pas un seul cheveu de Caroline. S'il l'avait pu, il se serait rué à la banque pour les sortir du coffre et les aurait jetés à la tête de Deaver. Mais c'était impossible. Le moindre faux pas de sa part risquait de coûter la vie à Caroline.

Lorsqu'il était sur un champ de bataille, Jack devenait complètement froid et détaché. Son rythme cardiaque ralentissait automatiquement et les balles qui sifflaient au-dessus de sa tête ne l'empêchaient pas de considérer la meilleure stratégie à employer. Mais pas cette fois-ci. Cette fois-ci, Jack suait à grosses gouttes, il avait cédé à la panique et la terreur pétrifiait à la fois son esprit et ses mouvements. Caroline était à une vingtaine de mètres de lui et risquait de se jeter dans les bras d'un tueur.

Comment aurait-il pu trouver l'énergie de réfléchir dans une situation pareille ? Comment élaborer un plan de défense cohérent, quand il avait dans la tête la vision de Caroline gisant à terre, son sang se répandant autour d'elle sur la blancheur de la neige ? hurlant de douleur alors qu'une balle avait traversé ses entrailles ?

Jack avait vu Deaver ajuster posément son tir avant d'arracher le bras d'une femme au niveau de l'épaule. S'il fermait les yeux, c'était cette image qui apparaissait sous ses paupières, sauf que le visage de Caroline remplaçait celui de la femme, et cette vision le rendait fou. Son cœur battait follement dans sa poitrine et son arme glissa dans sa main. Il avait les mains moites. Il suait de partout.

Que faire ? S'il courait vers Caroline, elle risquait de se précipiter vers Deaver. S'il ne faisait pas un geste, Deaver en profiterait pour avancer vers elle. Quoi qu'il fasse, il était coincé.

— Mademoiselle Lake ! lança Deaver. Fuyez avant qu'il soit trop tard ! J'ai appelé des renforts. Vous serez en sécurité. Courez jusqu'à la librairie, je vous couvre !

La voix de Deaver était plus forte. Il s'était rapproché de Caroline. Bientôt, il pourrait s'emparer d'elle, même si elle refusait de lui obéir.

— Ne crois pas ce qu'il te dit, mon amour, souffla Jack en espérant que Deaver ne l'entendrait pas. Il ment.

— P... Pourquoi mentirait-il ? bredouilla Caroline. C'est un agent du FBI.

— Non !

Jack fit deux longues enjambées vers elle et s'abrita sous un chêne.

— Ce n'est pas un agent du FBI. C'est un criminel de guerre. Il est responsable du massacre d'un...

— Du massacre de tout un village africain. D'un vol de diamants. Je sais, fit Caroline à voix basse. Il m'a tout raconté. Sauf qu'il prétend que c'était toi. Que c'est *toi,* le criminel de guerre qui a volé une fortune en diamants. Il m'a montré une photo de toi, Jack. Tu m'as dit que tu venais d'Afghanistan, mais cette photo a été prise en Afrique le 21 décembre. Et Jenna Johnson m'a raconté que tu avais déposé huit millions de dollars sur un compte en banque. Comment veux-tu que je te croie ?

Mon Dieu.

Il n'avait pas le temps d'expliquer, de la convaincre. Deaver allait surgir d'un instant à l'autre. Jack aurait volontiers reçu la balle qu'il lui destinait à sa place, mais Caroline ne le laisserait pas approcher.

Des filets de sueur coulaient dans son dos. Il était malade de peur.

Il distinguait les réverbères le long de la rue – la tempête de neige s'était légèrement apaisée. Deaver était là, passant d'un abri à l'autre, et dans quelques minutes il aurait rejoint Caroline. Il n'avait pas besoin d'attendre qu'elle se décide à le rejoindre. Il lui suffirait de s'approcher par-derrière et de glisser un bras autour de sa gorge pour ordonner à Jack de jeter son arme.

Jack lui obéirait. Même en sachant que cela signifierait sa mort, il le ferait pour sauver Caroline. Et ce serait inutile, car Deaver l'abattrait ensuite.

Il déglutit et sentit un flot de bile remonter dans sa gorge. Le goût amer de la défaite.

Là ! Il venait de déceler un mouvement entre les buissons. Deaver. Il approchait.

Si Caroline restait où elle était, dans moins de cinq minutes elle serait morte.

Jack devait la forcer à bouger. *Maintenant !*

Il plongea la main dans la poche de sa veste et lança un trousseau de clefs à la jeune femme. Il atterrit exactement entre ses pieds et disparut instantanément dans la neige.

Caroline le ramassa et le retourna dans sa main. Jack la distinguait nettement, à présent. Elle leva les yeux et croisa son regard. Le cœur de Jack se serra lorsqu'il découvrit l'expression terrifiée de son visage.

— Caroline, souffla-t-il d'un ton urgent. Ce sont les clefs de la voiture. Elle est garée sur Harrisson Street. Cours et sauve-toi aussi vite que tu pourras. À Seattle ou à Spokane. S'il m'arrive quelque chose, contacte Philip Napier. C'est un notaire de Summerville. J'ai déposé mon testament chez lui. Tu hériteras de tout ce que je possède. Utilise l'argent pour disparaître, mais ne reviens jamais ici. Deaver te tuerait.

— D'où vient ton argent ? demanda-t-elle à voix basse sans lâcher son regard.

Jack aperçut une ombre qui se réfugia derrière le mur des toilettes publiques sans lui laisser le temps de viser. Deaver se rapprochait du kiosque. Jack voyait le canon de son arme dépasser de l'angle du mur. Il n'avait plus que deux ou trois minutes devant lui.

— Écoute-moi bien, mon amour. Je te jure que cet argent ne vient pas des diamants. J'ai vendu la société et la maison que mon père m'avait léguées. C'est mon héritage. Utilise-le pour t'enfuir. Promets-moi que tu vas le faire. J'ai besoin de savoir que tu t'en sortiras.

— Tu avais des photos de moi, murmura Caroline, de grosses larmes roulant sur ses joues. Tu connaissais les moindres recoins de Greenbriars. *Qui es-tu, Jack ?*

Il fallait qu'elle s'échappe, immédiatement. Seule la vérité l'y inciterait. Jack n'avait plus le choix.

— Je suis Ben.

— *Quoi ?*

— Je suis Ben, mon amour. Tu te souviens du foyer St. Jude ? Il y a douze ans ? Tu m'apportais des livres et du chocolat.

Caroline fixait sur lui des yeux écarquillés d'incompréhension… Et Jack y vit soudain surgir la lueur du souvenir.

— Ben ? Tu es Ben ?

Jack leva son arme et ajusta son tir. Il n'avait plus le temps.

— Sauve-toi, Caroline, sauve-toi ! hurla-t-il.

Caroline bondit sur ses pieds et se mit à courir. Mais, au lieu de courir vers la voiture, elle courut vers lui.

Deaver émergea de sa planque, le doigt sur la détente, l'arme pointée sur la jeune femme…

D'un bras, Jack attrapa Caroline et de l'autre, il leva son arme, ajustant instantanément un tir mortel… La balle se logea exactement entre les deux yeux de Deaver, qui tomba à la renverse. Un flot de sang se répandit sur la neige immaculée.

Jack n'attarda pas son regard sur lui. Il serrait Caroline dans ses bras. Elle était en sécurité. Elle serait toujours en sécurité, désormais. Il enfouit son visage couvert de larmes dans sa chevelure.

Épilogue

Siège de l'Abri des Enfants, Chicago, deux semaines plus tard

Sœur Mary Michael sourit quand elle aperçut l'enveloppe qui se trouvait sur son bureau. Au cours des dix dernières années, elle en avait reçu plusieurs, absolument identiques. Toutes étaient adressées à son nom à l'organisme caritatif laïc qu'elle dirigeait, l'Abri des Enfants, qui avait pour mission de donner une éducation aux enfants des foyers de sans-abri.

Chaque enveloppe était libellée de la même écriture ferme, à l'encre noire. Chaque enveloppe portait la même adresse d'expédition : une fondation des Bahamas. *Fondation JP, boîte postale 1341, Freeport, Grand Bahama.* Et chaque enveloppe contenait un chèque.

Impossible de savoir si l'expéditeur était un homme ou une femme, mais sœur Mary Michael devinait qu'il s'agissait d'un homme. Quelque chose dans cette écriture ferme, dans l'espace entre les mots, dans la parfaite similitude des enveloppes le lui disait. Au fil des ans, l'image qu'elle se faisait de cet homme s'était précisée. Un homme grand et fort, qui ne se souciait pas de gratitude.

Elle avait cherché à le remercier. Avec acharnement, même. Après réception des premiers chèques, elle avait sollicité l'aide de Tom Pinto. Tom avait appris à lire grâce à l'Abri des Enfants et était devenu un des meilleurs détectives privés des États-Unis. Elle l'avait chargé d'identifier la ou les personnes qui se trouvaient derrière la fondation JP. Tom était très doué dans sa partie, mais il avait été incapable de franchir les écrans de protection dont s'étaient entourés les membres de la fondation. Il lui avait conseillé de laisser tomber, et elle avait suivi son conseil.

Sœur Mary Michael posa l'enveloppe devant elle, l'effleura du bout des doigts et récita une prière pour l'âme immortelle de son expéditeur, sachant que la grâce de Dieu brillait particulièrement en lui. Sans ce mystérieux bienfaiteur, l'Abri des Enfants aurait cessé d'exister depuis bien longtemps.

Elle prit un coupe-papier en bois sculpté, réalisé par un de ses petits protégés qui venait d'être admis en deuxième année d'internat à l'hôpital de Boston, et ouvrit l'enveloppe.

Le montant des premiers chèques qu'elle avait reçus deux fois par an n'excédait pas mille dollars, mais petit à petit il avait augmenté, sans doute au gré de la prospérité de son auteur, béni soit-il.

Le dernier en date s'élevait à trente mille dollars.

Sœur Mary Michael sortit le chèque de l'enveloppe, le sourire aux lèvres. Deux mille dollars. Les affaires n'avaient pas dû marcher aussi bien que l'année précédente…

Non, elle avait mal lu. Vingt mille… Non. Sœur Mary Michael retint son souffle et cligna des yeux devant la somme inscrite à l'encre noire de cette écriture désormais familière.

Vingt millions de dollars.

Puisse ce bienfaiteur connaître toute une vie de bonheur !

Découvrez les prochaines nouveautés
de nos différentes collections J'ai lu pour elle

AVENTURES
& PASSIONS

Le 3 novembre :

Nous resterons ensemble ☙ **Sherry Thomas**

Prix de la meilleure romance historique 2010

INÉDIT

Son mariage a duré à peine plus longtemps que sa lune de miel – ce qui n'a pas vraiment surpris Bryony Asquith. Comment un homme aussi talentueux et recherché que Leo Marsden pourrait-il passer sa vie avec une femme comme elle, qui s'est rebellée contre la société en devenant médecin ? Mais alors pourquoi, trois ans après l'annulation de leur mariage, est-il venu la chercher dans sa clinique du fin fond de l'Inde ?...

Jeunes filles en fleurs – 1. Et il l'embrassa... ☙

Laura Lee Guhrke

INÉDIT

Emmaline Dove a un rêve : publier ses guides de bonnes manières. Et en tant que secrétaire du vicomte Marlowe, célèbre éditeur de Londres, elle pense être dans la position parfaite… jusqu'à ce qu'elle découvre qu'il rejette ses manuscrits sans même les lire !
Lorsque la jeune fille démissionne, lord Marlowe décide qu'il est grand temps de lui enseigner quelques mauvaises manières. Mais sa secrétaire se révèle bien plus passionnée que prévu… et goûter une seule fois à ses lèvres ne lui suffira pas.

Parce que tu m'appartiens ☙ **Lisa Kleypas**

Condamnée à épouser un richissime barbon, Madeline décide de fuir et de compromettre sa réputation pour empêcher définitivement le mariage.
Pour cela, elle choisit Logan Scott, acteur adulé et directeur du plus fameux théâtre de Londres. Logan a l'habitude d'être traqué par des admiratrices, mais, lorsque Madeline lui déclare qu'elle souhaite devenir sa maîtresse, il en reste coi… Pas question de s'encombrer de cette gamine ! L'ennui, c'est que son associée a déjà engagé la jeune fugueuse…

Le 17 novembre :

INÉDIT

La rebelle du clan MacRae ☙ **Shana Abé**

Écosse, XIIe siècle.
Lorsque l'île de Shot est envahie par des hordes de Vikings, Lauren, chef du clan MacRae, n'a qu'une solution : accepter l'alliance que lui propose l'Anglais Arion du Morgan, chef du clan ennemi. Les deux familles se vouent depuis toujours une haine farouche, mais comment pourrait-elle refuser de se battre pour sauver leur terre commune ?
Au cœur de la bataille, les deux ennemis vont bientôt découvrir qu'une attirance interdite peut devenir la pire des menaces…

Soleil indien ☙ **Nan Ryan**

La ravissante Martay Kidd, fille du général William Kidd et coqueluche des soirées new-yorkaises, a décidé de passer l'été à Denver.
La photographie d'une jeune femme blonde, très belle, illustre l'article du *New York Times*. Jim Savin repose le journal : cette fois, il tient sa vengeance ! Le caprice de cette fille trop gâtée lui fournit l'occasion rêvée. Il a juré que le général Kidd paierait pour les souffrances qu'il a infligées au peuple cheyenne. Ce criminel projette sans doute pour sa fille un mariage prestigieux. Mais être enlevée par un Indien ternira à jamais la réputation de Martay…

2 rendez-vous mensuels
aux alentours du 1er et du 15 de chaque mois.

Et toujours la reine du roman sentimental :

Barbara
Cartland

Le 17 novembre :

Une sœur si lointaine ☙ ***Inédit***
Le roi sans cœur
Une si cruelle marâtre

Des romances contemporaines pour des moments d'émotion

PROMESSES

INÉDIT

Le 3 novembre :

Les Chicago Stars —2. Une étoile en plein cœur

Susan Elizabeth Phillips

Avec son physique de star, Bobby Tom Denton, ex-footballeur adulé des foules, s'est vu offrir le rôle-titre d'un film d'action. Mais, ce chien fou a du mal à se plier à la stricte discipline d'un studio hollywoodien. C'est pourquoi on lui envoie Gracie Snow, une assistante de production censée le chaperonner. Drôle de cerbère que cette vieille fille, guindée, sans allure, mais avec les vilains petits canards, on a toujours des surprises...

Les chroniques de Virgin River —3. Murmures

Robyn Carr

Ex-marine, une réputation de coureur de jupons, deux divorces au compteur, et trois balles récoltées en service alors qu'il était flic à Los Angeles... Mike n'est pas exactement un enfant de chœur. Venu se mettre au vert à Virgin River, il croise le chemin de Brie Sheridan, substitut du procureur de Sacramento et sœur de son meilleur ami, Jack.

Nouveau ! 2 romans tous les 2 mois aux alentours du 1er de chaque mois.

Sous le charme d'un amour envoûtant

CRÉPUSCULE

INÉDIT

Le 3 novembre :

Le cercle des immortels —5. La descendante d'Apollon

Sherrilyn Kenyon

Le Viking Wulf, Chasseur de la nuit, est ensorcelé : tous ceux qui croisent son chemin l'oublient au bout de quelques minutes. Tous... sauf Cassandra Peters, descendante d'Apollon. Elle aussi est maudite : elle ne doit pas survivre à son vingt-septième anniversaire. Les Apollites sont les ennemis de Wulf. Quel choix fera-t-il quand il apprendra que Cassandra attend un enfant de lui ?

Le cercle des immortels —6. Jeux nocturnes

Sherrilyn Kenyon

Mi-homme mi-loup, Vane Kattalakis n'a pas su protéger sa sœur, ni son frère Fang, aujourd'hui entre la vie et la mort. Il se sent terriblement seul... jusqu'à ce qu'il tombe amoureux de Bride McTierney, propriétaire d'une petite boutique. Un loup-garou ne doit pas s'unir à une humaine, pourtant il sait déjà que cette femme lui est destinée.

Nouveau ! 2 romans tous les 2 mois aux alentours du 1er de chaque mois.

9402

Composition
CHESTEROC LTD

Achevé d'imprimer en Italie
par GRAFICA VENETA
le 20 septembre 2010.

Dépôt légal septembre 2010.
EAN 9782290028636

ÉDITIONS J'AI LU
87, quai Panhard-et-Levassor, 75013 Paris
Diffusion France et étranger : Flammarion